# 松茂柏悦

## ——序跋评论及其他

李世恩　著

吉林人民出版社

图书在版编目(CIP)数据

松茂柏悦 : 序跋评论及其他 / 李世恩著. -- 长春 :
吉林人民出版社, 2022.8
ISBN 978-7-206-19185-5

Ⅰ. ①松… Ⅱ. ①李… Ⅲ. ①序跋-作品集-中国-
当代②文学评论-中国-当代-文集 Ⅳ. ①I267
②I206.7-53

中国版本图书馆 CIP 数据核字(2022)第 170722 号

## 松茂柏悦——序跋评论及其他

SONG MAO BAI YUE——XU BA PINGLUN JI QITA

著　　者: 李世恩
责任编辑: 卢俊宁　　　　封面设计: 墨知缘
吉林人民出版社出版发行(长春市人民大街 7548 号　邮政编码:130022)
印　　刷: 北京荣泰印刷有限公司
开　　本: 880mm×1230mm　1/32
印　　张: 11　　　　字　　数: 246 千字
标准书号: ISBN 978-7-206-19185-5
版　　次: 2022 年 8 月第 1 版　印　　次: 2022 年 8 月第 1 次印刷
定　　价: 88.00 元

---

# 作者简介

李世恩，生于1966年，甘肃静宁人，曾先后从事教育、新闻、政务文秘和文艺工作，现供职于平凉市政协。诗歌、散文、评论、文史随笔百余篇（首）刊于《飞天》《文汇报》《中国文化报》《甘肃日报》《青少年书法报》等，有作品获敦煌文艺奖；担任总撰稿之一的《西北望崆峒》等电视纪录片，在中央电视台、东方卫视播出。著有《芳邻》（兰州大学出版社，1996年）、《尺墨寸丹——古札中的世道与人心》（商务印书馆，2021年），编辑《李庆芬诗文集》（三秦出版社，1999年）、《陇头鸿踪》《春秋逸谭（上、下册）》（人民文学出版社，2018年）等。

# 弁　言

这本书中的文字，大多是我在平凉市文联工作 10 年间所写，既是职责所系，也是文心使然。

2011 年 3 月，我从平凉市委政务文秘机关到市文学艺术界联合会工作，这是我人生旅程中的一个重要节点。如果把每一次工作调动喻为“旅途中转”的话，我是在情愿或不情愿地换乘了 7 次之后，才搭上了这趟车。我喜欢这趟车上的人、气氛、故事和一路的风景。

当时，一些关心我的领导和朋友还替我惋惜，以为这下就成了古人所谓的“冷官”，殊不知我却有清人黄仲则劝勉友人“如君无意得来难”的欣悦。之所以如此，实在是以前写行政公文的差事让我力有不逮、苦不堪言。所以，由“苦”就“冷”，宁可“冷”。

要问苦况若何？我曾有熬夜间隙，一时兴来吟就的打油诗《公文谣》为证：

一入公门万事烦，案牍积债重如山。
两句欲妥频搔首，五更初就懒凭栏。
文章经世本不易，官话成篇也大难。
粗识汉字三千颗，累我人生二百年。

信口胡凑，未计工拙，有对诗词格律的不敬，但绝对没有对这份职业的不恭，倒是对长年坚守在这个岗位上的“同志们”（圈内也把起草领导讲话戏称“写同志们”）感同身受，敬佩不已，只是自嘲得有点狂妄。

当然，“热选尽教众人取，冷官要耐五更寒”（宋·王义山）。初到文联，各方面的情况十分窘迫、捉襟见肘，但侍弄公文已非主业，遂恍然有一种“复得返自然”的错觉。尤其是有许多领导故旧和各界人士“知冷知热”，助我良多，共同促成了诸如平凉第一次全国电视书法大赛、全国著名作家采风、第一首城市形象歌曲、第一部登上央视的六集纪录片、第一部名家主编名社出版的文化丛书等几件自以为有意义的事，结下了醇厚的友情，留下了美好的记忆。但这些工作，用公文语言来说，都是“履职行为”，分内之事，是以“有为”给弱势部门争“有位”，而且更重要的是它们无一不成就于众人之手，我岂敢贪天之功，僭妄掠美。

不过，倒是有一种纯属个人的履职行为，虽然谈不上有多优秀，但费时尤多，用功尤勤，自问无愧我心——这就是给当地文艺界朋友们的作品所写的序跋评论及其他文字。“文联是文艺工作者的娘家”，也同样是他们作品的娘家，既然当了娘家人，就得给出嫁的女儿做一件漂亮的嫁衣，哪能以不工于针黹为借口呢？

这类文字，也是“案牍积债”，接二连三，既容不得以任何理由推脱，也容不得针脚粗疏、潦草应付，所以它几乎占去了我大部分的业余时间。往往是在周末和假日，没有会议，没有访客，也很少有电话，一包烟、一杯茶、一台电脑，正是心情惬意、出活较多的时候。期间所历，甘苦自知，不过比起公文写作来，这是一种心甘情愿、完全自主的苦。交差之后，那种回甘的味道其实也是一种难得的享受。

近年来，自己仅为当地文学、书画、摄影、新闻、民间文艺等领域的书籍所写的序言、跋语或前言、后记之类，就有近40篇，约10万字，都是给书籍穿靴戴帽的，可能显得有点粗头乱服，故编为第一辑“荆冠芒鞋”。第二辑所收共8篇，约2.3万字，是对当地文学艺术作品、书籍的评论，由于身处基层，鼓呼之声微弱，故名为“蝉语蛩音”。第三辑所收主要是恢复市级文学刊物《崆峒》后，为卷首“每期话题”所写的千字文，以及编务小品一束，共17篇，约2万字，多有一种看到新人新作冒出头来的喜悦，故名“松茂柏悦”，这也正好符合本书的主旨，遂冠以全书名。第四辑所收系公开发表的自己就文艺活动、作品所作的答记者问，以及一些重要文艺场合具有文学色彩的致辞、发言、贺信等，共17篇，约3.2万字，既是工作痕迹，也是心路历程，故名“雪泥鸿爪”。

这些文字，以前总觉得“虽是自家针凿，却是他人嫁衣”，写完撂过，并未十分在意。现在回过头来看，何尝不能说“虽是他人嫁衣，却是自家针凿”？这就是本书出版的初衷和理由。所以，我得感谢这些朋友们的作品和所托，督促并成全我写了这些文字，为我这段平凡不过的履历留下了一点可供回味的记忆，不至于看起来过分的苍白和惭愧。

2021年，我搭上文联这趟车一晃已逾10年，理应轮岗，自己也得有这份主动“下车”的自觉。经本人申请，组织照顾，于同年10月如愿转任市政协专委会工作。离任之际，曾写《解职感怀并序》五律一组，向文艺界朋友们道别。此诗在某微信公众号上发布后，广为转发，一夜刷屏，且唱和多多，错爱溢美。我把这种热烈的回应，当作大家对我的体恤、理解、肯定和鞭策。现摘录如下，以表心迹。

余自任职平凉文联，德凉才薄，绠短汲深，幸蒙领导厚爱、前辈扶掖及文艺界同人襄助，尚称顺适，高谊隆情，铭感在怀。十年勉力而为，功归诸公，过在不才。今得恩准解职，遂吟五律五首，以志不忘耳。

（一）

无意能如此，文坛竟结缘。
才疏公牍懒，性狷意珠偏。
幸赖同人助，多蒙长者贤。
敢言十载树，聊可望风烟。

（二）

同道多正士，甘为孺子牛。
耘田崆峒下，挥汗渭泾陬。
瑶草逢霖茂，卿云映日浮。
但看红翠处，秋景一望收。

（三）

白衣成苍狗，青山雪满巅。
挥毫云缥缈，舞彩兴蹁跹。
砥砺同兄弟，忼慷岂后先。
路遥知下驷，骊唱意拳拳。

（四）

画饼不充腹，还为稻菽谋。

替人多缝嫁，顾影自叹休。
身是风尘客，心随瀚海舟。
功成不在我，归去卜盟鸥。

（五）

家身微且素，旧物只书翰。
路尽船人渡，诗成子辈观。
高寒知衣薄，清白问心安。
大道平如砥，般般寄寸丹。

“知我罪我，其惟春秋。”这本书就是我的十度寒暑、一段春秋。当然，这些年还有一些已发表的文史随笔之类的文字，约5万字，因与本书体例不合，未予收录。这或许正是我今后的写作方向，以俟来日，集腋成裘，再行付梓。

本书编就后，照例得有一个序言。这些年来，我作序写跋多矣，深知其点灯熬油，费时劳心，故不敢也不忍烦劳师友，惊扰方家。乡谚有云：“自己的斧头削不了自己的把（斧柄）。”今反其道而行之，试着用自己的这把老斧削它的把，写一篇蹩脚的短文，是为《弁言》。

李世恩

二〇二二年正月于平凉

# 目　录

## 第一辑　序跋：荆冠芒鞋

## 第二辑　评论:蝉语蛩音



## 第三辑　卷首:松茂柏悦

## 第四辑　在场:雪泥鸿爪

第一辑

SONG MAO BAI YUE

# 序跋：荆冠芒鞋

# 回首百年数第一

## ——张喆《百年第一》序

新千年是千年等一回，龙年是十二年来一次。对中国人来说，千年是一个整数，十二年也是一个整数（我国古人曾创立十二进制，我的故乡静宁古成纪就是因华胥氏孕伏羲一纪即十二年生而得名）。人类就是这样在周而复始的四季交替中，在一年一度的辞旧迎新中不断发展、前进着。今年，我们幸运地迎来了千禧龙年。关于新千年和龙年，各种媒体和演艺界似乎做足了文章，确实给国人以莫大的振奋。然而，就在我们豪情满怀地瞻望未来时，真正能够静下心来，回头检点我们乃至先辈走过的足迹的人，却不是很多。其一，在故纸堆中讨点营生，是一件寂寞的事，“潇洒走一回”的年轻人是不屑一顾的。其二，检点过去需要有一种思接千载、视通万里的胸襟和识见，没有厚积薄发的学养是爱莫能为的。

所幸张喆学兄积数年之功，在卷帙浩繁的各类典籍文献中拾珠寻贝，以20世纪中国人创造的各类第一为经线，串起了一串光灿夺目且能够充分反映中国人民奋进历程和精神面貌的锦链。看到它，我们就不会背叛历史；看到它，我们就倍增创新的信念。

张喆学兄是我高中时代的同窗好友。那时，我们就读的静宁县威戎中学由于一度成为平凉地区重点中学的遗风犹在，也由于当时许多老师如陈松友、魏忠信、解云龙、翟亚红等先生的影响，校园中的文史学风甚浓。我们单纯而幼稚，但也“指点江山，激扬文字”，纵论古今，或拊掌而笑，各有会心；或拍案而起，各不相让，辩论颇为热烈。同学中有人集毛泽东词句而成联：“以天下为己任，主大地之沉浮”，就很能概括我们当时的心性。就是在这种环境中，讷言善思的张喆兄已显露出治史的苗头，每次历史课考试，大多是他独占鳌头。后来他考入西北师范大学历史系，在著名历史学家金宝祥、王三北等教授帐下亲炙四年，名师的点拨和阅读浩如烟海的史学文献，极大地开阔了他的视野，也为他打下了较为坚实的史学根底。

俗语云：“师傅领进门，修行靠个人。”毕业近十年中，张喆兄于扰攘红尘中，躲进小楼，面壁穷经，于教学办公之余，或作史学小品，或写抒情散文，在报端屡屡闪面。没想到他做“豆腐块”的双手竟捧出了《百年第一》这样丰盛的大餐，真令同学辈称羡不已。当然这本书仅仅是他博览后的辑纳、整理，其识其才其学，尚未完全颖露于外。我和师友们以及广大读者，期望他更上层楼，在今后拿出更高层次的著述来。

正是日暮时分，龙年的第一场春雪纷纷扬扬地飘了起来。看着银装素裹、玉树琼花的世界，我不禁又想起我们曾经在那个古老的小镇中学度过的美好时光，我们留在雪地上的脚印哪里去了？

“绿蚁新醅酒，红泥小火炉。晚来天欲雪，能饮一杯无?”此时，我和这位一千多年前的唐代诗人有着同样的心境，虽然寂寞，但也美丽。张喆兄远处河西，而我蜗居陇东小城，千言万语就在这篇不敢称序的小文中了。

二〇〇〇年元宵节后三日于平凉

**（该书于2000年由人民教育出版社出版）**

# 独秀一枝“崔梅花”

## ——崔振世《百梅画展》读后

大凡画家，各有一绝。远者如道子之人物、韩干之马，近者如白石之虾、悲鸿之马、黄胄之驴、吴作人之骆驼，等等。不一而足，各领风骚。崔振世先生两栖于书画领域，而独以梅花为最。庚辰年深秋时节，崔振世先生集多年潜心修炼、厚积薄发而成《百梅画展》，让平凉观众在有限的展厅里领略了梅花的无穷魅力。其画艺不谓不高，其奉献不谓不多。

梅花历来以其凌寒独放、清香远溢而受到国人的喜爱，素有“国花”之称。但赏梅易而画梅难，特别是办一个百梅画展更难。难的是，如果没有多年师法造化、学习古人、自出机杼的功夫和学养，就很容易画成百梅一面，让人感到雷同、乏味。崔振世先生却把这道自找的难题答得十分精彩，其百梅百面，百梅百态，各得其形，各尽其妙。无论是陆放翁“无意苦争春”的清高，还是林和靖“暗香浮动月黄昏”的逸趣，都在这里得到了形象化的诠释。

崔振世先生早在20世纪六七十年代就痴迷于写梅，且出手不凡，遂赢得了“崔梅花”的美誉。这些年来，无论世事如何变化、应酬多么繁杂，他仍固守着和梅花一样的宁静，不赶潮流，不趋时尚，在心灵一隅永远盛开着一枝枝高标逸韵的梅花。

崔振世先生画梅与当今我国画坛上的画梅高手王成喜迥异其趣。盖王氏讲究张扬，崔氏注重内敛；王氏出以重彩，崔氏则轻着淡墨。如果从中国传统文人画的角度去细细品味，崔氏梅花就更合乎“寥寥几笔，以抒胸中意气”的真传了。可以说，崔振世先生是传统画法的忠实实践者，他注重神韵和诗质的融合，突出自然的意趣，以线造型，以形写神，以简代繁，形神兼备。他十分讲究水墨效果，对色彩的运用几乎到了吝啬的程度，大多数梅花被处理成淡墨，个别也有轻点淡红的。惟其如此，才显得花淡枝淡，有闲雅之趣，达到了一种洗尽铅华、追求本真的较高境界。

梅花主要是以骨力来抒情达意的，而骨力的具体表现则是梅的枝干。崔振世先生的梅花就特别讲究枝干的造型，或伸或缩，或俯或仰，或舒展，或蜷曲，千姿百态。他以坚实劲健的书法线条立其骨，以深厚华滋的水墨和干湿浓淡的层次具其实，刚中有柔，柔中有刚，刚柔相济，使梅花在淡雅的外表下，透露出一种坚定的骨气。

古人曾指出：“夫象物必在于形似，形似须全其骨气，骨气形似皆本于立意而归乎用笔，故工画者多善书。”崔振世先生具有深厚的书法功底，而将书法移于绘画，自然使绘画大为增色。同时，在这次《百梅画展》中，崔振世先生在梅花的丛林之间，还点缀了他精心创作的书法条屏、对联等，不仅使整个展厅效果为之活泼，而且也显示了艺术家多方面的才能。崔振世先生的书法是以传统功力见长的，但从这次展览上看，已显露出取法现代派技法的迹象。相信他的书法在博取的基础上，也会有一个更大的跨越。

二〇〇〇年十月

**（该文于当年在《平凉日报》发表，后被2007年出版的《崔振世书画选》作为跋文）**

# “大孝之心”与“大钟之声”

## ——张新民《孝事漫谈》跋

诗人柳亚子曾赋诗盛赞国民党元老、教育家、诗人、“当代草圣”于右任先生：“落落乾坤大布衣。”盖先生身居高位，却终其一生以“牧羊儿”的身世情怀，推己及人，善待普天之下的父老乡亲。于先生昔年曾赴吾乡静宁寻访舅氏，因寻亲未果，洒泪而归，称“陕为吾父，甘为吾母”。这种为人子者的孝，已超越了个人和家族的伦理范畴，升华为对祖国、对人民的忠。此一介布衣，诚可谓“大”矣。

如果单纯从敬业、孝亲、待人、治事等作为一个人最本质的方面看，民间布衣称其“大”者可谓多矣。曾经在平凉长期担任领导职务的张新民老先生，来自老百姓，又复归老百姓，正以“布衣”的身份在宣传平凉文化、弘扬传统道德方面孜孜不倦，贡献余热，也可以称得上这样一介“大布衣”了。尽管他在位时也曾多次以“些小吾曹州县吏”而自况，但长期以来，不论退休前后，他那“一枝一叶总关情”的平民情结却永驻心田。去年，他在《甘肃日报》《平凉日报》连续推出了一组10篇名曰《孝事漫谈》的系列言论，在读者中产生了很好的反响。可见这一关乎人伦教化、关乎文化传递的选题，的确牵动了许多如我这般“小布衣”的心。作为一名读者、一名晚辈，也作为一名熟知这位老前辈的工作人员，我为他呼吁和力行中华民族传统美德的“大孝之心”所感动，也为他潜心研究和弘扬新型孝道学说的“大钟之声”所感佩。

先说其“大孝之心”。在中国传统的文艺理论中一直有“知人论文”之说，人品和文品从来都不能割裂。我曾数次拜读过张新民先生缅怀父母亲的两篇美文，那难忘的往事和真挚的亲情，道出了他对父母含辛茹苦的感恩和自己慎终追远的孝心。与他同辈的同事，对他恪守孝道、孝敬老人的举动，多有褒扬，称许有加。张新民先生首先是一名农家子弟，他深知父母稼穑的辛劳；其次是一名知识分子，他深知传统美德的宝贵；再次是一名领导干部，他深知道德失衡的流弊；同时，他更是一名步入老年的父亲，他体谅天下父母的心愿。正是这样一个经历过多重角色，具有各方面修养的人，在为父母养老送终之后，自己也步入老年之时，能以弘扬孝道为己任，以贡献社会为目的，以自己的所学、所感、所思、所悟，发言为文，推而广之，为众多的家庭和社会提出“孝事”这样一个紧迫的道德命题和价值判断，以一己之善劝人向善，以一己之孝劝人行孝，其言谆谆，其心拳拳，真可谓移孝作忠。此也为之小，孰能为之大?

再说其“大钟之声”。如果我们有足够的清醒和勇气正视现实，我们会看到，由于种种原因，传统文化和传统道德面临着断层的危机。同时，也由于物质文明的极大进步，必然会出现社会公共空间增大、人的独立性和个性不断加强，原先家庭中父母与子女之间生存的依赖性和互助性，自然会逐渐递减。子女与父母之间，传统伦理中所规定的那种人身依附关系，必然在消解之中。在这种情况下说孝道，我们已经不可能按照传统的“二十四孝”那种式样来复制和粘贴，那么孝道将何去何从?对于这样一个大的命题，张新民先生以当今社会发展为坐标，在传统文化的宝库中孜孜矻矻、漉沙淘金，提取了敬老、孝亲、责任、良心等精华遗粹，舍弃其不合时宜的封建糟粕，并借鉴西方文化中的爱心、尊重、理解与人道主义原则，用《孝事漫谈》的形式，寻找到了传统孝道与现代精神之间的结合点，为传统文化这棵古老而常青的大树，嫁接出了健康的新芽。如此系统而不零碎、继承而又创新的研究成果，在当今孝学领域可以称得上“大音希声”了。

欣闻《孝事漫谈》一书将由平凉市老龄委编印成册，这是老龄工作者精神敬老的睿智之举，也是我们这些晚辈们“敬其人、读其书、孝父母”的适时甘霖。我的老领导杜满仓先生作序于前，高屋建瓴，切中肯綮，可谓《孝事漫谈》之导读。小子不敏，本不敢置喙，但雅命难违，略赘数语，附骥于后，作为读后的心得体会，聊表祝贺之意和景行行止之忱。

最后，真诚祝愿张新民先生健康长寿，健笔纵横，再续华章。也真诚祝愿天下的父母亲们福寿安康，乐享天伦。

二〇〇五年一月三日

**（该书于2005年由平凉市老龄委编印，内部发行）**

横幅“务本修身”

# 翰墨丹青化雨功

## ——《静宁古今书画集萃》序

顷接吾乡前辈马卿祥先生捎来《静宁古今书画集萃》书稿，嘱我写几句话。青眼之顾，不胜荣幸；抬爱之情，曷敢塞责。

近些年来，吾乡书画艺术秉承明清根基，追踪近代遗绪，借鉴当代时风，在普及中提高，在提高中前进。作为文化的重要一脉，它不仅在不断地充实着静宁的文化内涵，提升着静宁的人文品质，而且也在一定意义上不断地塑造着静宁的对外形象，醇厚着静宁的民俗风情。

吾乡静宁是华夏始祖伏羲氏的诞生之地，也是闻名遐迩的文华之地。千百年来，在这块古老而神奇的土地上，曾经发生过许多惊心动魄的历史事件，哺育了许多彪炳史册的杰出人物，留下了许多弥足珍贵的文化遗迹。纵览历代杰出的乡贤，大多是本土文化的受益者，也是中华文化的创造者，如作为历代中国军人精神标尺的西汉“飞将军”李广，在戎马倥偬之余创作了军事著作《射评要略》；打通甘川重要通道为民造福的东汉良吏李翕，成为中国书法史上著名碑刻《西狭颂》的主角；创造了中国历史上以少胜多著名战例的南宋著名军事家吴玠、吴璘、刘锜，不仅各有诗文传世，而且刘锜的书法还被南宋文学家岳珂称为“婉有余妍，庄不可狎”；备受康熙皇帝嘉奖的一代能臣慕天颜，留下了《抚吴封事》《抚楚封事》《抚黔封事》《督漕封事》和《辑瑞陈言》等总结济世经邦经验的著作；还有乾隆年间关陇地区一枝独秀的女诗人江瑞芝，其诗集《蝉鸣小草》，被后世评为“至性缠绵，韵成天籁，赋物颇工”；光绪年间陇上著名诗人王源瀚的《六戊诗草》六卷，被陇上著名学者慕寿祺激赏为“浅显易知，殆香山之流亚”；清代末年的受庆龙曾壮游天山，写下了《博达游记》诗集，被日本友人称赞为“慷慨悲歌之士”。仅以书画艺术而言，宋代吴玠，明代杨仪、姚爵、王琪、王瓆，清代慕天颜、赵为卿、刘曰萃、张云峰、叶桂、董霖，民国李树敏、受庆龙、王尔全、吴石生、赵西岩，以至中华人民共和国成立后的刘思恭、戴履中、梁俊秀、郭森林、刘浚等，各擅其艺、各得其名。尤其是白石老人的得意门生赵西岩，被美术界誉为“把齐派画风带入陇原的第一人”，在中国画坛也有一定的地位。他们根植于故乡这块深厚的文化沃土，带着静宁人特有的敦厚和灵气，也带着曾经勃兴的一段深具历史意义的足迹，以书画的形式传递着静宁文化的血脉，倡导着静宁文化的传统，给子孙后代提供了可资借鉴和光大的艺术范本。

中华人民共和国成立以后，特别是改革开放以来，吾乡文化艺术事业继承传统，大胆探索，不断创新，取得了丰硕的成果。书画新人层出不穷，书法活动好戏连台，书法佳作异彩纷呈，许多书画家的作品在全国、全省的重要展览中展出或获奖，为静宁赢得了莫大的荣光，也为静宁赢得了“陇上书法重镇”的荣誉。

书画本来是书香门第和文人墨客的一宗雅兴，但是在吾乡这样一个穷苦地方，父老乡亲缘于对诗礼的敬畏和对文化的崇拜，因而对书画艺术也有着与生俱来的爱好和追求。即使到茅庵草舍中、寻常百姓家，环顾四壁，或书或画，或古或新，浓

郁的翰墨馨香也会让人如沐春风。人们把书画作为教育子女的直观教材，督促他们慕圣希贤，踏实做人，使他们自幼就从墙上的书画作品那里受到良好的道德教育和审美教育。吾乡教育，久负盛名，明清至今，科第联翩，书画艺术确实功不可没。

由此可见，在吾乡，书画有着十分重要的社会教育功能，人们不仅借书画来抒情言志，更是自觉不自觉地把它当作一种传承社会风尚、教化社会风气、引导社会价值的重要载体。源远流长的儒家“忠、孝、仁、义”精神像一股潜流，一直借助着书画这个温情的渠道，在这个淳朴而可爱的地方世代流淌。

这是前贤奠定的基础，也是后人开拓的结果。可以说，静宁书画艺术是历代静宁书画艺术者奉献给社会的宝贵财富，也是静宁群众文化生活不可或缺的精神食粮。

我与卿祥先生，曾在静宁县委机关共事两年。他既是我的领导和父执，又是我的良师兼益友，他提携后进的胸怀和乐于公益的热情给我留下了十分深刻的印象。同时，先生虽然久在官场，但心仪书画，并有很高的书画造诣。其书法宽博凝重，刚柔相济，给人以清秀、洒脱、灵动、自然之感；其绘画简洁明快，淡雅清新，深得白石之妙。特别是退休之后，他倡议创办了伏羲书画社。15 年后，这个民间书画组织已由初创时不足30 人，发展到如今 300 多人，特别是多次策划和成功举办了主题书画展、书画辅导班、义务写春联、专题讲座、书画捐赠、文化交流等活动。伏羲书画社的社会影响日益扩大，对静宁文化艺术事业的繁荣做出了很大贡献，俨然成为陇上文化名社。

2006 年 8 月，伏羲书画社决定于中华人民共和国成立60 周年前夕编辑出版《静宁古今书画集萃》。其时，在静宁已成功出版《静宁书画作品选》《静宁教育书画集》的基础上，要不蹈旧辙，另辟新蹊，以全新面目再编印这样一部静宁古今书画之集大成者，实非易事！3 年来，卿祥先生和同人们一道，遍访静宁世家、搜罗乡野民间、求诸书画典籍，不断漉沙淘金、撷英摭华，终于使这一浩大工程顺利告竣。值得欣慰的是，这部书在前两书的基础上，又别开生面，不仅收录了王瓚等极其稀缺的明代乡贤的珍贵书作，而且即使赵为卿、刘曰萃、叶桂、董霖、王尔全、赵西岩等为吾乡人所熟悉的书画名家作品，也都是第一次面世，令人耳目一新，为之欣喜。同时，我还想说的是，王瓚手书的《娱老雅社题辞》墨迹及其所录诸贤诗作，还是研究明代静宁文人雅集、文化风尚和诗歌创作的珍贵资料，具有很高的书法价值、文学价值和史料价值。赵为卿的行书对联“华岳祥光摇陇甸，崆峒瑞色入楼台”，作为静宁本土的古代名联，又是静宁本土的古人名作，天作之合，珠玉重光，具有十分宝贵的开发和利用价值。还有我伯曾祖玉山公（名宝善）的手札《致吴文波先生书》，在欣赏书法的同时，其内容对于研究民国初年静宁新旧教育更替的历史，同样是不可多得的第一手资料。

正因如此，当我捧读这部浓缩了吾乡书画历史和书画精华的沉甸甸的书稿时，浮想联翩，感慨颇深。古人云：“夫物速成则疾亡，晚就则善终。朝华之草，夕而零落；松柏之茂，隆寒不衰。”书画艺术的功力非一日所能成就，书画收集的成果也非一日所能圆满，这一件件珍品的后面，饱含着多少矢志不渝的追求和锲而不舍的坚韧！这正是千百年来成纪大地上最可贵的东西！在当今这个普遍骚动不安、急功近利的时代，吾乡的人们却能沉下心来，把握住自己的人生，把心灵安顿在书画的艺术境界里，成就自己的艺术人生，真可叹亦可敬矣！

作为一个静宁人，我为我的父老乡亲而自豪，我为我的静宁文化而骄傲！

临风寄意，不尽感怀。隔着陇山，谨掬一瓣心香，遥祝卿祥先生及各位前辈的翰墨生涯更加幸福快乐、艺术人生更加丰富多彩！祝伏羲书画社事业发达、前程似锦！祝吾乡文化艺术事业更加繁荣、硕果累累！

是为序。

时在二〇〇九年九月于平凉

**（该书于2013年6月由敦煌文艺出版社出版）**

# 众手成器把示君

## ——《西北望崆峒》从音像到画册（后记）

2014年12月3日上午，六集纪录片《西北望崆峒》首播式在兰州隆重举行。甘肃省、平凉市领导及省直有关部门负责人，专家学者、各界朋友以及近30家中央、省级新闻媒体记者共130多人济济一堂，共同将平凉这一重要文化工程从幕后推向前台。首播式甫一结束，其消息、图片以及摄制组专门为首播式特制的5分钟宣传短片就立即登上各大新闻网。当晚及次日，有关首播式的新闻几乎呈井喷之势，“西北望崆峒”一时成为各广播、电视、报纸和微博、微信等媒体的热词。

12月10日至15日，蓄势既足的《西北望崆峒》带着平凉自然山水的鲜活生机，更带着平凉历史文化的淋漓元气，在人们翘首以待中精彩亮相于央视9套。

至此，历时两年的策划、拍摄和制作，这一自然人文大片终于新鲜出炉——向着亿万观众讲述平凉故事、展示甘肃形象、传播中国声音！

是的，“新鲜出炉”。就是这个词，让我突然想起了在我国考古界具有较高知名度的平凉“安国式陶器”。这种出土于崆峒区安国乡属于寺洼文化类型而又与寺洼文化有所区别的马鞍口陶器，对于研究平凉地域文化及其与商周文化的关系具有重要的意义。这种暗含着三四千年前土著居民神秘信息的生活用具，无疑是先民们“众手成器”的结果。而作为独具平凉元素

和平凉风格的第一部高水平自然人文纪录大片《西北望崆峒》，就是现代音像版的平凉“安国式陶器”，它又何尝不是所有决策者、创作者和参与者集体智慧的结晶？

## 一

2013 年 5 月，中共平凉市委召开常委会议，决定拍摄反映平凉历史文化和自然风光的纪录片，并要求以此为契机，对平凉厚重多元的历史文化资源进行一次系统的梳理，让藏在深闺的自然人文胜迹和湮没在典籍中的历史文化遗产发挥其在地方文化旅游宣传中的独特作用。为确保该项工作的顺利进行，平凉市特成立了由市委书记、市长分别担任组长、副组长的拍摄工作领导小组及其办公室，由市委各常委、各县（区）委书记为成员，市委、市政府分管领导分别为办公室主任、副主任，规格之高，在近年实施的全市重点文化项目中也罕有其匹。高规格的领导机构和办事机构，无疑是高效率工作进度和高水平工作质量的坚强保证！

一个月后，也就是 6 月下旬，在兰州召开的全省纪录片大省建设会议上，首次提出要把纪录片提高到甘肃文化大省和华夏文明传承创新区建设重要文化工程的高度来部署、来实施。可以说，平凉纪录片创作在全省动员令之前已经捷足先登了。

如何既能打造一部真正意义上的高质量纪录片，又能较好地表达地方党政的诉求？市委常委会确定的“尊重艺术规律、追求传播效果”的工作理念，成为地方对该片拍摄工作的基本秉持和最大支持。拍摄工作启动后，我根据市委分管领导和市上专家学者座谈时的主要精神，起草了提交市上审定的脚本框架，后经过了市委、市政府联席会议的两次审定和修改，并与摄制组做了充分的交流、磨合，双方碰撞灵感，共享智慧，进一步开阔了视野，完善了思路，达成了共识。市委、市政府联席会议不论是审定框架、脚本、片子，都侧重于对政治和文化资源等宏观方面的把关，而对表现手法、详略裁剪和语言风格等专业方面的东西则充分尊重专家和摄制组的意见。

事实证明，越是水平高超的艺术品，越是效果明显的宣传品！因为真正的艺术品具有润物无声的功效，它看似闲庭信步、吟风弄月，实则具有穿透人心的力量，会在不动声色中传递出创作者隐含在作品背后的期望；而毫无艺术性可言且充斥着广告语、程式化的宣传品，仅仅是宣传者自娱自乐的玩具而已。所以，在传媒发达、资讯海量的今天，《西北望崆峒》的成功，是与市委、市政府选择以纪录片这一国际化语言发出平凉声音的高远眼光分不开的，也是与市委、市政府各位领导特别是时任市委常委、宣传部部长周奉真尊重规律、崇尚学术，既精心指导，又放手创作的良好环境分不开的。市委、市政府及各位领导就像制陶的设计师一样，他们勾画出来的陶模，让“安国式陶器”的成功制作有了一个“平凉范儿”。

## 二

中央新影集团派出的以田珉为总导演的摄制组，是一支极具事业心和责任感的优秀团队。在长达半年的时间里，不论是赴县（区）实地考察、翻阅资料、与专家座谈，还是构建框架、起草脚本、实地拍摄，他们都是那么认真、冷静和客观，最重要的还有执着、勤奋和刻苦。脚本是一片之本，这个脚本最初的框架是天水学者、作家王若冰先生应总制片人楚天舒先生之约而起草的，在正式汇报市委常委会之前，市委分管领导

召集平凉当地专家学者进行了讨论，在其基础上做了较大的调整。后来在与总导演田珉交流的过程中，又进行了一次更为合理的剪裁和修改，使总体布局基本固定下来。随后，田珉总导演安排孙越、彭晓军两名导演分头起草六集脚本。8 月份，当拍摄工作正式开始时，他们带来了脚本初稿。那天晚上，大家在一起逐字逐句讨论初稿，对每一集都提出了许多修改意见，谈兴之浓、谈锋之健，不知东方之既白。紧接着，拍摄工作正式开始，在长达三个月的拍摄期间，田珉先生一边指挥拍摄，一边修改脚本，每改出一集，就转我手中征求意见。我十分佩服田珉先生的眼界和才情，尤其对他的一些神来之笔击节赞叹。但是，在有些问题上，特别是对平凉文化资源的运用上，我们之间往往会产生许多分歧，虽然我们都是以严肃的学术性为基本前提，但对地域文化的理解却不尽一致，有时甚至会产生十分激烈的争论，公婆之理，皆自以为是。但当心平气和、深思熟虑，或再次请我们都认可的专家评判后，我们总会找到一个双方都能接受的契合点。这种对学术的坚守甚至固执，不仅让我们不废私谊，而且让我们更加惺惺相惜。就这样，在多次修改、讨论和争论中，循环往复，五易其稿，最终使脚本成为饱满且有个性的灵魂而统领全片。

历时三个月的拍摄，两次巡回七县（区），后来，又在一些重点景区展开了大型摇臂拍摄和航空拍摄，进一步丰富和生动了画面语言。这真是一群不知疲倦、视事业为生命的“拼命三郎”，他们让我真正体会到：纪录片的拍摄不仅是一项技术活儿，更是一项体力活儿。为了拍崆峒云海、关山日出，他们必须凌晨四五点钟出发；为了拍室内武术、专家访谈，他们必须在灯光下坚持到午夜；为了组织有关场景、或拍情景再现，他们必须像拍影视剧一样讲究化妆、动作和神态；为了更加立体地反映崆峒之美，他们还不厌其烦地在崆峒山周围从各个角度去“横看成岭侧成峰”。总之，180 分钟的片子，大概用了不到拍摄素材的十分之一，“千淘万漉虽辛苦，吹尽狂沙始到金”，此之谓也！2014 年 4 月，我随市委分管领导赴中央新影集团审片，当在其高清审片室第一次看到这部期待已久的片子从文字变成一个十分大气厚重且唯美的影像作品时，我更加坚定了自己当初的判断：苦心人，天不负！在鱼龙混杂的影视界，那些打着艺术旗号干着商人活计的影视公司是断然不会花这么大气力傻乎乎卖命去干的！我们对这样的“傻子”，这样不计个人得失，甚至以牺牲个人健康为代价一门心思干活儿的“傻子”，怎么能不油然而生敬意?！以田珉先生为首的这个团队，就像一群手把陶轮、不知疲倦的制陶人，虽然一身尘土、满手泥巴，别人不堪其苦，而他们不改其乐，在辛勤的劳作中享受着创造的快乐，最终捧出了让世人眼前为之一亮的“安国式陶器”！

## 三

一个人办不成个好作坊。一个好的作坊需要凝心聚力的一群人。

我受市委、市政府之命与摄制组合作，代表平凉方面与田珉、孙越、彭晓军这些纪录片的行家里手们一起制定分集框架、讨论修改脚本和有关拍摄事宜，对一个从来没有接触过纪录片拍摄工作的门外汉来说，是市委、市政府这个坚强的后盾给了我信心，是市上领导和各位专家学者的集体智慧给了我底气。在很大程度上，我与田珉先生的交流、对脚本的修改都是对平

凉各方面观点的归纳、梳理和提炼。即使在讨论宏观问题的市委、市政府联席会上，一些领导提出的哪怕是细枝末节的真知灼见也对我们颇有启发，比如要将已经确定的六个选题用一个总片名来统领，但又不能很直白地出现生硬的“平凉”地名，有领导提出用广义的“崆峒”概念就让苦思冥想的我们一下子豁然开朗。在多次的讨论中，平凉学者茹坚、崔振世、魏柏树、刘玉林、杨柳、王知三等先生倾注了很大的热情，他们毫无保留地将自己多年的思考和研究成果和盘托出，不仅体现了他们对地域文化的热爱之心，也表达了他们对故土家乡的赤子情怀，这几位是没有列入片尾名单的“学术顾问”。在脚本定稿、拍摄工作基本结束后，我们还特邀本片学术顾问、著名学者杜斗城、彭金山、马步升、王若冰到平凉，与平凉本地学者们一起，对脚本进行把脉，大家在充分肯定其学术性和艺术性的同时，也提出了一些颇具建设性的意见建议。专家们的肯定，在让我们终于舒了一口长气的同时，更对这部初获好评的片子更加充满了期待。

没有做过这项工作的人，根本想不到拍一部片子要协调那么多的关系、动用那么多的人、跑那么多的路。进入正式拍摄阶段，田珉先生就像一个分派活计的“工长”，先提前为其麾下的两三个拍摄组做出拍摄计划，再交我将这些计划细化为拍摄通知，由市委宣传部下发给各县（区）。十多份拍摄通知，包括上百个拍摄点，都需要各县（区）一一落实，这期间，市、县（区）委宣传部、文联做了大量的协调工作，难度之大，可想而知。

除此之外，最让我们感动的，还是那些不经意间的一些小小的细节。泾川的杜玉明、王秀成两位老人从前期踩点到后来拍摄，基本上每天都随摄制组工作，既当向导，又提供资料，更重要的还要攀缘绝壁，还原当年调查百里石窟长廊的情景，其老当益壮的精神让我们深受感染。静宁的王知三先生，给摄制组既当顾问和向导，又当专职摄影师，整天早出晚归，辛苦奔波，留下了一些珍贵的工作照片，把拍摄现场永远定格在了一张张照片上。在华亭上关乡政府吃午餐时，让大家意想不到的是，端上桌来的竟然是我们在老乡家里拍摄了一个上午的核桃饺子，据说乡上的炊事员从一大早就开始准备，就是要让北京来的客人们尝一尝这一华亭特有的小吃。一盘简单的小吃，端出来的是平凉人的淳朴、热情和好客。在静宁司桥乡贾家村拍摄发现玉琮、有关糜子和唱社火的场景时，本已忙着收秋的村民们都放下手中的活计，在导演的指导下奔走于地里、场里、厨上、台上，不仅满足了摄制组的拍摄要求，而且还为大家准备了香喷喷的煮玉米、洋芋、蒸黄米糕等午饭。或许，这些普通的农民没有多么高深的文化，但他们热爱文化、参与文化、创造文化的热情却是真正意义上的“文化”。还有一次，因为要去泾川拍摄宋代高僧云江和智明的情景再现，可一到大云寺才知道这里的僧人没有袈裟，而要着袈裟是有一定规制的。对佛教界人士来说，他们也会在掌握原则性的前提下，适当运用灵活性，因为他们把拍摄古代高僧大德的故事当作一宗弘扬佛法的善举，一位僧人主动奔赴平凉寺庙去借袈裟。于是，这才有了大云寺两位年轻僧人和杜玉明、王秀成两位老人共同演绎“泾川寻梦”的隔世因缘。还有一位年轻朋友不能不提，他就是平凉电视台记者陈晓帆。正式拍摄工作从 8 月初到 10 月底，历时三个月，镜头基本上涵盖了夏秋冬三季。但是，崆峒山作为平凉旅游文化的龙头，也作为该片的灵魂，还缺少有视觉冲

击力的雪景镜头，市委、市政府在终审时提出了要求，大家也觉得很有必要。但此时已是“人间四月天”，补拍已无可能，而平凉电视台资料库中的崆峒雪景又不是高清镜头所拍，这时，该台陈晓帆借朋友高清摄像机所摄的崆峒雪景就成了唯一的选择。这个热爱电视艺术的年轻人爽快地将这些镜头全部传往北京，田珉先生审看后给我发来信息：“崆峒雪景很给力，我对此片更有信心。”就这样，一个有心人，成全了一个季节。像这样的人和事，还有很多，恕不能一一列举。而这许许多多的幕后劳动者，正是一个大作坊里不可或缺的重要力量，这个“安国式陶器”上同样凝结着他们的心血和汗水！

## 四

《西北望崆峒》在央视9套播出后，好评如潮。随后，《甘肃日报》将该片六集解说词分上、中、下三期全文刊登，甘肃电视台经济频道、公共频道先后重播，体现了省级主流媒体对该片的高度认可和厚爱。为了进一步扩大其播出效应，把这个现代音像版的平凉“安国式陶器”搬进“博物馆”，让其发挥更为广泛的宣传功用，我们提出正式出版脚本画册和DVD光碟，这一打算得到市委常委、宣传部部长曹复兴的充分肯定和大力支持，具体策划编纂事宜，并积极协调有关经费。

随后，我将文字脚本交给我市著名摄影家张森林先生，让他根据脚本选配图片。这位集数年之功捧出了《四季崆峒》个人摄影集的中国摄影家协会会员，对平凉境内的自然人文胜迹几乎都用脚板趟过、用镜头拍过，且颇有研究和心得。森林先生接到这一任务后，在熟读脚本的基础上，从其大量的图片库中进行遴选，有些图片还得从朋友处征集，有些还要抽时间去补拍，他说："要做，就做一本有学术品位的好书。"这正合我意。同时，为了方便读者较为全面地了解平凉历史文化，增强该书的学术性，我又按六集各自的主题，编纂了21篇相关文史知识篇目，在众多纸质媒体所刊的稿件中精选了该片从开机到首播的8篇新闻，遴选了27幅照片，更为立体地将六集纪录片以画册的形式呈现在读者面前。

这本书的完成，又何尝不是众手成器呢？我们感谢省委常委、宣传部部长连辑题写的片名（亦即书名），感谢中央电视台副台长、中央新影集团总裁、国内纪录片权威专家高峰和中共平凉市委书记、本片总策划陈伟分别为本书作序，感谢田珉先生为本书写的创作谈，感谢平凉作家、诗人马宇龙先生为本书所写的评论，这都是对平凉自然人文资源的倾情关心和热情推介。他们的辛勤劳动让本片得以用另一种更加便捷、长久的形式走进受众。可以说，所有这些人，都让这个摆放到博物馆里的"安国式陶器"更加光彩照人！

最后，需要说明的是，央视9套正式播出的片尾名单中，有两处与后来在省市台播出的有出入：一是由于工作人员的疏忽，在学术顾问中没有署上王若冰先生的名字，为此，我谨向若冰先生致歉，并向他为本片付出的辛勤劳动表示感谢。二是总撰稿人员中，田珉先生将我列为第一总撰稿，而作为付出劳动最多的他却甘居我后。我知道这是田珉先生对我工作的肯定，但君子不掠人之美，爱名须取之有道，我曾数次真诚地要求改过来，但他总以"如此甚妥"而婉拒。最后，当本片母带送交平凉时，我对上述两点进行了修改。但是，田珉先生的一番美意我仍然要拜领且感谢！

《西北望崆峒》，是平凉第一部具有开拓性的真正意义上的

大型自然人文纪录片，是平凉文艺精品创作中的一个新的起点和新的标杆，我能作为这个“安国式陶器”的众多制作者中的一员，不仅见证了它从泥土到成形的全过程，而且也在陶体上留下了自己的汗水和指纹，岂不荣幸?!

谨以此为记。

二〇一五年三月

**（该书于2015年10月由甘肃人民美术出版社出版）**

# 出世的情怀　入世的事业

## ——周奉真《真实与立场》校读随感

甲午岁末，承周奉真先生雅命，为其校对即将付梓的《真实与立场》书稿。此时，距先生赴任兰垣已有半年时间了。

捧着这本沉甸甸的书稿，不由得记起他离任平凉时所写的一组《蝶恋花·别平凉》来（三首选二）：

**其一**

记得来时花烂漫，
归去如今，
遥看南飞雁。
弹指行程三十万，
寒来暑往如飞箭。

形影平生萧瑟惯，
踽踽西东，
不畏江湖远。
六载沉浮增介狷，
橐囊未负千秋愿。

**其三**

未敢栖迟零落叹，
怎奈家山，
折柳年年断。
公事千般竞牵缠，
临歧少暇诗情蹇。

无功李广冯唐晚，
种菜英雄，
也只寻常算。
且把是非付黄卷，
忍看残照西风远。

诗无达诂。在我看来，这组词，有抱负未伸的自省，有光阴易逝的喟叹，也有倦客归去的留恋，与古代官员屡屡见诸诗章的“解组感怀”之类颇有同气相求之妙。能将个人“千秋愿”用雅正合律的诗词表达出来，这已不仅仅是一种同道之间吟风弄月的酬唱，而更是一种人文精神的标高。是故，对奉真先生的名山事业如能有丁点襄助，我岂能不校字如雠，力尽绵薄？

奉真先生之于我，既是工作方面的上下级关系，还是亦师亦友的同道中人。自 2011 年初我调任市文联以来，奉真先生不仅作为市委领导分管文联工作，而且还兼任文联党组书记，师友相从，将近四载，尤其是在他大手笔策划和指导的几件平凉文化界颇有影响的工程中，我作为实施者中的一员，经常聆听其谈吐和高见，构架其创意和宏图，亲炙教泽，获益良多。

细说起来，奉真先生之于我，还有一层不足为外人道的同门之谊。20 世纪 80 年代前后期，他与我先后负笈于庆阳师专中文系，同一个母校、同样的老师，让我们之间多了一些回顾师友、闲谈学业的话题。当然，他本是陇上古汉语学界名师刘瑞明先生最为得意的弟子，要论汉语言文学专业的看家本领，我只能远远望其项背而难及万一的。虽然我们在母校的校园失之交臂，于我是失却了一份与学长“奇文共欣赏，疑义相与析”的学习机会，但却在以后的工作中有缘相识，且蒙不弃，惺惺相惜，结为君子之交，亦人生一幸事也。

奉真先生是一个有抱负的人。在他身上，除了领导干部必备的素质外，由于多年浸淫于中国传统文化，受“穷则独善其身，达则兼济天下”的儒家思想影响较深，始终能以建功立业、书生报国的情怀自勖，不甘于尸位素餐，碌碌无为，而总想着效法他所崇敬的那些“赢得生前身后名”的古代文人循吏，在任上留下几件有益于世道人心、有益于文化传播、有益于地方发展的功业。作为市委主管意识形态工作的领导，他凭藉早年在乡村生活和工作的艰苦历练，凭藉对各行各业民生百态和社会世相的深刻体悟，以及多年从事新闻宣传和媒体管理工作的丰富经验，驾轻就熟地挑起了这副担子，并将这块工作做得风生水起。且不说他在灵台农村培植的“和谐五星”创建活动、泾川县乡村舞台建设等这些在全省开风气之先并在平凉召开了全省现场会议的先进典型，也不说他积极汇报市委、市政府支持而实施的每年几百万元的平凉文化产业扶持、重点文艺精品资助等破天荒的文化政策等，单说由他策划、指导并参

与，由市文联落实的重点工作就有他本人作词、赵季平作曲、王宏伟演唱的平凉第一首城市形象歌曲《神仙留恋的好地方》，有平凉和中央新闻纪录电影制片厂（集团）联合拍摄、在央视9套纪录频道播出的平凉历史上第一部真正意义上的六集大型纪录片《西北望崆峒》，有集史料性、学术性、普及性于一体即将由人民文学出版社出版的地方历史文化丛书《人文平凉》六卷本等等。这倾注了他许多心血和思考的“一歌一片一书”，都为平凉人所津津乐道，无疑将在平凉文化史上留下精彩的雪泥鸿爪，而他就是“鸿飞那复计东西”的东坡一路隐于仕者中的士人。

奉真先生是一个有秉持的人。“知足知不足，有为有弗为。”当一个安静的读书人步入仕途，面对扰攘红尘，其内心一定是有敬畏感的。这敬畏，首先是对常识的敬畏、对操守的敬畏。奉真先生之所以不同于一般的风尘俗吏，谋事重规律，做事有原则，进退有分寸，最为基本的大概就是内心有所秉持而不随人俯仰、人云亦云。近年来，平凉风行一股出书热，一些学术价值、文学价值，抑或史料价值不高的书也纷纷出笼。奉真先生却对此表现出应有的冷静与不屑，并斥之为“祸及枣梨”。与此形成鲜明对比的是，对一些优秀书刊的出版，他却不遗余力、热情鼓呼。比如对《静宁三刘诗文集》这本关于一个文化世家长达200多年文献辑录整理的面世，他赞许有加、揄扬推介。虽然他因出差在外，未能亲临该书首发式暨座谈会，但特意委托专人参会，以示尊崇。再比如由他倡议编纂的《人文平凉》丛书，从策划选题、确立原则、争取资金到联系出版，都积极奔走，亲自参与，体现出对地方文化的敬畏、编选尺度的审慎和乐在其中的热忱。反对与支持，无为与有为，这些矛盾的统一体存在于一个人的内心，其界限的把握是需要原则与眼界的。奉真先生是真正做到了。

奉真先生还是一个有趣味的人。《菜根谭》里有这样一句："居轩冕之中，要有山林气味；处林泉之下，需怀廊庙经纶。"前一句是说身处官场，要有一种清迈高远、淡泊悠闲的出世情怀。他有真性情，也有雅意趣，这些文化人的性情和意趣，让他活得率真、自尊而又充实。到平凉任职后，除了繁忙的工作，他的业余生活几乎充满了寻常百姓的烟火味和布衣书生的书香味。他喜欢家常饮食，如有空闲，下班则入菜市，拎一袋土豆青蔬，享庖厨之娱，嚼菜根之香，自以为羲皇上人。他喜欢野外远足，周末无事，往往独自出郊一游，登临崆峒，散步柳湖，亲近自然，强健体魄，享受难得的浮生半日闲。乘兴而去，尽兴而归，且往往是以诗记之式的"咏而归"。他喜欢读书写作，调任平凉，也算羁旅之人，孤馆寒窗之暇，月明星稀之夜，或灯下读书，寻章摘句，或吟诗填词，推敲斟酌，不仅增益学问，且不期然而文稿盈箧，留下了光阴的清晰印痕。他也喜欢与文化学术界的交游，且气质儒雅，擅长辞令，谈文坛掌故，说乡野轶闻，忆陈年旧事，广闻博识，娓娓道来，令人如坐春风。近几年，他在市委的支持下办起了立足学术前沿、传播先进文化的市委大讲堂，邀请王蒙、梁衡、尹卓、温铁军等国内各界顶尖级的学者专家来平凉讲学。在与这些人的交流中，奉真先生既亦恭亦诚，也不卑不亢，以其深厚的素养和优雅的谈吐每每赢得他们真诚的欣赏和赞誉，并各有会心，结为很好的朋友，真正把单纯的工作关系自然而然地化为醇厚的友谊。

古人谓："太上立德，其次立功，其次立言。"在这"三立"中，奉真先生立德已传声名于友朋同道，立功亦树口碑于历任行迹，而立言，也是大有可观的。这一点，完全可以从这本皇皇30万言的《真实与立场》中管窥一二。

该书分时政评论、兰山论语、杂文随笔、都市声音、旧学商量五辑，除最后一辑是有关古汉语研究方面的学术文章外，其余多为新闻时评、言论和少量杂文随笔。这些文章，不仅留下了一个初出茅庐的年轻学子一步步走向成熟睿智的人生履历，也从一个侧面记录了社会进程，反映了时代风云。

奉真先生在基层工作不几年，本来想从事语文教学工作、继续研究古汉语学问的他却因一个偶然的机会，阴差阳错地步入了新闻行业。这一古一新，反差何其大也。但机遇总是垂青那些有准备的人。多年的读书与实践内化而成的对普通民众发自内心的悲悯情怀、对复杂世相体察入微的犀利眼光，以及数年间对语言学渐入佳境的良好训练，让他一踏进新闻的大门就表现出卓尔不群的才情和众所瞩目的成绩。于是乎，不几年就从市级党报调任省报驻站记者，再由驻站记者调任本部，再由本部担纲创办新型都市类子报，再回本部担任副总编，再由省报副总编赴任平凉市委常委、宣传部长。披览这本书，我们完全可以这么说：他人生的每一步台阶，都是用浸透心血的一个个方块汉字码起来的。

这些方块汉字的精华，就是从他从业多年来除诗词之外的众多作品中精选而成的《真实与立场》。

而《真实与立场》中分量最重的，要算他既是"稻粱之谋"，更是"啼血之鸣"的新闻时评和言论。我们知道，新闻时评和言论直面焦点、激浊扬清、引导舆论，历来是媒体的灵魂。一个媒体，坚持什么、反对什么，褒扬什么、贬斥什么，时评和言论就是最鲜明、最直接的发声筒。一个优秀的媒体，新闻反映它的广度，而时评和言论则体现着它的高度。这个高度，必须依靠高手来完成。奉真先生无疑是那些年站在甘肃新闻舆论的风口浪尖，为党立言、为民鼓呼，领一时之潮流的时评言论高手，从某种意义上也代表了那个时期甘肃新闻时评和言论的内在品质和精神风貌。

说他是高手，首先表现在高钙质。拜读奉真先生的大量时评，我们会深切地感受到一种“险夷不变应尝胆，道义争担敢息肩”的勇气和担当，他总是将自己置于每个新闻事件的漩涡中，或循循善诱、条分缕析，或绵里藏针、语含机锋，或拍案而起、金刚怒目，无不铁骨铮铮、掷地有声，表现了一个新闻人“为天地立心、为生民立命”价值和追求。

其次，表现在高眼界。写时评，犹如两军对垒，不能给对方留下任何反扑的缝隙，如果用尽全力只是钻在弥漫的硝烟中四处突围，注定是要失败的。奉真先生写新闻时评，就像一个高明的指挥官登高望远、俯察阵势，对整个战场了然于胸。这无疑得益于他开阔的视野。因为多年从事新闻工作，尤其是从事言论写作，使他对普通民众的所需所盼有深刻的体验，对各行各业各色人等的行事规则有细致的观察，尤其对国家出台的各项政策有深入的了解，看似新闻专业者，实则通才多面手。所以面对一个看似寻常的新闻事件，他都能从民众的心理、从社会的需求、从政策的角度去研判，并站在全省乃至全国大政方针的制高点上，高瞻远瞩，抽丝剥茧，提炼主题，写出既有

个体特殊性，又有普遍指导性，并能给人启迪、发人深省的“大块文章”来。

再次，还表现在高技巧。新闻言论，尤其是时评，是一种时效性特别强的文体，它要紧随新闻之后在第一时间登场发声。这除了要求作者必须有“上马追穷寇，下马草檄文”的倚马可待之才外，还有一个重要因素是必须讲究文章的技巧。同样的一个道理，用不同的方式表达出来，一定会有不同的效果，所以，古人说“言而无文，行之不远”，其意义正在于此。奉真先生自大学时代开始古汉语语言学训练时，就大量阅读了古典文学的诗词歌赋，尤其对《左传》《战国策》《史记》等先秦两汉名著和唐宋八大家等这些文章圣手的名篇烂熟于心、独得心源，所以出手为文，得古人气息，有大家气象，不仅持论公允、有理有据、正气凛然，而且以小见大、步步为营、引人入胜，让人一读起来就欲罢不能，引起心灵上的共鸣。如《善待鸟类》一文，从喜鹊在23层大厦顶部避雷针铁架上垒窝这则看似寻常的趣闻说起，采用拟人化的手法，换位猜想喜鹊的“苦衷”，其间还列举了鸟类为人类营造的许多诗情画意般的境界，以及鸟类“惹不起躲得起”的无奈，最后发出了“善待鸟类，就是善待人类自己”这样的呼唤。一篇短短的千字文，看似不经意间信手拈来，却趣味盎然、文采飞扬，显示了作者不求工而自工的高超写作技巧。

除了上述新闻时评和言论外，本书作为文学体裁的杂文随笔也分量颇重，其中尤以《兰谷流香》《千秋遗韵超然台》《寻访吴可读》这三篇随笔最为厚重而超拔，完全可与近年崛起于文坛的一些优秀的“文化散文”比肩而立，毫不逊色。在奉真先生的笔下，对邹应龙、吴可读这两位从皋兰山下，通过科举仕进的方式走进中国明清重要历史节点的陇上乡贤，以及杨继盛这位因言获罪，被贬谪到偏鄙小邑临洮犹念念不忘为民谋利的钦定犯官，无论是寻访其旧踪、梳理其生平、品评其事功，总是能将零散的吉光片羽缀成霓裳羽衣，一针一线，针脚绵密，不仅显示了作者深厚的文史功底和高明的驾驭材料的水平，而且对三位前贤的遭逢际遇充满了无限的敬仰、理解和同情，岂不令“读书人一声长叹”啊！

最后一辑“旧学商量”，收录的是作者从事古汉语语言学研究以及与之相关的学术类文章，这主要是他大学时代和刚刚步入社会时的研究成果的小结，笔者于此类专业性文章实为门外汉，本不敢置喙，但从其研究之选题、发表之层次，仍可看出其起点之高，绝非我辈中文专业的“万金油”们所能企及。只可惜这种出手不凡、前景看好的学术研究势头，因后来从事繁忙的新闻和行政工作而无暇顾及、长久搁置了。难怪国内有些著名文史学者也曾不无惋惜地对他说：“先生若许身学术，成果应不在这顶乌纱之下。”世事难料，鱼与熊掌本难兼得，亦复何求！

行文至此，本该煞尾了。但为了应和本文开头奉真先生的词，遂不揣浅陋，将拙作《送周奉真先生之任省文化厅》抄录于后，未计工拙，聊表敬意耳：

曾经作赋万言雄，倚剑崆峒力事功。
宦海多无长官气，儒林大有士夫风。

政声已共歌声远，物理能同天理融。
此去金城水云阔，敦煌一曲震寰中。

兰山巍峨，大河激荡；先生之风，山高水长。真诚地祝愿奉真先生能在新的工作岗位上一伸千秋之愿，再造名山事业！

二〇一五年五月于平凉

**（该书于2015年8月由甘肃人民美术出版社出版）**

# 愚人们的乐趣和事业

## ——《平凉市摄影家协会会员优秀作品集》序

有人说：文学是愚人的事业。依我看，摄影尤甚。

因为摄影家与其他文艺门类的“家”相比，没有作家坐在书斋里捧着香茗作神游状的雅趣，没有表演艺术家登台亮相就会成为男神女神的受用，更没有书画家把毛笔变成印钞机动辄一平尺数百数千甚至上万银子的实惠，相反，“要耍单反，倾家荡产”，咬着牙买一部觊觎已久的好相机好镜头，很有可能得勒紧裤带过日子，更要命的是还要搭上几乎所有的空闲时间起早摸黑跋山涉水，用“第三只眼睛”看世界，累及一家人都不得安生。你看这摄影人傻不傻?

真傻！傻得连平凉的老古人都能在很早以前给他们预留下一句俗话：“背上清油唱灯影子。”乐了的是形形色色的观众，赔的却是自家的清油。

平凉市摄影家协会就是这群傻人的俱乐部。该协会自20世纪80年代中期成立以来，在发展会员、举办活动、宣传平凉等方面做了大量有益的工作，为平凉成为陇上“摄影重镇”奠定了坚实的基础。到2011年岁末，协会主席的接力棒传给了郝拴福先生，这是平凉摄影人具有眼光和智慧的选择。拴福先生虽然是一位有影响力的摄影家，但摄影仅仅是他的业余爱好，他的职业是行政工作。这位做过教师、当过乡镇和县直部门一把手，最后升任县政协副主席的摄影家，多年来在认真做好本职工作的同时，以摄影艺术“栽培心上地，涵养性中天”，做到了“立身之道”与“修身之技”的完美统一。自执掌市第二届摄影家协会主席以来，拴福先生以其丰富的行政经验、优秀的组织能力和出色的艺术才情，与主席团成员们一道，敬老尊贤，扶掖新人，立规矩，成方圆，办活动，促创作，无门户之见，有公允之心，每年都能尽心竭力地策划几场大型展览或摄影界的采风、研讨等活动，不仅使协会工作风生水起，而且也使平凉摄影事业进入了一个大团结、大发展、出人才、出成果的新天地。四年来，拴福先生和新一届市摄影家协会的工作，得到了社会各界的普遍赞誉，也得到了省摄影家协会和市文联的充分肯定。他所付出的几多辛劳，几多心血，我和平凉摄影界的朋友们一样，都铭感在怀，赞赏与欣慰同在，敬重与钦佩兼有。

今年初，为落实中央有关精神，省、市有关部门提出了各级领导干部不在各文艺家协会中兼任领导职务的要求，虽然我个人认为市级协会和省级以上协会是完全不同的人员结构和运作方式，以一刀切的办法让在协会兼职的领导干部一律退出，势必会影响市级协会的工作，但拴福先生毅然提出辞呈，表现出一名党员领导干部的政治觉悟和大局意识。由于协会工作的特殊性，市文联虽然同意了他的辞呈，但仍要求他善始善终地做好已经策划和决定了的几项工作。《平凉市摄影家协会会员优秀作品集》，就是其中一项。

综观这本作品集，主要有以下几个特点：一是广泛的代表性。一个好的协会应该是这个门类艺术家和爱好者的家，只有这个家具有足够的亲和力与吸引力，协会主席才会有振臂一呼应者云集的号召力。本集共收录了 138 名会员近 900 幅作品，可谓群贤毕至，少长咸集，涵盖了各行各业各色人等，在近年来出版的会员作品集中，完全称得上一次平凉摄影家们参与人数最多、阵容最佳的集体亮相，也从一个侧面反映了协会工作的声望和人脉。二是鲜明的地域性。其编选图片，并非只求人数之多，还在于内容之纯，作为平凉的摄影作品集，他们选稿以反映本地自然风光、人文胜迹和民俗风情为标准，这不仅彰显了编选者自觉地宣传平凉、推介平凉的社会责任，而且也反映了平凉摄影家们热爱平凉、聚焦平凉的艺术情怀。三是较高的艺术性。平凉市摄影家协会现有会员453名，其中国家级会员26名、省级会员123名。与周边市州相比，应该是一支队伍较大、水准较高的摄影劲旅，再加之大家投稿的积极性很高，编选的尺度又很严，所以最终呈现给大家的这本作品集，完全可以代表当代平凉摄影的最新成果和最高水平，是一本名家云集、佳作纷呈、质量上乘的优秀作品集。它的出版，的确是平凉摄影界乃至文艺界一件可喜可贺的好事！

由我执笔的市文联《致各文艺家协会中兼任领导职务的副县级以上领导干部的一封信》中写道："手可以不牵，心永远相通。我们深信，从事文艺工作是源于一种热爱、一种理想和一种追求，即便职位变换、时间推移，都能不改初衷。虽然您将退出所在协会的有关职务，但在真正热爱文艺事业的人的词典里，永远不会出现'退出'这个词，因为艺术之树常青。愿我们相互砥砺、声气相求！也愿我们珍重前程、友谊长存！"

今天，我仍然愿意把这几句话抄录在这里，是因为这些话不是应酬的套话，而是真诚的表达，是对我所尊敬的拴福等先生以及所有摄影界朋友的敬意和祝福！

我想，这些可敬且可爱的"傻子"们，一定会有常人所无法理解也无法体验的愉悦和收获！

二〇一五年七月

**（该书于2015年由该协会编印，内部发行）**

# 合力讲好平凉故事

## ——《春秋逸谭》后记

对有些人而言，对某一个地方产生兴趣并进而去了解它、走进它，可能是从不经意间听到与之相关的一个掌故开始的。而作为陇东始祖文化源头、丝绸之路重镇、商贸物流中心和军事攻守要塞的平凉，虽然从远古的伏羲文化而下七八千年间历史延绵不断，人事屡见史册，但许多精彩的掌故都淹没在一种宏大的叙事之中，很难呈现到普通读者的眼前，更遑论熟知和了解了。

基于这种认识，我们觉得编纂一本专门讲平凉掌故的书，把具有故事性、可读性的历史人物和历史事件从卷帙浩繁的各类正史、稗抄、方志、谱牒和近年的文史资料等文献中提炼出来，作为普及性的读物，奉献给广大读者，应该是一件很有意义也很有趣味的事情。

选题既定，我们抱着对历史负责、对地域文化负责的态度，首先提出了写作规范，即必须讲究学术性，所有选题和写作，得于史有据，无一篇无一人无一事无来历；同时，必须讲究可读性，要善于讲故事，尽量选取一段历史、一个人物或一个事件最有趣味、最具神采的一个点，以小见大，以少胜多。随后，我们几位分册编者巡回各县（区），与各位参与写作者和资料提供者，就编纂意图、写作方法及注意事项进行了交流座谈，进一步集中了大家的智慧。

大的框架确定后，遂让各县（区）申报各自的篇目，再按要求一一审定增删，逐篇提出写作要求，然后由作者完成，最后经编者审定，较好的稍事修改后定稿；较差的提出修改意见，重新写作，重新审改。

在编纂过程中，感觉比较棘手的有这么几点：一是县（区）申报的篇目有很多不符合规范要求，一看题目不是人物小传，就是历史常识，有的甚至是纯粹的民间故事和神话传说。二是资料来源比较单一，篇目比较少，不能完全涵盖平凉的主要历史事件、历史人物，也不能全面展示平凉历史的连续性。三是不会讲故事，被历史文献牵着鼻子走，把掌故写成了简单的史料现代文翻译，精彩的故事被淹没其中，无法立体呈现。针对这些问题，我们本着宁缺毋滥、精益求精的原则，一边坚决删掉不合掌故规范的篇目，一边在大量的历史文献和地方文史资料中多方寻找合适的线索，同时，对写作方法有问题的稿件，不惜数次返工和修改，使之达到预期的标准，以保证全书体例和水准的较好统一。

在全册 188 篇掌故中，因原来篇目较少，由编者本人补充、分配有关作者完成的选题占十之二三；在所有稿件中，一次成型稍做修改即可采用者亦十之二三，其他篇目或反复数次定稿，或修改幅度较大。可以说，这本看似编选而成的册子，其实是大家精心策划和分头创作的文史作品集，也是平凉第一次有计划、有目的、系统地集中对地方历史掌故的梳理、编写和推介。

需要特别说明的是，本书下限定在 1949 年，这并不是编者厚古薄今，而是考虑到掌故所涉的人和事，总需要相当长的时间进行沉淀。民国以前的掌故，基本上有了比较中肯的定论，也有了沉淀后特有的味道；而要把当代人事当作掌故写，因牵涉种种，难免会有失公允，只能付之阙如。这样做，可能会给

部分读者造成一种遗憾，不过“现在时”也必将会成为“过去时”的，到适当的时候，如果有有心人愿意回望这段“过去进行时”，相信会在我们所处的这个时代中撷英摭华，得到美好的呈现。

坦率地说，这本掌故集的完成，编者就像一个蹩脚的包工头，而各位作者都是免费的打工者。在施工过程中，这个包工头没少给大家发号施令，甚至因某些分歧而产生了种种不快，但承蒙大家的海涵和合作，这个工程总算顺利告竣，而且可以聊以自慰的是，它还比较接近于我们所规划的蓝图。在此，编者谨向各位写作者致歉并表达由衷的谢意，因为不管过程如何，这个结果总算以我们都比较认可的面目示人。

工程好不好，读者是最终的鉴定者和验收者。我们怀着一份忐忑，也怀着一份欣喜，接受广大读者的检阅。惟愿这本书，能为平凉历史文化的传承、传播起到其应有的作用。

二〇一六年二月于平凉

**（该书于 2018 年 3 月由人民文学出版社出版）**

# 地以人传　景以文传

## ——《陇头鸿踪》后记

游记，是一个古老而常新的写作体裁。古往今来，在我国汗牛充栋的散文典籍中，游记占有重要的一席之地。特别在交通发达、旅游成为一种时尚的当今，有点写作喜好的人都会成为游记写作者。

作为全国优秀旅游城市的平凉，山川雄秀，历史悠久，自然人文胜迹遍布各处，自黄帝问道而下，秦皇汉武及历代王孙贵胄、迁客骚人多会于此，如能选编一本古今平凉游记，想必一定会为山河增色，为旅游添彩，进而为促进当地文化与旅游的深度融合助一臂之力。这，就是我们编纂本书的初衷和用意之所在。

在编选之前，我们就确立了这样的标准，即外地名家有文必录，当地作者适当补充。之所以这样做，说白了，无非是想借助名家的声望和作品，产生一种“地以人传、景以文传”的名人效应。

古代游记的选编，我们只能求诸地方文献，虽然数千年来涉足平凉的名人络绎接踵，但留下来的游记作品却屈指可数，最早的准游记作品只能首推距今千年的宋代名臣陶谷所撰的《重修回山王母宫颂并序》。宋以降，除明代胡缵宗、赵时春、吴同春，清代武全文、王钟鸣、杨景彬、黄廷钰，民国幸邦隆等人所写的几篇真正意义上的游记外，要汇集一本适当规模的游记作品集也很困难。于是，我们就将眼光移开来一些，目之

所及，只要是名家所写的有关平凉自然风光、历史文化、风土人情的文章，皆可入选。这样，就将类似于游记文体的一些碑记，特别是清代、民国时期名人如林则徐、张恨水、范长江、蒋经国等人途经平凉的日记也纳入本书范围，这就可以称得上广义的“大游记”了。

当代平凉游记，名家作品同样较少，尤其是改革开放以前基本没有。究其原因，只能归结为近代以来西北优势尽失，普遍落后，而平凉更甚。所幸近二三十年来，先后有贾平凹、从维熙、梁衡、秦岭等外地名家和柏原、邵振国、彭金山、马步升、人邻、习习等陇上作家来平凉，或讲学、或采风，留下了有关平凉的文字，这些都属于“有文必录”的范畴。当地作家作品，我们在选编时有意采取了“避让名家”和“补充不足”的办法，即名家涉笔较多的景点如崆峒山，即使写得较好，也尽量不选，而当代名家未能涉笔的如莲花台、陈家洞、西岩寺等，则尽量入选。所以，单纯从文本的艺术角度来看，未必做得很好，但要从平凉主要景点的覆盖面来看，则一定是比较全面的。

应该说，这是一本艺术化了的平凉旅游导游词。它既可以增进广大读者对平凉历史文化和旅游资源的了解，进而走进平凉，感受平凉自然之美、人文之美；也可以于闲暇时，一卷在手，卧榻之上，神游崆峒，梦浴泾水，享受文字带来的有关平凉自然人文的阅读体验和心灵愉悦。

本书选编古人作品以写作年代为序，当代作品以作者生年为序。这对编纂来说比较容易操作，但对阅读而言，一是未能突出名家作品，二是有些作品的写作时间顺序被打乱，写作背景不时转换，这势必会造成阅读过程中让人不爽的“坎儿”。

顾此失彼，无法兼得，还望读者见谅。同时，由于编者视野不广，一定有一些上乘之作未能入编，遗珠之憾，在所难免；另外，由于编者文字水平所限，有些篇目特别是古代游记的校勘、句读等方面，虽然在近年出版的多个版本中，尽最大努力纠正了许多文字和标点的错误，但一定还有许多错讹之处，恳望得到读者的批评指正。

给平凉地域文化留下一份没有失误或很少失误的资料（以后会成为史料），这是编者和读者的共同期盼。

二〇一六年二月于平凉

**（该书于2018年3月由人民文学出版社出版）**

# 铸就平凉旅游之魂

## ——《人文平凉》丛书总后记

人们常说："文化是旅游之魂。"古往今来，人们登山临水，表面上是欣赏自然风光，但实质上却是借山容水态或发思古之幽情，或寄个人之感怀，"游目"只是外衣，而"骋怀"则是饱满的血肉。不论是宋代的苏东坡夜游赤壁，还是今天的人们挤破头去看滕王阁、岳阳楼、黄鹤楼等，都是奔着年深日久的一些事件或故事去的。

平凉是全国优秀旅游城市，其自然风光和人文胜迹放在全国也属上乘，旅游资源不可谓不丰富。近年来，平凉在旅游硬件建设和宣传推介方面虽然下了很大的气力，发展也比较快，但总归没有跻身于全国最好的旅游热线。这当然与平凉的地理位置、交通状况等因素有关，但静下心来想一想，旅游与文化深度融合不够、文化支撑乏力的问题同样不可小觑。最明显的例证就是外地游客在游览之后，如想进一步了解当地的历史文化，要找几本有可读性的书籍都比较困难。为此，2012 年，时任市委常委、宣传部部长周奉真提出要编纂一套既立足学术性，又体现普及性，真正能为平凉旅游事业服务的《人文平凉》丛书，此事经汇报市委常委会议讨论后，得到了市委、市政府的充分肯定和大力支持。随后，由市文联牵头，各县（区）委宣传部、文联配合，茹坚、魏柏树、李世恩具体承担各分册编纂工作任务，各县（区）也相应抽组了文字撰写和资料提供人员，启动了这套以历代平凉掌故、平凉游记、崆峒山诗词、平凉诗词和平凉金石为主要内容的丛书编纂工作。

2013年，几位分册编者巡回七县（区），由县（区）委宣传部召集会议，我们与当地作者就编纂意图、写作方法及注意事项分别进行了交流座谈，也汲取了大家的智慧，形成了各分册编纂框架。随后，由各县（区）按照各分册框架申报各自的选题篇目，由各分册编者按要求一一审定增删，逐篇提出写作要求，交由作者完成，最后经编者审定，较好的稍事修改后定稿；较差的提出修改意见，重新写作，重新审改。历时一年多，基本完成了编纂工作。

值得一提的是，2012年10月，著名作家、学者王蒙先生应平凉市委邀请，为市委大讲堂作有关传统文化的讲座，同时也考察了崆峒山、市博物馆等，对平凉历史文化遗存颇多表示赞许。应市委领导的请求，王蒙先生本着对贫困地区的特别眷顾，不仅为《人文平凉》丛书欣然题名，而且答应作序推介，并担任该丛书主编。编纂过程中，王蒙先生曾对总体工作提出过较高的要求，并对一些具体问题提出了十分中肯和重要的意见建议，这给我们各位编者以很大的鼓励，也促使我们务必认真编纂，以不负王蒙先生的关怀和支持。

书稿编就后，送交国内著名出版社人民文学出版社审阅。对该社来说，仅国内名家的选题就已应接不暇，却能降尊纡贵为我们小地方编辑出版这套丛书，这已经足够令我们感动。但让我们尤为感动的是，责任编辑廉萍博士审稿过程中，额外查阅了大量资料，纠正了原稿中不少错讹，并增加了部分历代诗人写崆峒、平凉的诗词，从而保证并提升了这套书的质量和水平。

本丛书还有许多珍贵资料和图片，如金石部分中甘肃文博

界著名学者祝中熹先生的赏析文字，以及甘肃著名摄影家赵广田先生的文物图片等，都十分难得，这次都慷慨惠赐，表现了他们对陇上文史传播普及的热忱。

还有平凉市委原常委、部长曹复兴和继任者张正两位领导，始终把编辑出版好本丛书作为平凉文化工程的重点项目，予以足够的重视和支持，或协调经费，或指导业务，或督促进度，这种认真负责、一以贯之的精神，体现了平凉领导层对旅游文化十分积极并亲力亲为的态度。

如今，这套凝结着许多人心血的丛书即将付梓，这将是平凉文化与旅游深度融合的一个良好开端，相信此后将有更多精彩在等待着我们去采撷、去挖掘、去实施。

在此，作为丛书编纂牵头单位的负责人，我代表各位分册编者谨向主编王蒙先生以及上述各位学者、责任编辑、主管领导以及各位作者、资料提供者们，表示崇高的敬意和诚挚的感谢。因为有你们的襄助，这套丛书才能以我们比较满意的面目问世。同时，我们也希望历时四年、数易其稿的这套丛书，能够得到广大读者的认可，进而为平凉旅游文化助一臂之力。果如是，则一切辛劳都将成为美好的回忆。

二〇一七年四月十二日于平凉

**（该丛书于2018年3月由人民文学出版社出版）**

封禪書

伊上古之初肇自顥穹生民歷選列辟㠯迄乎秦率邇者踵武聽逖者風聲紛綸威蕤堙滅而不稱者不可勝數也繼昭夏崇號謚略可道者七十有二君罔若淑而不昌疇逆失而能存軒轅之前遐哉邈乎其詳不可得聞已五三六經載籍之傳維見可觀也書曰元首明哉股肱良哉因斯以談君莫盛於堯臣莫賢於后稷后稷創業於唐公劉發跡於西戎文王改制爰周郅

临何绍基小楷《封禅书》(1)

# 小女子也有大情怀

## ——柳娜《追寻生命的绿意》序

我曾经有过先后 14 年的新闻从业经历，可现在回过头来一看，那些当年的足迹早已随风而去、无迹可寻了。“此情可待成追忆，只是当时已惘然”——真是活该。

一个天性愚钝的人，之所以还能有这份自觉和自省，缘于在我生活的周围，能经常读到许多让人眼前一亮的好新闻。这些好新闻，总是眼睛朝下、沾着朝露、能接地气，是有道义担当、有人文关怀、有社会效果的鲜货。把这些好新闻当作参照物，于我的所谓“新闻足迹”而言，正像鲁迅先生《一件小事》里主人公的自责——“渐渐的又几乎变成一种威压，甚而至于要榨出皮袍下面藏着的‘小’来”。

世间事，往往有些阴差阳错，比如柳娜女士让我给她的新闻作品选集《追寻生命的绿意》作序。因为柳娜正是写了多篇这种好新闻的年轻人之一，而我自己的新闻历程却是皮袍下藏着的那个“小”。不过，作为她曾经的同事和一直关注地方新闻事业的人，虽然自己已置身于新闻圈外，但看到同道们佳作迭出并产生一定的社会影响时，总会分享到那种“沉舟侧畔千帆过”般的欣喜，且能收获一些粗浅的体会和心得。

《追寻生命的绿意》分上、下两册，计 70 万字，分“热点聚焦”“文旅养生”“人物风采”三章，其中既有直面各个时期社会热点的追踪报道，又有文化旅游养生话题的娓娓道来，还有对平凉各界特别是文艺界人士的访谈。当这些新闻变成了旧闻，我们再回过头来阅读时，就可以在追溯和探寻平凉近年发展变化的一些轨迹的同时，能感同身受地体味我们曾经置身其中的一些事的繁杂、纠结，以及周遭一些人的悲欢、苦乐，慨叹人生的无奈、奋斗的艰难和收获的喜悦。所以，我们说记者在记录社会，也在保存历史。阅读这些新闻作品，何尝不是在重温这段距我们很近且尚未完全沉淀下来的历史呢？这的确是一种比较特别也比较新鲜的阅读体验。我想，柳娜新闻作品集的出版，其意义也正在于此。

纵览柳娜的新闻作品，感受最深的是：小女子有一种大情怀。好记者，与性别无关，但绝对由情怀而判高下。而这情怀，就是承担道义的肩膀、观察世相的眼界，以及对报道对象寄予的一种虽力求公允，但发自内心的情感。这情感，虽然大都隐含在不着痕迹的春秋笔法中，但记者所持褒扬或贬斥、同情或厌恶的态度，总会在交由受众判断时得到较为客观的呈现。而情怀的有无与大小，就决定着这个记者新闻作品的价值之高低。和许多知识女性比，柳娜有一种思想的高蹈，但更有一种低到尘埃里的行走，所以她很接地气。近几年，她采写了许多有深度、有真情的好作品，不仅在社会上产生了较大的影响，而且还改变了被采访对象的人生，帮助他们走出了人生的困境，看到了生活的希望。如肩题为“回家迷路双脚冻伤被截肢，贫寒家庭雪上加霜遭厄运”的《19 岁少女走入人生困境》，报道了向小翠这个因冻伤而永远失去双脚的女孩的不幸遭遇，目的是唤起人们的同情心，让大家一起帮助她和她的家庭共渡难关。只有造德精微，才能下笔仁厚。在这篇报道中，柳娜不只是盯着无法筹措假肢费这个“愁”，而是由这个“愁”拓展到因父

亲受伤而辍学打工的“难”，以及因回家迷路而冻伤的“痛”，用许多关键词如“干农活”“酿皮店打工”“为弟弟挣学费”“腊月底回家”“半夜冻晕”“双脚坏死”等，串起了一个乡下女孩善良、淳朴、担当、坚韧的“早当家”的故事，读之令人潸然泪下。稿件发表后，引起了社会各界的极大关注，最终以《向小翠能走路了》为题给该报道画上了虽然揪心但也算圆满的句号。这类稿件还有《寒门学子敲开北大之门，学费愁坏一家人》等多篇，可以开一个长长的单子。通过这些报道，一些没钱上学的孩子如愿走进了学校的大门，一些求告无门的患者筹到了治疗费用，一些不被理解的好心人终于获得了社会的尊重……柳娜说“这就是善的力量”。而这力量的背后，有许多像柳娜这样默默无闻的推手。可以说，柳娜这样的记者其实就是“善的力量的传导者”。

当然，情怀如果遭遇了懒惰，就成了志大才疏。柳娜之所以能够取得这样的成绩，还有重要的一条是：好记者有一双勤脚板。新闻界有一句老话：“脚板底下出新闻。”诚不余欺也！所以，一个好记者，永远行走在路上。这路上，新闻不可能如路旁野花俯拾即是，让你唾手可得一夜成名，更多的可能是寂寞、焦虑甚至荆棘满途、身心憔悴。就像一个饥渴的旅人，如果不停歇地行走，总会遇到一碗水在哪个村庄等你；而原地等水的人，在前不着村后不着店的当口，是决然不会有上帝送来琼浆的。柳娜一入新闻行道，就得到了我尊敬的新闻界前辈、她的母亲罗淑兰老师的言传身教，有时甚至是严督苛责，因而一开始就练就了一双好脚板，脚勤手勤，甘于吃苦，再加之有一股年轻人特有的热情与活力，很快就脱颖而出，成为报社发稿量最多的记者之一。工作 20 年来，她的足迹遍布全市各县

（区）的许多乡村和城市中不为人知的背街小巷，采访了上至来平凉的国内名家巨子，下至处在最底层的普通平民等各色人等，探访他们的内心世界，反映他们的感受诉求。正因为采访勤，所以才发稿多；也正因为发稿多，所以才眼光好、优稿多。她获2008年度中国城市党报新闻一等奖的通讯《绿叶对根的情意》，是从本报二版上一条不起眼的三四百字的消息中发现了线索，第二天就利用周末的值班间隙，搭班车到庄浪乡下去“抢”这条好新闻的。这位主人公是一位于3年前入党的93岁老人，不仅有许多令人感动的故事，而且也以自身的行动生动阐释了什么才叫信仰。这可遇而不可求的好新闻，如果不靠一双勤快的脚板，就只能等着被风干和消失。她还曾采访过庄浪籍国际级长跑健将李柱宏，这位出生在偏乡僻壤的孩子，因喜欢和擅长奔跑，经过十多年锲而不舍的艰苦锻炼，最终从小山村跑到了国际赛场上，为甘肃和平凉争了光。柳娜在这篇通讯中写道：“他在奔跑，似乎要拼尽生命全部的赤诚；他在奔跑，大汗淋漓，似乎内在的体能已到了无法超越的极限……这时候，他听到了一个声音，‘跃过去，跃过去就是希望，就是成功’。”这虽然是在写长跑健将，但又何尝不是在写记者自己？在新闻的路上，这个看似柔弱的女子，同样有健将一样的毅力和耐力，无非一个奔跑在看得见的跑道上，一个奔跑在看不见的跑道上而已。

此外，柳娜还有一个显著的特点是：好写手有一笔好文采。新闻作品毕竟不同于文学作品，文学作品可以不计时日地去精雕细凿，甚至“两句三年得，一吟双泪流”，新闻作品则不然，所以记者不是作家，而是写手。这并不是说写手就是等而下之的，相反，因为新闻的时效性和实用性都很强，就要求写手必

须具备一种倚马可待、下笔千言的“捷才”。因而，新闻要快，仓促出手往往会让人忽略其审美的特点。有文字洁癖的人，连一个便条都要写得字斟句酌、音韵铿锵的，何况面对大众阅读的新闻呢？“言之无文，行而不远”，古人的这句话应适用于每个以文字为载体的人文社科门类。早在西汉时期，司马迁就把《史记》这样严肃的正史写成了“无韵之离骚”，从而以文学特有的感染力成就了其“史家之绝唱”的地位，而与文学最为接近的新闻怎么就不能适当借力于文学化的表达呢？遗憾的是，目前的新闻界普遍粗头乱服，目之所及多见令人生厌的行政公文语言、口号式语言和不知所云的网络语言，唯独缺少了文学化的表述和活泼的百姓语言。柳娜或许是新闻人中比较突出的一个有学习力的人吧。读她的作品，可以发现她对新闻写作有着比较冷静的思考和比较自觉的选择，不论是长篇通讯、新闻调查还是人物访谈，她都能较好地调动自己的文学才情，尽量把新闻写得软一些、活一些，温情一些、贴近人心一些，让读者喜欢读而易于接受。这应该得益于她的爱读书、爱思考。据我所知，她读书的兴趣比较广泛，内容如历史的、现实的，分类如文学的、纪实的等，都有所涉猎和借鉴。俗语说“功夫没有枉下的”，所有看似不经意的阅读，到头来都会变成自己笔下涓涓不息的才情。我要为柳娜这样因读书而一直成长着的人点赞。

柳娜青春、阳光，有朝气，但也低调、谦逊，不张扬，从事新闻工作 20 年了，也算劳碌多年，经过了一些风雨，付出了许多艰辛，但更多的是收获了一个饱满的、有成就感的青春时代，这难道不足以令人欣慰吗？《追寻生命的绿意》的出版，是柳娜对自己的新闻历程所作的一个回顾性的小结，相信她会以此为新的起点，静下心来，更好地明选题之得失，知行文之收放，甚至懂工作之张弛，以便把自己今后的人生演绎得更加光彩照人。

是为序。

二〇一六年端午于平凉

（该书于2016年6月由团结出版社出版》

# 异姓兄弟的“二重唱”

## ——马宇龙、王新荣《江湖秋水》跋

这是一对异姓兄弟的诗歌集。兄比弟年长10岁。

异姓兄弟，曾经是江湖上的流行词，对而今以文字为生命的行吟者而言，则已被过滤为同声相应、同气相求的代名词，虽稀薄，但明净恰如秋水。

二十多年前，我在甘肃人民广播电台平凉记者站工作时，宇龙正在县委报道组任职，因工作关系我们相识，进而因同样的文学情结和小圈子里的一点虚名，更让我们成为茫茫人海中能记得住并能时时想起的人。此后，我由新闻而转为政务文秘工作，宇龙则从县文化部门的负责人，辗转到市直经济部门的办公室，也一头扎进了被我自嘲为“嚼蜡顿顿家常饭，作文句句老生谈”的文秘生涯。再后来，我和他又先后到市文联任职，成为朝夕相处的同事。从文学起步，我们都走过了差不多三十年不知终点的路，又回归到文学这个原点，让人不由得对人生种种不可预知的机缘有些慨叹。

我是一个被多年八股式“遵命文字”自废武功的人，在文学的江湖上算是失了姓字。但宇龙却不然，虽然他也以“八股文字”作稻粱之谋，却以一个有心人的坚守，见缝插针、从不间断地阅读、观察和写作，养活着一团春意思（曾国藩自题联“养活一团春意思，撑起两根穷骨头”），经营着无损于少年梦想的汩汩才情和锦绣文章。一路走来，他这个文学领域的全能型健将，竟然能在孤寂枯燥的工作之余，让生活出奇地开出花来——出版了三部长篇小说《天倾残塬》《秋风掠过山岗》《山河碎》（最新的一部《楼外楼》已被国内某名刊相中，名花有主），散文集《穿过血液的河流》和诗集《大风过耳》，也有许多作品频频发表于省级以上报刊。正因为创作成绩骄人如此，在来文联工作之前，已被市文联提名、文学界同人推选为市作家协会主席，引领和服务于平凉作家和文学爱好者们。

也就在此时，一个闯入平凉文学圈子的年轻人引起了大家的注意。他笔名泾芮，一看这名字就知道是泾河芮水合流处的泾川人，身在银川，但借助网络的便利一直活跃于家乡文坛，人脉健旺。因为编辑《崆峒》杂志，曾和宇龙说起泾芮，才知道这个本名王新荣的打工作家（明知这标签像补丁，但不得不贴），很早就与他因文字而相识相知，有着超越年龄、身份和职业界限的兄弟情谊。提到这位小兄弟，宇龙在欣喜和自得中流露出对其生活境遇的怜惜。可以说，他们的交往是有故事的，这故事虽不像小说那样传奇，但有着《世说新语》中的隽永。这些故事，在本书后面宇龙和新荣的文章中都有各自的表述，读者诸君自可慢慢品味，不再赘言。令人惊奇的是，新荣每天穿行在这个十分熟悉但又始终无法融入的城市，给老板干着最卑微、最繁重的体力活儿，而奉献给世人的却是大雅不群的文字——每年有近百篇（首）作品在各类报刊发表，这是一个真正的劳动者创造的奇迹。不难想象，他不是把别人喝咖啡的时间用在了写作上，而是把自己打盹儿（说睡眠是太奢侈了）的时间都倾注到文字中了。

一个负担沉重的乡下年轻人，自幼喜欢文学，但文学除了给予他精神的慰藉之外，至今并没有带给他较为宽裕的生活条件。为了养家糊口，他就像蜗牛一样不得不背负着生活的重壳，

又心甘情愿、自得其乐地承载着文学的梦想，身和壳始终难以剥离，一路爬行，一路汗水。为此，我曾在2015年第2期《崆峒》杂志以“击壤二重唱”的特辑形式，把平凉打工作家李新立、王新荣这两位“耕田而食”的歌者，组合成一个“男声二重唱”，予以郑重推介，期望两位在田野唱惯了的优秀歌手，也能享受舞台、音响和霓虹的美妙，更期望一些爱才惜才的领导和企业家们，能为他们提供较为体面的工作条件，让他们有尊严地“怀抱利器而有所施”。

有一次，新荣从泾川老家到平凉陪侍父亲住院，宇龙赏饭，邀我作陪，吃的是暖锅。我才第一次见到了新荣，他内敛沉静，也不长于表达，因长年干苦力，年纪轻轻的身体也不大好。那晚，我从那个金黄色的铜暖锅里，感受到友情的可贵和人情的温暖。“人生得一知己足矣，斯世当以同怀视之”，此之谓也，夫复何言？

再后来，宇龙告诉我，他要和新荣合出一本诗集，邀我写一点文字。我知道，对宇龙来说，多一本诗集，已可有可无，而对新荣来说则是令人欣喜的“第一本”，更重要的是对其今后的人生或许能略有裨益。宇龙虽未详谈，但他提携后进之意则不言自明。成人之美，君子所乐为也，我岂能推辞？

拜读两人的诗作，正所谓“和而不同”。就题材而言，宇龙阅历丰富一些，选题也就比较宽博一些，既有对人文胜迹的思古之幽情，也有对机关生活和工作领域的体悟之隽语；而新荣因始终沉潜在生活的底层，触目多是对时代大潮裹挟下渐变的村庄、故土、乡亲的感叹和忧伤，以及对劳动者生活的无奈和悲鸣。但题材的不同，又恰好印证了他们写作方式的相同，那就是他们都在真诚地书写着各自所熟悉的生活现场和情感历程，绝少臆想的梦语，正符合“文章合为时而著，歌诗合为事而作”以及“我手写我口”的创作实践。

当然，细心的读者也不难发现，作为诗人，他们怎能忘怀那根最为敏感易动的心弦？这就是他们两人都倾情咏叹的同一类题材——亲情。而对同一类题材，他们却呈现出不同的创作风格，总体说来，宇龙的作品多抽象、空灵，新荣的作品则多具象、厚实。请看宇龙的《薄祭》：“一炷香在风中缩短/那是守望你的日子正在化作青烟/记住 32 年以前的光阴/也记住 32 年以后的光阴/一棵大树/用叶子/在守望自己的根/一个人/用身躯/在跪着自己的灵魂”。这是他献给祖辈亲人的诗，没一句话直写祖辈对孙辈的爱，但通过风、青烟、大树、根等意象，抒一片深情，感人肺腑。新荣的《等待》则直抒胸臆：“风就吹吧，反正我就要离开了/离开之前，我得安顿好家里的一切/然后带着心疼和不忍/上路，我不能告诉父母/我的担心，也不能告诉父母/我的悲哀，让一切/悄悄地，落在我的肩上吧”。我向来品诗衡文，不太注意流派，也不太在意理论（当然这是水平所限），只要能打动人心，引起共鸣，给人以真善美的启迪和享受，就是佳作。二人虽然都以不同的歌喉音调咏叹亲情，但我听到了他们发自内心的泣血般的呼唤，令人闻之不能不对人世间的至情至爱所感染，并能生发一种向善向美的情愫，这难道不是真性情、不是好诗歌？宇龙和新荣，就像两株植物，虽然植根的水土不同，长出的枝叶和结出的果实各异，但这枝叶和果实都无疑是汲取了各自根系的泥土养分，有着各自品类的个性——这就是诗人。

欧阳修说：“诗穷而后工。”这里的“穷”并非贫穷之意，而是指处于困境、付出艰辛。其实，非但诗人需要“穷而后

工”，哪个行业的人不经风霜之苦，就能轻而易举地拿出品位不俗的活计？大抵当官为宦、经商行贾、做工务农、舞文弄墨者莫不如是。但多年来，人们似乎形成了一种偏见，一旦“吟诗作赋北窗里”，就得固守“万言不如一杯水”的贫穷，这好像真的成了诗人的宿命。作为后来的诗人，为什么就不能有如贺知章、王维、高适等诗坛巨匠们那般平步青云、衣食无忧的命运呢？特别是当今的写作者，更应有一个相对理想的创作环境，才显得野无遗贤，不负盛世光景。对新荣这样的人来说，尤其紧迫。

差点忘了告诉大家，《江湖秋水》的书名，典出杜甫诗《天末怀李白》：

凉风起天末，君子意如何？
鸿雁几时到？江湖秋水多。
文章憎命达，魑魅喜人过。
应共冤魂语，投诗赠汨罗。

李白比杜甫年长11岁，二人师友相从的兄弟情谊，历来是文坛巨擘惺惺相惜的佳话，为后世所景仰膜拜。我也真诚地希望，宇龙和新荣相互砥砺，携手前行，成为平凉乃至陇上文学星空中的双子星座。

二〇一七年初春于平凉

**（该书于2017年3月由华龄出版社出版）**

# 鼎彝重光　振励后学

## ——“静宁古今诗文集萃”之《先贤遗编》序

1992年夏，我到青海西宁看望羁旅此地半个多世纪的伯祖父庆芬公。闲谈中，老人家突然问道：“王尔全先生的后代现在如何?”当时，似乎听说过王尔全先生是声望素著的民国乡贤，但对其德业事功几乎毫无所知，遑论其哲嗣俊秀，皆为惠连？所以只有赧然报之以搪塞。从老人家略显失望的神情，我感知到自己对乡邦文化的漠视和浅薄。

未几，我有幸在兰州旧书摊上淘到了一本由路志霄、王干一两位先生编选的《陇右近代诗钞》，该书以通渭牛树梅开篇，至兰州叶惟熙作结，选编陇上近代诗人三十五家计一千五百余首，其中静宁王源瀚及其诗作六十一首赫然在目。仔细拜读源瀚公诗作，或描摹了我童年时代尚存余韵的故土风情，或暗合了我对农村生活的丁点体验，或满足了我对古代士人行状的好奇心理，每有会心，如饮甘醇，方知陋巷之中也有圣贤，贫瘠之地不乏名士。尤其是阅读其诗及注解，方知民国时期曾任平凉师范校长，并先后创办了平凉女子师范、省立静宁中学的王尔全先生乃源瀚公之孙，父祖两进士，兄弟多隽才，其“光耀斗牛”的焕然门庭在陇上乃至西北地区，也罕有其匹。一个人要了解故土的乡贤和文化，还得从外地人的选本中偶然得其一粟，可见这个地方的文化根脉早已命悬一线甚或中断久矣。每思及此，未尝不令人扼腕叹息。

其时，我已在老家静宁生活了20多年，已看惯了这一方黄

土沟壑经年不变的荒凉和落寞，也经见了父老乡亲为温饱而匍匐于地的辛劳与卑微，断然不会把这单调枯寂的人文环境和文采馥郁的诗书礼乐联系起来。随后，遂对乡邦文献和前贤事迹多有留意，不仅从其中汲取带有母土的温热和营养，而且也对有幸生长在这块受到文化浸润的“远鄙之地”，心存感激和敬畏。

近年来，静宁前辈学人青灯黄卷、探玄钩沉，致力于地方文史研究，发掘了不少珍贵资料，总算续接了民国以降微弱的一线文化脉息，开创之功，不可埋没。但令人仍然感到遗憾的是，“大雅久不作”，那些屡经秦火、几近失传的前贤诗文，因为各种原因，或藏之于秘阁，或置之于旧箧，或零落于散简，总是门墙半掩，难以一窥全豹。

所幸静宁县地方志办公室主任侯立文先生素精史乘、亦擅风雅，有志于此。自任职以来，于汉代以至民国以来的前贤诗文广搜博采，殚心缀录，历数载而裒然成帙，名曰《先贤遗编》。坠玉遗珠，重现光芒，诚恢弘地方文化之盛事，岂不告慰前贤、振励后学！

《先贤遗编》计十一册，大致有以下五类：一是从各种文献搜罗的自汉代以至清末静宁籍名家或与静宁有关的零星诗文《奇文史诗》；二是从清代黄廷钰、王烜两任知州所纂志本中辑录的诗文《静宁州志·艺文录》；三是静宁文化世家王氏自明代至清末数代人的诗文，如王延龄、王珙、王琪、王连珍诗文散篇《陇干文献录》、王瓒《芝兰斋诗赋文集》、王源瀚《六戊诗草》、王曜南《学古轩诗草》；四是静宁另一文化世家刘氏自清代中叶至民国末年数代人的诗文，如刘母江瑞芝《蝉鸣小草》、刘曰萃《三梅斋诗稿》、刘思恭《长夜集》；五是民国有深厚文化造诣的军政界名人受庆龙《博达游记》、李世军《玉壶集》。

纵览书稿，给人一种重启鼎彝于地下的成就感和庄严感。一方面，偏远地区的优秀诗文在传播的广度上本来就缺乏先天的优势，正如陇上民国学者韩瑞麟先生所说的："陇右诗歌在近代阒寂无声，缘于人性之悃愊无华不喜表襮者一，缘于物质之供求有限不易表襮者又一。加之交通阻塞，声气睽隔，学者散居荒山老屋之中，师友寥落，孤芳自赏，远人即欲辑集，亦安能缒险凿深，出之九渊之下，置之九地之上。"另一方面，历次兵燹和当代人为的严重破坏，尤使流传不多的地方文献雪上加霜。两方面因素的叠加，导致前贤诗文凋零散尽，如鼎彝埋没于"九渊之下"，只能偶现一鳞半爪，给后人一点欲断还续的念想而已。最明显的事例是，20 世纪 90 年代初县志办在编纂《静宁古今诗词选》时，曾出现了许多有目无文、有人无诗的遗憾，如后世盛传为"明清之际关陇地区唯一女诗人"的江瑞芝，当时竟找不到一首诗为其占一席之地，襄助编纂事宜的前辈学者、诗人赵宗理先生只能到刘氏后人家里百般查访，总算在《刘氏家谱》上抄录了一首并未录入其《蝉鸣小草》里的《于归感怀》，聊寄以诗传人的善念。令人欣慰的是，时隔 20 多年之后，不仅江瑞芝的诗集影印版经由多位热心人士的努力奇迹般地从北京觅到，而且王、刘两氏历代诗文以及民国第一公子袁克文诗琴教师徙南道人的十六首诗歌也历经曲折，尽入囊中。这些，都成为民国以后第一次进入公众视野的地方珍贵文献，可谓"幸甚至哉"。所以，面对这部《先贤遗编》，恍若于山川之间获得了一套完好的鼎彝，将其供之于宗庙，不由人不感受神圣，也不由人不敦品励行。

捧读前贤诗文，佳构殊多，光彩四照，令人目不暇给，深感前人苦心经营的名山事业，至今仍然是矗立在这个时代的文化地标，仰之弥高，钻之弥坚。我本浅薄不文，怎敢月旦前贤诗文，但私心里最为钟爱王源瀚“殆船山太史之流派”（姚家琳《〈六戊诗草〉序》，下同）。其写赴试、访古、交游之类的“纪年之诗，无异年谱”“又足见先生出处怀抱矣”；写战乱、年馑、农家的“感事之作，可为诗史”“足补邑乘之不备”。尤其是早年读《陇右近代诗钞》时，曾见到其《咏柳有序》，序曰：“陇干地寒，杨柳无絮，然条柔叶细，亦自风流可爱。郊游晚归，为内人吟之。”诗云：“甜水河干杨柳枝，春深吐絮总迟迟。细看一种风流态，似耻轻狂不肯为。”在序与诗区区五十多字中，见风景，明志节，也有一个温馨的小故事，诵其诗，如见其人。还有入编的《正月初九日临终口吟》：“劳力劳心七十年，而今地下去长眠。志铭文称诚何必，哭泣声哀亦枉然。那里亡魂登紫府，我家旧物是青毡。后来门户谁撑得？无限殷怀属尔全。”一个曾饱经沧桑、即将告别人世的老人，那种对待死亡的超脱和平静、寄予后人的嘱托和期望，让人在悲悯之中感受到文脉传递的韧性和力道。这两首诗，我多年前读过，至今尚能背诵，可见其诗不仅“浅显易知”，而且“有感于中”（慕寿祺评语），绝非虚语。自古及今、绵绵不绝的静宁文化，不正是前贤们“劳力劳心”的支撑、“无限殷怀”的期许而薪火相传的吗？当然，读古人诗文，如入宝山，可各随己意撷取，但都美如金玉。如被时人誉为“风流可许继坡翁”的明代知州祝祥所写《威戎涌泉》：“派出仙源彻底清，分来陡涧泻秋声。为霖已慰三农望，润地遍滋万物荣。野老临流垂钓饵，高人卧石濯尘缨。榆关倘有边书报，愿挽天河洗甲兵。”一首描写如今威戎龙王池的诗中，既有父母官的仁爱之心，也有归隐者的出尘之想，还有投笔者的报国之志，体现了历代静宁名宦经世致用、诗书理政的文化修养。他们不是到此镀金的匆匆过客，而是曾经造一方之多士的文化功臣。还有“甘肃清代第一个正式诗社”娱老诗社的诸遗民诗家王琪、王瓚等，他们“以闲人做闲事，对酒陶情；集老友壮老年，征歌遣兴。良辰美景，抚时物之芳华；往招高朋，想当年之逸韵。”（王瓚《娱老雅社题辞》），诗酒流连，高蹈不群，开启了有清一代静宁文化鼎盛的第一道曙光。其他如“静宁诗歌的老祖母”江瑞芝之“赋物颇工”、诗书画兼擅的刘曰萃之“不落恒蹊”、参与公车上书的进士王曜南之“平澹增趣”、被日本友人赞为“慷慨悲歌之士”的受庆龙之“瑰丽奇特”、“两院喉舌三江监使”李世军之“真诚感人”、一代名师兼名士刘子安之“风姿独特”，展示给后世的，不仅仅是诗文的华贵，更有寄托于其中传统文化和道德精神的博大与厚重，都代表了静宁某个特定时期的文化高度，是无法替代、弥足珍贵的文化遗产。

《先贤遗编》还传递出一个十分宝贵的信息，那就是关于文化世家的话题。我曾在《江瑞芝的意义》一文中说过：“历览古今，有多少高官巨富，‘眼看他起朱楼，眼看他宴宾客，眼看他楼塌了’，而只有文化和精神如一脉潜流，看似柔弱，实则坚韧，即使沧海桑田，也能抗拒强力，像基因一样代代相传，不绝如缕。”本次入编的王氏七人、刘氏三人诗文，都纵贯两个家族几百年的历史，看似各成面目，实则渊源有自，都可以看出家族文化代际传承的清晰脉络。翁同龢曾为南浔张静江故居题联：“世上几百年人家，无非积德；天下第一等好事，还是读书。”揆诸王、刘两氏，书香继世，门第清高，几百年

积德修行，数代人读书润身，不仅打破了“君子之泽，五世而斩”的铁律，而且如兰桂腾芳，代不乏人，其中杰出者，不论是读书仕宦，还是致仕还乡，都能以“乡社领袖”的身份，筑就一方道德与精神高地，在很大程度上影响着一个地方的世道人心。从这个意义上来说，《先贤遗编》又是一部关于家学传承的典型读本，会对人们修齐治平提供可贵的借鉴。

《先贤遗编》作为一项地方古籍校勘工程，有其学术方面的复杂性，如没有对地方历史文化倾注心力的专门研究，难以担当此任。令人欣慰的是，经侯立文先生总揽其事，时下翁前辈热心襄助，共同订讹补遗，发潜阐幽，作了详尽而精到的注解，既有利于研究者了解相关背景，也便于普通读者阅读，为广泛传播提供了便利。这种严谨治学的精神，本身就是静宁文化的生动体现。

最后，还需赘言的是，20 世纪 40 年代末，时在军界任职的先伯祖父庆芬公，曾为静宁教育倾囊捐资，应该亲见年长他 23 岁的前辈王尔全先生的风仪。所以，多年之后，他仍然会想起这位“大乡望”，并询问其后人的情况。可见，一个地方的文化世家和乡望老人，会对晚辈形成深刻的影响，即使晚辈远游多年、垂垂老矣，也会牵肠挂肚。这也从一个侧面反映了乡邦文化的魅力和力量。

好在静宁还有像侯立文先生、时下翁前辈这样的有心人，正在做这种敬重前修、启迪后进的事业。这是静宁文化的幸运！

是为序。

二〇一七年九月十四日于平凉

**（该书于 2018 年 8 月由敦煌文艺出版社出版）**

# 江山诗酒须行意

## ——安杰《西风破》序

我曾说过一句自认为没错的话：所有由作者自愿创作的文章，都是作者本人的“自供状”。当然，这“自供状”不一定或者一定不是让读者从作品的故事、情节以及情绪、感受中去与作者本人一一对号入座，但通过作品，作者的阅历、眼光、思想以及素养等，却在白纸黑字中显露无遗、铁证如山，想赖也赖不掉。所以，不记得是哪位作家曾深有感触地说过：我写的小说，每个人物即使是反面人物，也有我自己的影子。这句话说的，其实也就是这个道理。

安杰的短篇小说集《西风破》，收入其近年创作和发表的八个短篇，其中《西风破》《钗头凤》《江离》三篇写现代人感情生活的迷惘，《散伙饭》写个人奋斗的无望与失落，《乡镇干部》《基层锻炼》写基层乡村干部的工作与生活，《沉疴》写家庭和学校教育问题，《岭南往事》是一篇历史小说，写明代洪武年间发生在岭南的一件官场大案。从这些题材不同甚至可以说跨度很大的作品中，我们可以看到一个历练多年的作家已经具备的基本素质，以及成长为一个优秀作家的内在潜力。之所以这么肯定而又有所期许，愚以为其创作已具备相当基础，且有很大的上升空间。

写小说，说白了，就是写作家自己的生活阅历（当然不是个人实录），也就是将自己生活中遇到的或耳闻目睹的人事、体验的情感、想象的情节，杂糅、剪裁、提炼、萃取而成一个符合生活逻辑、情感逻辑的故事。和一些阅历贫乏，仅靠向壁虚构而博人眼球的作家相比，安杰因为接受过正规大学教育，教过书、当过乡镇干部，后来又到县直部门担任领导干部，与各色人等打交道多了，也就奠定了较为坚实的生活基础。所以，读他的作品，能从中体味到一种实实在在的生活和如临现场的感受。从本集几篇小说看，他所涉及的领域还是比较广泛的，就人物而言既有高级知识分子和小知识分子，也有乡镇干部；既有普通百姓，也有古代官吏。作者在讲这些人物或苦闷、或焦虑，或道貌岸然、或一身正气的故事时，都能比较自如地调动自己的生活积累，融入自己对生活、对命运以及现实和历史的理解来写，所以显得人物真实、故事可信，这是最难能可贵的。这正应了王国维先生在《人间词话》中所说的："诗人对宇宙人生，须入乎其内，又须出乎其外。入乎其内，故能写之。出乎其外，故能观之。入乎其内，故有生气。出乎其外，故有高致。"诗人如此，小说家也大抵如此。安杰的小说之所以能取得目前的成绩，很大程度上得益于这些年沉潜于生活而能"入乎其内"，有了较为丰厚的生活积累。

除了生活阅历，作家的生活感受也十分重要。文学作品不论是小说、散文还是诗歌，都是以作品为载体，向读者传递一种情感或者情绪，从而以情感人、以情动人，达到认知、教化和审美的目的。尤其是小说创作，是塑造人物和讲述故事的文体，作者必须赋予人物和故事以真实而又充沛的情感，这样才具有艺术感染力。汪曾祺先生曾谈到沈从文多次对他的教导："要贴着人物写。"早年他不甚了了，及至晚年，他才体味到，所谓"贴着人物写"就是要时时处处顺着人物的命运，理解他的遭逢际遇，体味他的喜怒哀乐，而不是武断地把人物作为作者的玩偶，随意摆布。当然，如果作家没有一双敏锐的眼睛去观察芸芸众生，没有一颗敏感的心灵去体味世相百态，就不能"贴着人物写"，就不能与人物共命运、同哀乐，这势必会造成作者和作品"两张皮"。这样连作者自己都感动不了的作品，何以去感动读者？好在安杰不仅能在自己的生活现场去感受、去积累，也能在自己的生活位置上去全身心地感受生活、感受社会，完成与生活和社会的交流与沟通。这样写出的作品，就有人间烟火味，也符合人之常情。

我一直觉得，好的小说就是把虚构的人物和故事讲得跟真的一样，让人在阅读的时候把它当作一个真实的故事，浑然而不知这是出于作者的设计，是谓"弄假成真"后的"真话假说"。但是，当下有相当一部分小说，因为作者缺乏一定的生活积累和情感体验，读他们的小说就像一个人明明在一本正经地给你编造谎言，但你还得装出一副津津有味的倾听状，你说这累不累？所以索性不读也罢。我之所以看好安杰的小说，就是因为他有比较丰富的生活阅历以及对生活的感受和体验，所以写什么，像什么，很容易将读者引入故事情节中去，并有一读而不可释卷的快意。比如，《钗头凤》中的苏细柳在家庭破裂之后与两个男人间的感情纠葛，情感的转变都十分自然、到位，毫不做作，是一篇比较成功的作品。再如，《散伙饭》中的孟良柱离家出走到一家企业报社去创

业，在报社宣布散伙时，通过一个个性格各异的同事们的不同选择、不同心态，将城市小人物的挣扎、困惑和无奈较好地呈现出来，能够打动人心。这无疑是作者能够较好地应和着人物的感受，“贴着人物写”的良好的创作实践。

安杰的小说，还有一个显著的优点，就是语言干净、利落，比较讲究，显示出作者良好的文学功底。还是借汪曾祺先生的体会来说吧，他说：“语言不是外部的东西。它和内容（思想）同时存在，不可剥离。语言不能像橘子皮一样，可以剥下来，扔掉。世界上没有没有语言的思想，也没有没有思想的语言。”读安杰的作品，平实而又干练的语言，表达准确，也很生动，并时不时蹦出几个典故或诗文，且很符合人物的身份和语言，给作品增色不少。从作者驾轻就熟的语言掌控能力，可以看出其在阅读和写作方面的训练已经达到了较高的程度。

当然，在我看来，安杰的小说还有一些不足之处，主要表现在两个方面：一是一些人物形象还有扁平化的弊端，不够立体和丰满。如《西风破》中的两个教授沈自强和言独鹤，前后变化都缺乏必要的情节推动，人物个性比较单一，这让人不得不拿钱锺书先生的《围城》作参照，看看方鸿渐们形形色色的表演，就会知道教授们的五行八作和千奇百怪。还有《岭南往事》中的主人公道同，作者一味表现其“正”的一面，但是面对强权和威胁，他矛盾的心理和痛苦的抉择没有很好地展开。二是一些情节设置还不够合理，有待商榷。如《岭南往事》中朱元璋一看到弹劾道同的奏折，不经调查就立马御批“斩立决”，这个阴鸷、狡猾的朱重八，应该不会这么轻易上当的吧？当然，这些不足之处，瑕不掩瑜，只要作者在今后创作中加以注意，眼界再高一些、挖掘再深一些、用功再勤一些，他那蕴涵已久尚未冒出来的潜在资源一定会成就一座令人瞩目的富矿。

二〇一七年春

**（该书于 2017 年 10 月由团结出版社出版）**

# 独领风华美名传

## ——《回中西王母》序

古老的地方，总会产生和流传许多神奇的故事。考察一个地方历史文化的质量和存量，那些见诸典籍或口口相传的故事，或许是一个较为准确、也最为便捷的参照系。

安定、乌氏、泾阳、泾州、泾川等不同时代的地名，都定格在回山之下、泾水之滨的这块土地，从军事作用上护佑着周秦汉唐的京畿重地，从文化意义上促进着丝绸古道的交流融通，向来是朝野共重的门户。尤其是北魏时期的泾州，雄踞于陇山与长安之间，成为西北形胜、陇头都会，是整个王朝棋局中极具战略性的“车马”之属，将其称为“大泾州”实不为过。在数千年的历史进程中，这块土地曾孕育了以东汉梁统为代表的梁氏、东晋胡奋为代表的胡氏、西晋张轨为代表的张氏等风云数代的关西世族，曾迎来了秦始皇、汉武帝、李商隐、范仲淹、左宗棠等众多彪炳史册的历史人物，曾发生过许多如北魏党原之战、唐初大破薛举等惊心动魄的重大事件，曾演绎了泾河龙、美女湫、柳毅传书、佛舍利千年一现等美丽动人的传奇故事。翻开一部厚重的泾川历史，仿佛打开了一个五光十色的万花筒，令人目不暇给。而在这个万花筒中，有关西王母的文化遗存及其一系列传说故事，当最为光彩照人。

西王母，一个妇孺皆知而又十分神秘的名字，一个被闻一多称为“中华民族总先妣”的神仙化了的远古先祖，在中国人的心目中，不仅是集女性之美于一身的东方美神，更是为人类创世纪、创文明、创秩序的人文始祖。

几千年来，关于西王母，既有《尔雅》《尚书》《山海经》以及诸子百家等典籍的零星记载，也有流传于民间的为数众多的神话、传说和故事，雅俗可互证，异流而同源。所以，早在西汉元封元年（前110），泾汭河交汇处的回山就建起了王母宫，这无疑是华夏大地上最早而且唯一的西王母祖祠。自那时起，回山王母宫虽数次损毁，数次修建，但香火不绝已有2127年的历史。同时，因为这一祖祠巨大的影响力和广泛的辐射面，也就形成了自宋开宝元年（968）将重修王母宫竣工庆典之日三月二十作为庙会的西王母信仰习俗，距今已有1049届。

正是基于这里西王母文化遗存之丰厚、之独特，所以，1999年，国际亚细亚民俗学会和中国民俗学会正式将泾川确立为西王母降生地、西王母文化发祥地，将泾川县城确立为“中国西王母文化名城”；2002年，中华世纪坛取土仪式上将泾川王母宫确定为“中华西王母祖祠”；2008年，历千年而不衰的西王母庙会信俗被列入国家级非物质文化遗产名录；2013年，由中国非物质文化遗产推广中心倡议，将西王母诞辰日农历七月十八确立为“华夏母亲节”，确定泾川县为“国际西王母文化研究基地”；2015年，中共中央台办、国务院台办授予泾川王母宫为“海峡两岸交流基地”。特别值得一提的是，1949年前后，当一些大陆同胞把西王母之灵恭请到台湾，西王母便以道教女神的身份越过海峡，落地宝岛。20世纪80年代后期，台湾西王母信众通过多种渠道，千方百计回大陆寻根访祖。1990年12月，由240多人组成的台湾西王母朝圣团，循着史料和遗迹的指引，越过千山万水，历尽千辛万苦，来到泾川回山，虔诚拜谒母娘。20多年来，已经有遍及台湾全岛每个县市的上千个朝圣团趋前朝圣，并捐资与泾川人民共建王母宫。同时，祖祠西王母与东王公金身还第一次从泾川出发，云天飞渡，赴台绕境巡安，成为一时之盛事、两岸之佳话。如今，西王母研究不仅成为历史学、社会人类学、神话学、民俗学、宗教学、文学、美学乃至考古学等众多学科所关注的一门显学，而且超越文化本身而成为增进两岸认同、促进两岸统一的一个不可忽视的重要文化载体。

在这个背景下，作为西王母故里的泾川，已在西王母文化发掘、整理、研究等方面做出了众所瞩目的成绩，举办了“两岸共祭”“高层论坛”等一系列意义深远的活动，在海内外产生了广泛影响。承前启后，功莫大焉；近悦远来，居功至伟。但是，流传于民间的西王母神话故事却如同“下里巴人”，往往被“学院派”“考据派”专家们所忽视，这不能不说是西王母研究方面的一个缺憾。令人欣慰的是，泾川县委、县政府以敏锐的眼光和高远的视域，意识到了发掘、抢救西王母民间文化的重要性，并以高度的文化自觉和自信，把编纂出版西王母民间文化书籍列入重要议事日程。县文化部门精心擘划、积极落实，组织文化馆人员引之于典籍、求之于乡野、询之于耆老，终成《回中西王母》一书。

《回中西王母》包括“传奇故事”“信俗”“华夏母亲节”“王母诗”“民歌”五个部分。其中“传奇故事”为该书主体，收录有关西王母的传说故事 85 篇，是给西王母文化研究提供田野调查的第一手资料，不仅具有民间文学带有泥土气息的美好情愫和质朴之美，而且也是学术界透过玄虚迷雾进行冶炼提纯的文化富矿，具有抢救性保护和填补空白的意义；“信俗”收录西王母信仰习俗、祭祀礼仪等 5 篇，是读者了解这一独特民俗最具“原产地标志”的权威发布；“华夏母亲节”收录华夏母亲节的来历、祭拜议程及2013年以来历届共祭西王母文共6篇，让读者对落地于泾川的华夏母亲节有一个比较全面的认识；“王母诗”收录传说中的西王母、汉武帝诗，以及自三国阮籍，东晋陶渊明，唐代李白、杜甫、李商隐，一直到当代诗人诗作83首，是从诗歌角度了解西王母文化的一个重要窗口；“民歌”收录有关西王母、女性题材以及泾川代表性民歌45首，与“传奇故事”前后映带，文歌相和，是西王母文化不可或缺的一部分。总之，这本书内容丰富、多面立体，不仅从一个侧面反映了泾川及周边地区人文历史的起源，也为方兴未艾的西王母文化研究提供了视角独特的重要参考，更重要的是为我们进一步继承和发扬中华女性的传统美德，提升海内外华人对民族文化的认同感增添了一笔新的文化财富。

最后，真诚祝愿西王母故里再续历史前缘，再创盛世传奇。因作《泾川传奇》曰：

泾水缠玉带，
宫山拥翠峦，
瑶池阿母开绮宴。
蟠桃献瑞，天子驻辇，
八骏蹄痕香溢远。
丝路大驿站，
汉唐使者持节去，
胡商僧侣解归鞍。
百里悬崖，
凿就这、石窟连绵展奇观；

高天厚土，
育多少、儿女英才画凌烟。
梦回古泾州，
独领风华美名传。

好景遍地留，
我辈又登览，
古往今来兴百感。
红牛健壮，树茂果繁，
引得春风度玉关。
祖先旧家园，
血脉相连情相牵，
万里寻根不辞远。
人世难逢，
我今逢、千年一回佛宝现；
青鸟飞来，
寻故地、恍若仙境是人寰。
放眼新泾川，
盛世传奇谱新篇。

二〇一七年九月于平凉

**（该书于 2018 年 5 月由泾川县文旅局编印，内部发行）**

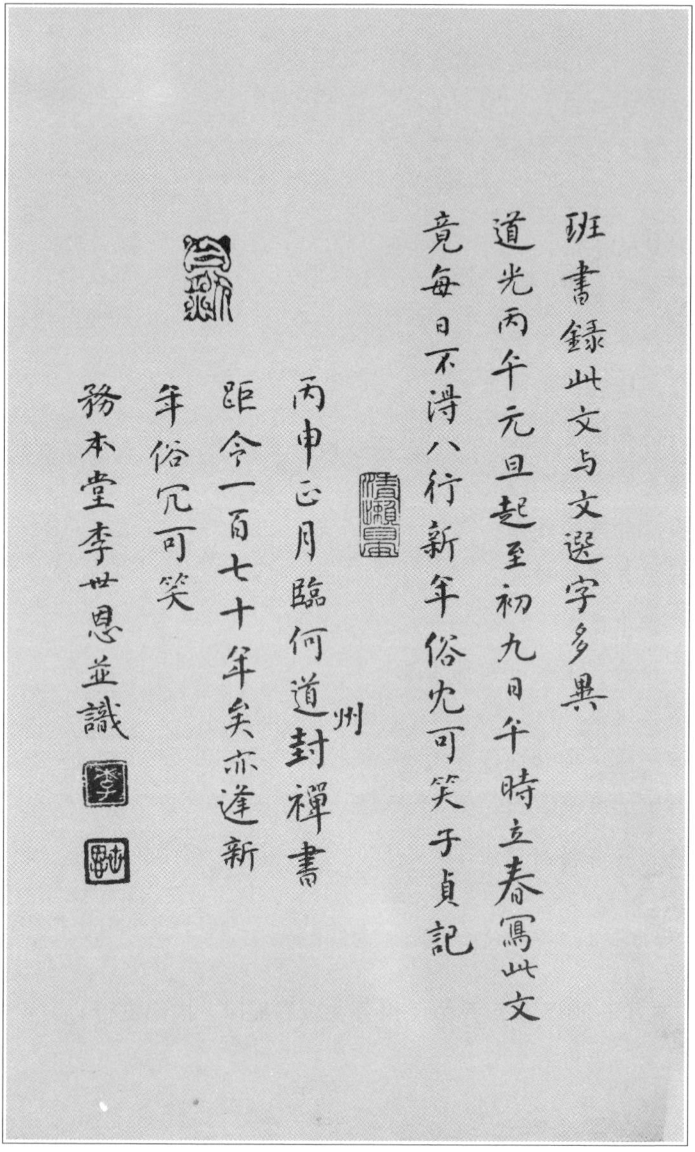

班書錄此文与文選字多異
道光丙午元旦起至初九日午時立春寫此文
竟每日不滿八行新年俗冗可笑子貞記

丙申正月臨何道州封禪書
距今一百七十年矣亦逢新
年俗冗可笑
務本堂李世恩並識

临何绍基小楷《封禅书》(2)

# 孝道可鉴

## ——田芳林《椿庭纪事》序

西峰后官寨田氏，乃陇上望族。据我所知，民国年间其家族至少有叔侄两人，是望重桑梓的陇上乡贤。叔辈中的田澍普先生(1894—1970)，字再滋，1930年于北京郁文大学政治经济系毕业后，到平凉中学教书，后任校长达10年之久。其生平行状，给我印象最深的有以下几件：一是任人唯贤的用人标准。为了延请名师，他曾背着干粮和银元，赴京津一带名校选聘教师，且礼贤下士，对成绩优秀的年轻教师尊崇包容，对误人子弟的教师即使是自己的弟子也能果断解聘。二是不畏权贵的独立人格。在开除了专员的少爷后，专员委托县长来求情，不胜其烦之际，从抽屉取出校印掷到桌上，说“这校长你来当吧”。还有当时驻扎平凉的蒋介石心腹爱将、三十八集团军司令范汉杰领着一帮警卫来校拜访，他也只是清茶一杯，或以旱烟相让，临走时只是礼送到自己的小院门口便握手告退。三是自奉简约的清白作风。他常年身着粗布衣衫，一顶褪色的礼帽戴了20多年。作为一校之长，无力携带家眷，每天放学后还要给两个孙子做饭，温习功课。其耿介正直、清高自处的性格可见一斑。侄辈中的田炯锦先生(1899—1977)，字云青，毕业于北京大学，后获美国伊利诺伊大学博士学位，曾任国民政府监察委员、甘肃省教育厅厅长、陕甘监察使、国民政府考选部部长。我们虽然对其经历知之甚少，但看其履历，也应该称得上民国时期的一位风云人物。

基于对前贤令闻令望的敬意和向往，所以我也就比较留意这方面的地方文史资料。近日，供职于平凉市人大常委会的田芳林女士将其追忆令尊的《椿庭纪事》文稿给我，嘱我提些意见，并能写几句话。翻开文稿，见其祖、父两辈分别以“澍”“炯”取名，且是西峰后官寨人氏，一问缘由，果然与前贤田澍普先生、田炯锦先生系出同门。

这样一个才俊辈出、代不乏人的家族，一定具有其深厚的文化背景。可以想象当年的田氏家族，父兄勤耕于田亩，子弟苦读于学校，其中杰出者步入仕途，经世致用，建功立业，农学仕三足鼎立，支撑起了一个文化世家的高大门楣。这正是几千年传统农业社会中的人们所向往和追求的“耕读传家、诗书继世”的理想，也是所有文化世家的共同特征。

田父炯让公生于1945年，幼年丧父，与寡母相依为命，于艰难困顿中完成了小学学业，并顺利考入平凉专区中等艺术学校舞蹈专业。不料造化弄人，两年后因学校被宣布撤销，学生自谋出路，他只好回家务农，直至70岁病故。但是，在这样一个家族成长起来的人，注定有异于他人之处，那就是居乡野之间能行圣贤之道，处穷困之境而有谋生良方。

他以农民的坚韧和读书人的精明，拥有了超出常人的生存智慧，他先是到农副公司扛麻袋，虽然辛苦但挣得比农业社要多一点；后又被选到集体蜂场养蜂，虽然四处奔波但毕竟多了一点自由。包产到户后，他利用平时自学的园林技术，从自家承包地里的十亩果园干起，没几年就成了远近闻名的“万元户”。再后来，他又先后承包了村里的80亩土地，建起了集生产、试验、推广、服务于一体的现代化育苗基地，有六项实用技术在庆阳地区推广应用，并有国内外30多个考察团先后前来参观学习，尤其是世界银行林业专家乔治·达士乌德由衷地称

赞道：田先生的苗圃是我在中国黄土高原水土保持项目区内看到的最好的苗圃，由此看到了整个项目实施的前景和希望。

且不论炯让公开陇东育苗基地先河的事业如何红火，仅仅从30多年前能率先进行土地大户经营、开展土地流转的创造性实践，就可见炯让公作为一个农民不同凡响的远见。这远见，表面看是对美好生活的向往和对国家富民政策的信任，深层次地看却是在家族文化背景下自觉或不自觉形成的“天道酬勤、地道酬善、人道酬诚、商道酬信、业道酬精”的人生信条，为他提供了实现人生抱负的精神动力。炯让公孝敬长辈，友爱兄姊，夫妻和睦，家庭和顺，尤其在“读书无用论”盛行时，还能节衣缩食购买农林实用技术书籍，白天劳动，晚上学习，为以后建立育苗基地奠定了基础。后来，遇到了千载难逢的国家富民好政策时，他不仅积极参加地、市农业部门举办的培训班，还连续上了两届中国农村技术致富函授大学，手不释卷，钻研农林科技知识，并成功地运用到生产实践中去。为此，他这个名副其实的“田秀才”还被聘请为农函大庆阳分校辅导教师、庆阳师专生物系名誉讲师、庆阳地区水土保持中心试验苗圃项目总经理等，最难能可贵的是，他致富不忘公益，慷慨解囊、捐资助学，多次受到地、市表彰。一个普通农民，凭自己的勤劳和智慧，不仅让家人过上了好日子，而且还带动一方百姓致富，同时又能兼顾传道授业解惑的教学指导，这是“修身齐家”的传统文化让他从庸常的农民群体中脱颖而出，并尽最大可能地突破了这个阶层固有的“天花板”，从而成为令人敬重的新时期乡贤。

所以说，炯让公的成功，既是躬逢盛世，为时势所造就，也是秉承家风，因文化而成全。

我曾在一篇文章中写过："历览古今，有多少高官巨富，'眼看他起朱楼，眼看他宴宾客，眼看他楼塌了'，而只有文化和精神如一脉潜流，看似柔弱，实则坚韧，即使沧海桑田，也能抗拒强力，像基因一样代代相传，不绝如缕。"芳林女士虽然不以文名，但也和其令尊大人一样出自这样的家教门风，自然也就接续了家庭文化和精神的这一脉潜流，因而才有为父立传的孝心和弘扬家风的义举。与这样深厚而又博大的文化相比，所谓诗词歌赋之类的文章实在就成了雕虫小技而已。

当然，仅就文章来说，这本书虽然是芳林女士的一个尝试，但也有许多可圈可点之处。阅读书稿，我们可以通过她对父亲生活历程的回忆，体味上一代人的坚守和苦辛，也能从中看到那个复杂时代的影子。其实，再宏大的历史，都是由一个个鲜活的个体组成的，从这个意义上说，这本书具有存史的价值，也不为过。书中最出彩的，还是那些细节描写，如写自己在西京医院陪侍父亲，父女之间关于"赏心乐事"的对话，一嗔一骂，无不传递出父亲对女儿的疼爱和不舍，读之令人心头一热。

人都说："女儿是父母的小棉袄。"在炯让公逝世三周年之际，其令爱芳林女士能献上这么别出心裁的礼物作为奠仪，实在是家教可风、孝道可鉴。有女如是，炯让公泉下有知，也当感到贴心和温暖！

二〇一七年冬月

**（该书于 2018 年初编印，内部赠阅）**

# 澄怀悟道　味象传神

## ——王怀罡《澄怀味象》序

在源远流长的中国书法史中，读那些如众峰林立的名家和法帖，会发现一个有趣的现象：几乎没有一个人是把书法当作职业的。且不说二王父子、颜柳欧赵、苏黄米蔡的勋业气节或文采风流，即使那些为造像书丹、连姓名都没有留下的“穷乡儿女”，也断然不会久事笔砚、以书为生。所以，书法和琴棋绘画一样，表现的是情趣，渗透的是文化，而绝非古板的职业。

王怀罡先生虽以书法名世，但不是以书法为职业的，因为对他这个“从奴隶到将军”的人来说，再精彩的书法也承载不了人生的厚重。

怀罡先生自幼受地方和家族文化的熏染，酷爱书法，开蒙较早，用功甚勤。高考失利后，就挑起了为父母分忧的重担，先是在建筑工地当小工，后在地方煤矿当临时工。就这样，他硬是凭一双经常受伤的手，挖出了一条人生通道，于是由临时工而成正式工、班长、队长、科长、副矿长，最后成为一个执掌几百号人身家性命的矿长，安全、生产和经营精心擘画，如履薄冰，不敢稍懈，为矿工兄弟和全县经济做出了应有的贡献。农家子弟，如此低的起点，又有如此大的作为，堪称传奇。

瑞士心理学家荣格说过：“艺术是一种神秘的参与。”即使在这样艰难的奋斗中，他那颗很早埋下的书法种子仍然在潜滋暗长。这个在众多工友中与众不同的人，能在劳作之暇，于嘈杂的集体宿舍里，砖作凳子，地为书案，读书临帖，如处无人之境。这份毫无功利的挚爱，虽不足与外人道，但足以愉悦心身、涵养性灵。担任矿长后，为了让这些来自书画之乡，但身处深山、远离亲人的职工们心有所托、情有所系，他创造性地提出并成功实践了以“双向掘进”为主题的企业文化活动，其中尤以书法活动成果斐然，引起了全国煤炭行业和书法界的瞩目。他们向煤海深处掘进，奉献的是乌金光热；向墨海深处掘进，提升的是人生境界。这群人，把煤墨之黑化成了清雅之气，这是文化的魅力，也是领头者的人格力量。

担任市书协主席后，平凉书法这块领地又为他提供了另一块亟待开发的富矿。在这个新开辟的战场上，他一如既往，继续掘进，出手不凡，举办了震撼陇上书界的全国电视书法大赛、名家论坛、临创展览和巡回各县的大规模、高层次培训等丰富多彩的活动，正书风，匡时弊，树标杆，引路子，发掘书坛潜力，培养书法新人，中书协会员成倍增加，几年工夫就使平凉跃升为陇上书法重镇，为同侪所称许。在他看来，书协主席是一份荣誉，但自己必须有高出这份荣誉的责任和付出。这正是孟子所谓“大丈夫”的一种胸怀和担当，远非寻章摘句的腐儒和以流水线制作商品的书法商人可比。

与怀罡相熟的人，都称道他是个老诚敦厚的人。这一点，从其与平凉前辈书家葛纪熙先生的师生之谊中可见一斑。早年打工时，他曾偷闲求教于葛老。而葛老体恤贫贱、扶掖后进的师表风范，让他感动，也令他奋进。以至多年以后，老者耄矣，他仍然侍座在侧，执礼甚恭。特别是联络众师兄弟，为葛老举办了一场极具文化品格的八十寿典，成就了一段书坛佳话。

中国人向来是字以人传的。所以，傅青主诗云：“由来高格调，发自好心肝。”数十年来，怀罡先生与古为徒，遍临诸贤，寻壑经丘，多得佳胜，其中尤痴迷于东坡行书和汉隶名帖，抉发其天真烂漫、平中见奇的诗心文意，表现出一种博观约取、披沙沥金的独到眼光。其临作，酷肖原作，形神兼备；其创作，仪态雍容，气韵生动。没有长期浸淫于历代名帖者，不能至此。当然，怀罡先生书艺的成功，不仅仅在于对碑帖的体悟和学习，还在于对文学的热爱、对写作的坚持、对摄影的热情、对绘画和美工的鉴赏，这些姊妹艺术在很大程度上开拓了其书法的界域。但是，还有更重要的一点，就是在艰难跋涉、不断超越的过程中，他心地澄明，眼界高远，既事书道这一雕虫小技，更怀奉献这一人生大道，读大千世界，味万千气象，长养精神，绚然灿然，流露于笔端，呈现于纸上，自然会滋生出书卷之外的丰采和意蕴，岂是以书法为职业者所能为耶？

所以，读书法，可先从读人开始。

是为序。

二〇一八年仲夏于平凉

**（该书于 2018 年 8 月由敦煌文艺出版社出版）**

# 民间史写作的有益尝试

## ——李存林《一家之常》序

“好在历史是人民写的。”我赞同这句话。我理解它应该有两层意思：一是人民是历史进程中的创造者，也是历史文献中的主人公。没有人民的参与，桀纣之徒的江山社稷也能固若金汤、千秋永固，哪来的社会发展？二是人民也在记录历史、珍藏历史，不论是口碑资料，还是文字资料，都是信史的一部分。近年来，一些有心人开始把关注的目光投向普通民众，从他们卑微的生存状态中扒梳钩沉，理出一群平凡人的挣扎史、一个小地方的变迁史，来给所谓的宏大叙事作注脚、作印证，使得粗线条的历史丰满起来、立体起来，也多面起来，让我们面对并不遥远的年代，不至于那么的轻率、无知和理所当然。这真是一宗功德！

去年春，存林先生携其大作《一家之常》来访，嘱我为之序。这本书稿，先以家族口传资料为依据，简要追述了其清代末年和民国年间令曾、令祖两代人的生存状态；再以个人经历为线索，详细记录了20世纪60至90年代一个家族的遭逢际遇，再现了父辈与己辈两代人力求改变现状的不懈奋斗。小而言之，这是一部家族的历史实录；大而言之，这何尝不是陇东农村那几代人共同的生活历程。

所以，面对这部由同辈人所写的纪实性书稿，首先想到的是在我们生活的这个地方、经历的那个时代，已经有存林先生这样有责任感和使命感的人来记录了。这就像祖遗宝物，虽非

我有，但归于同宗忠信之士也会有告慰先祖的欣悦。

存林先生本以书法为志业，孜孜矻矻二三十年，以其书品人品已在陇上书坛声名鹊起，并成为市、县书法界的领军人物之一。但难能可贵的是，他却能在临池之余，自讨苦吃，并选取了这样一个意义深远的课题来攻关，其个人的思考深度、文化担当和书稿所凸现出来的文化价值，或许对有志于家族史、民间史写作的同人有所启迪。

多年来，总是有好些人津津乐道于一种道貌岸然的宏大叙事，反而在这种叙事形式下模糊了细节、淹没了历史、迷失了自我。一个人、一个家族，甚至一个村庄、一方水土曾经鲜活的人和事，往往会轻而易举地被迅疾前行的时代所裹挟，如草芥，如尘埃，毫不顾惜，随风而逝，直至了无踪迹。从此，我们再也看不到那些如草芥、尘埃般远去了的普通人身上的一颦一笑、喜怒哀乐，那些寻常屋檐下的悲欢离合、情仇恩怨，当然也就无法体会这些人和事所折射出的人情的冷暖、人性的晴晦和世道的逆顺了。所以，当我们回首某一个历史阶段时，面对视觉疲劳的庞杂背景，往往如同色盲，忐忑无定。

存林先生的写作初衷，或许只是想着为家族和后辈保留一点念兹在兹的温馨记忆，抑或是设置孔子所谓“祭如在”般的心灵寄托，并没有试图以一家之常与私人写作去为一个地方、一段历史代言的宏愿，但客观上，这种从记忆和心灵深处流淌出来的文字，却正是这个“小历史”所极度缺乏的鲜活的血肉。

这部书稿，填充了我们对陇东乡村百年历史中许多重要节点不甚了了或自以为是的认知盲点。比如民国初年作为前清秀才的曾祖父，开办私塾，笃信佛教，在家里大兴佛堂，从其充溢仪式感的点碑、传奇般的圆寂、庙会般的丧事，可以一窥那个时代民间信仰的兴盛和丧葬习俗的铺张。作为乡间富家子弟的祖父，十几岁外出创业，靠精明能干和诚信经营创出了一番基业，而在世易时移时，又能见机识变，疏财求安，弃商从医，表现出一个见过世面的乡下人的处世之道，这也是生逢乱世的那一代耕读人家不得不面对的生存课题。作者还用大部分篇幅写自己的亲身经历，其中最惊心动魄的是自己小时候因给生产队放羊而跌下悬崖，造成腿部骨折，只在家做了简单的捆绑固定。要不是当医生的叔父回家发现，及时送公社卫生院接骨，存林先生的人生必然是另外的模样。

当然，书稿中也用不少笔墨记录了包产到户之后，农村生产力得到空前解放，农民心情舒畅、温饱无虞，特别是春节期间那种“家家扶得醉人归”的热闹、喜庆场面，就是国家政策讲求实际、以人为本、注重民生的生动体现。作者就是这样通过讲述家庭和个人的一个个故事，为我们形象地展示了大集体时期和包产到户以后，农村与家庭结构、劳动与分配方式、衣食与居住状况、医疗与教育水准、民俗与文化特色等方方面面的实际状况，对于人们特别是后之来者了解那个历史阶段，体会当时人们生产生活的苦乐，辨识所接触史料的真伪，珍惜如今来之不易的幸福生活，的确是难得的亲历亲见亲闻的信史资料。

除了存史的功用，这部书稿还给人们展示了人世间最可宝贵的亲情。譬如作者住院期间，因家里困难，全靠舅舅家每周送一次馍，这馍，自己一天定量两个，而父亲和二哥只能吃家里的高粱面菜团子。其时卫生院隔壁晚上唱戏，二哥想看戏，但又因责任所系不能分身，自己就以假寐的把戏让其安心去看

戏，而二哥前脚刚走，自己就和病友谈天说地。贫困农家的温情——舅甥、父子、兄弟之间，仅此而已，但已足够抵得上钟鸣鼎食之家的“忠孝仁义”了。再如自己用挖药材挣的钱买了一支心爱的钢笔，因在家养伤给了二弟，不料给弄丢了，自己那种无名的怨和怒无处发泄，就把二弟哄到跟前拳掌相加，而二弟自知闯下了大祸，也不躲避，甘愿领受这份他责与自责。这看似粗暴至极，实则手足情深，有“兄友弟恭”的大义在，读之令人心头一酸，悲悯而温馨。还有自己刚到县城工作，就领着两个兄弟读书，一间小小的卧室，容得下三个年轻人的食宿，也承载着一个家庭的希望。作为兄长，代父母尽责任，以苦为乐；给兄弟多付出，心安理得。长兄如父，孝友家声，大抵如此！这是一个家族虽经艰难困苦，而家风还能如血脉一样生生不息、代代传承的生动例证。这或许在独生子女成为社会中坚的这一代人中，已很难感同身受了。

当然，这类民间史的写作，还有一个尚未引起人们注意的功效，那就是关于家族文化代际传承的研究。广大民间，就像一片广袤的原野，同样的土质和气候，为什么有的地方寸草不生，而有的地方却草木葳蕤？这不是上帝的不公，而是繁茂的草木之下，必有看不见的庞大根脉在输送着经年不断的养分。而这根脉，自然不是一年半载所发育而成的。是的，这根脉正是一个家族几代人寸功善为、日积月累、惨淡经营出来。算李坪李氏，卜居于泾水岸边这个农耕时代相对封闭而又独立的坪上已有几百年了，人丁兴旺，枝繁叶茂。细细审视，群居于这个坪上的各支族人，随着时间的推移和人口的繁衍，一定会出现不同的家风，性格或豪爽或内敛，日常或勤谨或疏懒，所擅或农耕或经商，不一而足。一祖之后，之所以门风迥异，正是家族文化代际传承过程中逐渐发生了变化。存林先生的这个家庭，崇尚文化，但也擅长经商，比如存林先生工作之后，偶然从广播上听到了种植柴胡的广告，寄钱购买种子，在家试种，大获成功，几年之内，收入数千（这在当时是一笔不菲的收入）。一个参加工作不久的年轻人，能有如此敏锐的商业眼光，与其家族影响不无关系。家族史里，隐藏着许多不易察觉的基因密码。如果有许多人都致力于家族史写作，再有一些有心人对不同的家族进行细心研究，可从不同家族的发展历程中，总结出若干具有规律性的家风教育经验。

行文至此，突然觉得存林先生真是辜负了祖上遗传的经商天赋，至少在泾川的财富排行榜中少了一位算李坪的大亨。但转念一想，好在当今的泾川最不缺的就是富商款爷，而潜心文翰的有识之士倒需要多多益善。“损有余而补不足”，存林先生的人生选择又何尝不合于天道？

记忆代表着一个人的尊严。把记忆转化为民间史，不仅向人们呈现出教科书里不可能有的传奇，而且还表现出一个人对一方历史的立场和态度。多年来，我们欠了关于对那个并不遥远的年代的真诚倾听，所以我希望存林先生的这部书稿能够得到大家的尊重和厚爱。不知读者诸君以为然否？

二〇一八年七月于平凉

**（该书待出版）**

# 皓首犹能赋青春

## ——杜满仓《古典名著门外谈》序

我的老领导杜满仓先生，是平凉新闻界、理论界的老一辈知名学者。早在20世纪八九十年代，他就有“漫话三国”系列文章频频亮相于《平凉报》，为当地的“三国迷”们所追捧，退休后曾结集出版。这个系列，臧否人物，指陈事件，嬉笑怒骂，挥洒自如，不仅成为一本民间视角的“三国”导读词，而且为他本人赢得了“三国专家”的美誉。读一本古人的名著，还能读出另一本自家的书来，这能耐，对学术界而言也属凤毛麟角，而对一个吃新闻饭的报社老总来说，则可以称得上“奇逸人中龙”了。

人常说：读书是受益终身的爱好。但对杜老来说，读书则是在爱好的基础上，已升华为终生的事业了。当作爱好者往往看的是热闹，而当作事业者必然读的是门道，而且津津有味，乐此不疲。这不，读着读着，年逾耄耋还给人们捧出了这部《古典名著门外谈》。门外之谈，自然是谦辞，不敢当真，因为蕴含其中的是一个饱经沧桑的老人“少不读水浒”而早读水浒、“老不读三国”而偏读三国的法眼和感悟，即使入其堂奥者也未必可以小觑，何况我辈？

杜老所谓的四大名著，是《三国演义》《水浒传》《西游记》和《聊斋志异》。为什么没有《红楼梦》？因为他自称《红楼梦》太伟大了，自己压根儿还没摸到边儿，不敢妄谈，所以就易之以“世界短篇小说之王”《聊斋》。这也从一个侧面印证了其治学之严谨、立论之自信。此四大名著，讲的是包括了天堂、人间和冥府的三界故事，而杜老所谈则是掩映在这些故事背后当下人眼里的人情世理，有点像产品与其说明书的关系，具有道破玄机的功效。

听杜老“门外谈文”，让我这个后生小子也拨云见日、豁然开朗。这里不妨将自己的阅读体会，作为听了“门外谈”之后的“门外感”，与各位读者分享一二。

拜读全书，最显著的特点是作者能够站在高处，俯视作品，从上天入地、广阔纷繁的小说故事中条分缕析，给人们提供了一个观察世道人心的独特视觉。作者解读四大名著，都能立足于当时的社会环境，阅世风，读人心，从故事中找出一些大事件、大环境的偶然性和必然性，并把小说作者不能直接站出来说的其所以然告诉了人们。例如，开篇的《曹操的英雄史观》，不是着眼于“青梅煮酒”这一精彩故事的复述，而是通过曹操的英雄史观，分析了刘备这个“闭门种菜”、看似庸常的人，为什么会被曹操一眼识破？说出了“天下英雄，惟使君与操耳”。其原因就是此时的曹操和“三国”作者都未曾点明的谜底，即胸怀大志、忍辱负重的刘备，具有不同于曹操的思想路线和收买人心的高明手段。再如《泼皮无赖做太尉》，就分析了高俅这个自幼混迹于勾栏瓦舍的小混混，为什么仅凭一脚球艺，就能一路平步青云，成为一个王朝倚为股肱的“守门员”？这看似荒诞不经，实则暴露出大家长赵佶自命不凡、志大才疏的性格缺陷和赵家天下吏治腐败、病入膏肓的致命弱点，在这样一个溃烂至极的世道，所有离奇古怪的官场传奇都能上演得一本正经、符合逻辑。如此看来，朝廷有一个或 N 个高俅就是

情理之中的事儿了。又如，《官司打到阎罗殿》，作者通过席方平替父申冤的故事，不仅对这个年轻人的孝心和硬气发出由衷的赞叹，而且对沆瀣一气、为非作歹的阎罗王官场做了无情的鞭挞，同时还特意指明这个故事对现实生活的警示作用，尤其振聋发聩。

该书还从小说人物的生逢遭际，揭示了个人性格与命运的关系。性格决定命运，这话虽然有点绝对，但性格起码在很大程度上影响着一个人的命运。这样的表述，想来大部分人是会接受的吧。作者品读四大名著，既能登高望远，指点天下大势，又能见微知著，体察个人因素，正如邓石如所论书法之章法："疏处可使走马，密处不使透风，常计白以当黑，奇趣乃出。"如对《三国演义》所着力塑造"几近于妖"的正面人物诸葛亮，作者也通过其力不从心的北伐，指出其在关键时刻"感情用事，看走了眼"的性格弱点。还有另一个后来成了"财神"的正面人物关羽，作者通过一系列事例指出这位盖世英雄骄傲自满、目中无人，喜欢戴高帽子的虚荣心，最终落得个连一具完尸都没有留下的下场。对魏延这样有明显性格缺陷的人，就更不用说了，作者既指出亮延之间的矛盾，不是个人恩怨，也不是大政方针，实际上是二人性格上的冲突，又对魏延这个早已钉上耻辱柱的叛将给予了足够的同情和惋惜，发出了"黑锅还要背多久"的呼喊，为其翻案。读《西游记》，作者摆事实，讲道理，透过现象看本质，如拨开唐僧人妖不辨、缺少主意、胆小怕事的表象，从大处着眼，提取了唐僧意志坚定、慈悲为怀、洁身自好的个性特征，为人们解答了为什么这个看似窝囊的人，却能让几个性格各异、身怀绝技的徒弟服服帖帖、忠心耿耿。同时，把人们眼中机灵精敏的孙悟空定位为一个忠诚老实的人，既有新鲜感，也有说服力；把已在读者心目中定型为贪食贪色的猪八戒定位为一个“既有优点又有缺点的双面性人物”，并特别指出其憨厚老实，富有人情味的一面，让人频频会心，兴味盎然。而其品读《水浒传》，更是多从人物性格说事，通篇贯穿了梁山好汉们黑白分明的性格特征，也指出了各自性格对本人命运的巨大影响，此不赘述。

当然，拜读这本由一位年逾八旬的老人所著的书，我们除了读其书，更要读其人。作者自嘲写作此书，主要是为了预防老年痴呆，可我们阅读此书，不仅没有发现与“痴呆”沾边儿的任何蛛丝马迹，反而觉得议论风发、妙趣横生，充溢着一股生龙活虎、朝气蓬勃的青春气息。呵呵，爱上读书并以读书写作为事业的人，就是“老年痴呆”的绝缘体了。这已是经过多少学界耆老所证明了的结论，屡试不爽，杜老尽可放心。我于1992年调到平凉日报社工作，那时杜老和其他几位副总编都是特别勤奋敬业的人，每期所刊言论、时评，基本上都是他们几位担纲撰写，椽笔挥洒，倚马可待，让我钦佩不已。因为好的新闻言论，是要有思想、有个性、有见地、有才情的。退休后，杜老除了将原来的“三国”系列结集出版外，还与几位前辈操持《晚晴》杂志、品评文史新作、推介文坛新人，仍有大作不时问世，不用刷屏，都有很强的存在感。与许多含饴弄孙的老年人不同的是，他始终没有停止对读书的喜爱和对世事的思考，没有忘记自己手中的笔，这说小了是惯性使然，说大了是一个文化人立言济世、奉献社会的责任担当，是一个老年人老有所乐、老有所为的生活态度，体现了一种积极、乐观、旷达的精神境界。

乾隆时期的状元诗人石韫玉曾撰联：“精神到处文章老，

学问深时意气平。”杜老这本书，就是其八十岁人生的精神和学问在文章中的体现。蒙杜老错爱，命我为之序，惶恐之余，逐篇拜读，如入宝山，获益良多。所以，愿将自己拜读本书的一点粗浅心得报告如上，不知妥否，夫子哂之。

二〇一八年七月

**（该书于 2019 年 3 月由团结出版社出版）**

# 器识与文章

## ——李利军《心若向暖》序

一个靠文字立身的人，或许都有过一段“为赋新词强说愁”的青春期。那时，鲜衣怒马，听雨看花，着笔总以铺张扬厉、炫耀才情为能事，不过这些在明眼人看来，无非都是没有劲道的花拳绣腿而已。及至人到中年，或因经见丰富，或因世路坎坷，加之不再轻狂，也不再盲从，虽然“剑气箫心一例消”，但见诸文字，往往会少了浮华的外表，呈现出坚硬的内核——这就是对世相、对人生的观察和思考。而这观察和思考，哪怕它不够系统，或显得粗粝，但无疑会带着自己的心跳和体温。

李利军先生和我，既是相差两届的同门师兄弟，又是同属于从20世纪80年代的“特产”——文学青年中成长起来的新闻从业者，他的文字轨迹和文风嬗变，也大致经历了上述这样一个过程。这就好像乡下老人们熬的罐罐茶，起初汤清味淡，而后渐次浓烈。作为坚持写作30多年的人，利军先生这几年渐入佳境，正到火候，尤其是前不久出版的长篇散文随笔《回望家园》和这本以新闻时评为主的评论集《心若向暖》，都已是一杯初品清苦、再品回甘的酽茶了。

古人说：“士先器识而后文艺。”其实说的正是读书人的气度见识与写作技巧之间的主次关系。利军先生之所以能够为我们捧出这本有思考、有见地、有个性的作品集，其原因就是在

多年的工作经历和写作实践中，逐渐炼就了载道的器识，这才有了发声的利器。就以这本《心若向暖》而言，其最具神采的首先是作者的器识，其次才是文章的“才艺”。

我想，这器识，首先是来自作者自身的丰富阅历。利军先生早年曾在县区乡下中学教书，后来乘着“孔雀东南飞”的风气到改革开放的前沿阵地广东从事新闻工作，再后倦游归来，又在家乡平凉从事党报采编工作。这期间，还连续多年被推举为市政协委员、社会监督员之类，以新闻采编和调研视察的方式体察民生、关心民瘼。可以说，他的工作历程从来没有离开过基层和民众，没有避开过热点和焦点，同样是靠笔墨为生的人，他却是根植于脚下土地的“一支芦苇”，所以目之所见，耳之所闻，总会郁积心头，非得理出个是非曲直方可罢休。而碰巧，他正好又是报社从事言论写作的主笔，这些思考所得，付诸笔墨，就是言之有物、持之有故的时评或杂文，昭示着一张新闻纸必不可少的立场和导向。

这器识，也来自作者向往和力行的当代知识分子的士人情怀。古人曾发牢骚说：“一为文人，便无足观。”这一方面是说社会对文人固有的偏见，一方面也是说耽于风花雪月的文人无益于世。好在我们身边还有一些“为生民立言”的文化人，他们身无片瓦、心忧天下，他们仗义执言、志不可夺，他们不仅成为世道人心的守望者，也为文化人赢得了社会的理解和尊重。利军先生虽然只是小地方的一名新闻工作者，但这并不妨碍他具有“士志于道”的大情怀。近年来，他怀着爱之愈深、责之愈切的心情，持续关注和思考社会问题，写下了大量激浊扬清的新闻时评。同时，对我们生活中发生的可喜变化，他也发出了由衷的赞叹，表达了美好的期许，如《平凉城区空气质量不断向好的启示》《这件错案被纠正的意义》《放炮仗终于不能再肆无忌惮了》等。一个文化人，虽然所处的环境、身份和地位不同，但只要有“铁肩担道义”的初心，就必然有“妙手著文章”的结果。这初心，就是士人情怀；这结果，就是经世致用。

有了器识，文章只是小道。但言而无文，行之不远。利军先生还是很讲究这个“言”的技巧的。他的文章，从语言方面来说，铺陈事实，节制而又干练；批评弊端，凌厉而又辛辣；褒扬先进，热情而又诚恳；加之时有调侃戏谑，嬉笑怒骂，挥洒自如，更增强了文章的感染力和可读性。从写作手法上来说，多从小处入手，或某一事例，或某一现象，甚或某一数据，多关百姓衣食住行和社会五行八作，然后循循善诱，层层递进，导入一个值得大家思考和注意的大问题，起到了文章本应承担的有益于社会、民生和人心道统的功能。

这里还需赘言的是，在本书最后，作者特意收录一辑有关平凉文艺界的人物散记、作品评介，虽然与时评类文章相比数量不大，但也是新闻人需要关注的领域，更是他这位平凉市文艺评论家协会主席需要尽力而为的本分。去年，利军先生以其近年来对文艺界的宣传、对文艺界人士的推介而众望所归地被推举为该协会的创会主席。在这个新成立的协会，他团结带领一帮人劈榛莽、建队伍、趟路子，有计划、有目的地推出了一批较好的文艺评论，获得了普遍的好评。从这一辑文章中，我们可一窥他对文艺事业的执着和对基层文艺人才的眷顾——这又何尝不反映着作者的器识？

人过中年，删繁就简如三秋之树，脱落了的只是纷扰繁华，

而经过多年历练而成的眼光、胸襟和见识反而会更加挺拔伟岸，如玉树临风。拜读利军先生的《心若向暖》，就有这样的感觉。也愿利军先生和读者朋友们，有心向暖，花明果硕！

二〇一八年八月三十日于平凉

**（该书于 2018 年 12 月由团结出版社出版）**

# 丹青难写是精神

## ——《唐其昌书画集》序

庄浪唐其昌先生，自幼受乡风习染和庭训熏陶，有志于学，尤好书画，称誉闾里，早岁曾任教乡间，弱冠之年，响应国家号召，支援边疆建设，从事文教宣传工作数十年，公务之暇，临池挥毫，未曾稍懈。退休后，归园田居，专事笔砚，以翰墨丹青自娱，人书俱老，更臻妙境。

先生于书画之道，可谓博学多才。其画作，举凡山水、人物、花鸟，无不擅长，各有千秋。其山水，与古为徒，工写结合，多取法于明清大家技法，又兼融大千居士泼墨泼彩的风格，气息肃穆，古朴浑厚，足见其“凌云健笔任纵横”之功力；其人物，采用水墨写实风格，似脱胎于黄土画派，所绘人物或古或今，以形写神，神形兼备，尤其注意背景的渲染营造，具有阳刚豪放、雄浑大气的特点；其花鸟，师法任伯年等名家，兼工带写，既有一丝不苟的精微，也有逸笔草草的洒脱，静中有动，虚实相生，生意盎然。

古人云：“书画同源。”而今人多不理会，或难得其个中真谛。仅以当代书画名家而言，齐白石、张大千、徐悲鸿这些既是国画大师，又是书画高手的人谢世后，综观目前画坛，能题几行称得上书法款识者实属寥寥。书画艺术，水准下降，价位虚高，可谓艺苑一怪。反观唐其昌先生画作题款，笔法俊逸，与画作相映成趣。

而先生书法，看似一派启功面目，实则来自二王一路。近

年来，临习启功体者甚众，而得其神韵者甚少，原因在于缺乏坚实的帖学基础。先生自幼临帖习字，功底扎实，中年以后钟情于启功书法，“日间挥洒夜间思”，自然可入其堂奥。与那些天马行空、任笔为体，自以为创造了个人风格的所谓书法家相比，先生这种“无一字无来历”的临帖精神，自然值得称道和提倡。因为作为一个书画家，如果没有开宗立派的见识、学养和功力，但能像郑板桥一样自谓为“青藤门下走狗”，何尝不是一种对艺术的敬畏和诚实。

“书画怡且乐，金石寿而康。”有感于先生潜心书画、老而弥坚的精神，也有感于其后人传承家学、为父出书的孝心，写一段浅见陋言，聊表后学的敬仰之情，也为先生寿。

二〇一八年九月二日于平凉

**（该书于 2018 年 10 月编印，内部赠阅）**

游子戀清暉舟師譚高浪水宿濟前湍蓐食凌窮嶂雲帆詫多奇霞石非一狀龍性已難馴鷗機彌悅蕩靈妃曳翠旗川后搴綃帳蒼茫天地殊傾洞風濤壯安流伯禹功長嘯鷦夷放昔人已摧頹宇宙空俯仰感往不復朝追來胡弗暢總繞萬壑巔振衣三島上彼美戰勝賢薜蘿遙在望

務本堂小楷日課

| 临王宠小楷《游包山集》

# 且理针线归锦囊

## ——《静宁文化丛书：辞典系列》序

前段时间，同乡王小龙兄来访，称由县文化局策划组织，由其与杨波先生及舍弟安乐编著的《静宁文化丛书：辞典系列》业已杀青，即将付梓，嘱我为之序。闻此讯，甚感快慰，对他们的大作满心期待，并直觉认为静宁地域文化在复兴的道路上又迈出了坚实的一步。这一判断，是立足于近几年来出版的“静宁古今诗文集萃”丛书五卷本和即将出版的时下翁系列文史著作“正说静宁”五卷本。两大系列，皇皇十卷，呈现出静宁古今文化之厚重、之绚丽；再加之王知三先生民间文化抢救、发掘和整理的系列成果频频面世，使得散落在乡野的民间文化遗产得以较好地保存和呈现。有这么一批热心于乡邦文化的同道心甘情愿地坐冷板凳，做真学问，不薄阳春白雪，也爱下里巴人，当然是一个地方的幸事，地域文化何愁不能复兴？这次，他们三人编著的“辞典系列”三卷本又一次补其阙如，定会使乡邦文化更加丰富。所以，我这样说，想来不仅不是妄语，而且也会得到人们的普遍认同。

《静宁文化丛书：辞典系列》包括三本，即《静宁古今地名辞典》《静宁历史人物辞典》《静宁方言辞典》。这既是对静宁历史地名、历史人物和方言的一次系统的钩沉和汇总，也是奉献给读者的一套地方文化基本知识的常备工具书，为家乡读者特别是有志于地方文化的研究者们省却了多少查阅的麻烦，提供了多少取材的便利。就像把失散各处的许多针头线脑条分缕析，归置于锦囊之中，随人取用，织为锦绣，这真是一件有创意、有功德的好事！

静宁是一块开发历史非常悠久的地方，也是一个饱经战乱、饥荒和具有明显移民色彩的地方。当然，特别自宋而下也是一个被历史和历史学家所忽略的边鄙小邑，要梳理这个地方的历史文化，古代文献资料就显得十分匮乏。在这种情况下，从地名研究入手，应该是人们多不在意的便捷通道。因为地名具有稳定性，一旦命名，或约定俗成，要人为地更改也很不容易。同时，任何一个地名，总不会毫无理由地凭空诞生，它或是附丽着一段真实的历史，或是反映着一个神奇的传说，或是打上了一个部落、家族或某个人的烙印，或是寄托着当时人们的美好向往，等等，不一而足，蕴藏着很大的信息量。就像治平乡之名，就源于北宋治平年间在此地所筑的“治平寨”；而该乡政府所在地的安宁村，虽然没有一户回民，但民间至今称之为“拱拜”，很明显与同治年间的那场战乱有关。再如，威戎镇寨子村，老家人至今称其为“岷州寨子”。我小时候不知就里，也不知道“寨子”前面的那两个字究竟写作什么，在前几年拜读王科社兄关于明代岷州卫屯驻静宁州“九沟十八寨”的文章后，才恍然大悟，原来这个不起眼的村名，还藏着一段鲜为人知的明初军屯和移民的重要史实。这不由得让我联想到对鲁迅先生在文献辑佚方面产生过较大影响的清代陇上著名学者张澍，他的部分学问如《姓氏寻源》《姓氏辩误》《西夏姓氏录》《元史姓氏录》等，其实关注的不过是人们司空见惯的姓氏而已；也不由得让我联想到被许嘉璐先生称为“中华传统文化呈现于二十世纪的最好典型”的饶宗颐老人，他写于 20 世纪 40 年代的成名作《楚辞地名考》，其内容也不过是对经典中古地名的考证。但是，谁又敢小觑上述两公在学术界的

首创和建树？看来，小龙兄从事的地名研究真不是一门小学问。作为现实中的地名研究，不仅需要一种热爱家乡的大情怀，更需要一双踏遍青山的硬脚板，一副去粗取精的好笔墨。这些，小龙兄算是有备无患了。

关于人名辞典，古已有之，而于今体例更加完备，大至《中国人名大辞典》，小至某些文化发达地区的县乡历代人名辞书，放到全国虽不新鲜，但在静宁及其周边广大地区，尚未有先例。作为丝绸之路重要驿站的静宁，几千年来，诞生于此、主政于此，羁旅、行经或征战于此的各色人等如名臣武将、雅士艺人、高僧名道、工匠侠客、悍匪大盗等，何止千万，那一个个曾在此地如雷贯耳的名字，有的或留存于典籍中，或流传于口碑间，但很多犹如被破洞百出的筛子筛过的沙石，或大或小都早已不知遗漏到哪个角落里了。但这所有的名字，都对应着历史上那一个个千奇百态的人；而那一个个人又都和这个地方的某个历史阶段有着千丝万缕的联系，或功或过，或庄或谐，印痕犹在。如果能找到或尽量多地找到这一个个名字，再挖掘出其背后一个个人曾经鲜活的生命历程，就基本上可以串起一个地方几千年的政治、经济、军事、文化、社会的发展史。因为一个地方的历史，就是一个地方上人的历史，而人的名字，就是检索地方历史最直接的关键词。只是这样大海捞针般地寻找，需要尽最大可能地占有海量资料，并能从纷繁芜杂的资料中循着蛛丝马迹，收获意外惊喜。安乐弟拙于交际，素喜读书，刚好能躲在书斋做点有意义的事。就这样在工作之余，用数年时间，他查阅了从汉代以至民国的大量文献和地方史料，对静宁历史上有据可考的人物进行了一次系统的考证、汇集和整理，并补遗校误。该书的最大亮点，我觉得一是增加新名录，尽量挖掘被历史埋没的各类人物，增补未被当前地方志书收录的重要人物上百条，可称得上一项比较重要的成果；二是附录见特色，不仅在书后罗列了静宁历代主政官、科举者、入仕者、抗日阵亡烈士、有关家谱等方面的名录，而且还附有静宁清代、民国老地图、老照片，所增录人物的图片等，显得图文并茂，让一本看似比较枯燥的工具书有了更多的可读性和信息量。

“少小离家老大回，乡音无改鬓毛衰。”古往今来，曾有多少由乡音而引发的乡愁。这乡愁，无疑是美丽的，也是感人的。“老乡见老乡，两眼泪汪汪”，这从记忆和心底流出来的眼泪，正是因对方嘴里吐出了父母亲人的乡音，才一听之下，怦然心动，百感交集。乡音，一乡之音，一方之言，亦即我们常说的“方言”。有人把方言称为一个地方的“活化石”，这是就地方历史和文化而言；而我则把它称为一个人的“名片”，这是就个人习惯和情感而言。十几年前，我曾在外地一家餐厅听到邻桌上飘来熟悉的乡音，直觉认为他们是静宁城川、威戎一带的老乡，当怀着好奇的心情打听后，原来是一帮天水麦积区的人。当时，就有一个疑惑萦回于脑际：为什么本县南部的李店、仁大、贾河等乡镇以及与之接壤的天水秦安县口音都很接近，而本县中部的城川、威戎隔着数百里的秦安县，却与天水麦积的口音如此相像？我的初步判断是与古代的人口迁徙有关，但至今没有得到学术的证实。从那时起，我就注意到方言背后所蕴含的相当丰富的历史和文化意义，但自己却一直是一个说着自家方言的方言门外汉。与杨波先生这样的方言研究者相比，自己也差不多就像一个会说话但不会用文字表达，知其然而不知其所以然的文盲了。关于静宁方言，前贤赵宗理先生曾有首创之功，其成果已经入编《静宁县志·方言》，其本人也被平凉

文史学者张连举先生誉为“陇东研究方言的第一人”。但赵老先生的成果一是编在县志中，普及程度受到一定的影响；二是由于受志书编纂体例的限制，体量未能充分展开。杨波先生作为我辈后学，在吸收前辈成果的基础上，经过多年的收集、研究和整理，共收录静宁南北各片方言6000个词条，约30万字，并对每个词条都逐条标注了普通话读音、方言读音，并作释义。可以说，就目前而言，这本词典可以称得上静宁方言所录词条最多者了。我与杨波先生素未谋面，但也是把这部方言辞典当作他送给我也送给静宁所有老乡的一张名片了，一读之下，倍感亲切。我们知道，方言研究是一门比较生僻也比较专业的学问，不仅要求研究者对方言的发音和释义滚瓜烂熟，而且要求其具备比较充分的现代汉语知识，从而把方言的音义用现代汉语准确地“翻译”过来，并总结出一定的规律。但愿杨波先生能站在赵宗理先生等前辈的肩上，为我们提供更多的词条、释义，也能解读出更多有关家乡方言的文化信息。这也是前辈学人和乡亲们都乐观其成的一个收获。

人到中年，做学问是一件辛苦而又快乐的事，就像农人之于收获、将军之于战绩，特别是这收获、这战绩又是献给父母之邦的一份别样心意。在此，我谨向三位编著者表示我的羡慕和敬意，这无关兄弟长幼，只在乎乡情无尽；也向县文广局和各位主政者们表示我的欣喜和期许，因为“雁过留声，人过留名”，诸位在这一方土地上的痕迹，最终还得靠多年之后的这类人来记录、来书写。

二〇一八年十一月十二日于平凉

**（该丛书待出版）**

# 三十三颗荞麦九十九道棱

## ——杨柳《平凉民间歌曲集萃》序

民歌是普通民众发自内心的歌吟，所谓“穷者欲达其言，劳者须歌其事”（庾信《哀江南赋序》），胸中块垒，一唱而消，心底情丝，越唱越密，并不一定指望着喊这么一嗓子就能得到什么或解决什么。与民歌的绝少功利相比，庙堂的雅颂之音，就多少显得有点目的不纯了，因为这些歌不是从人的心底里生发出来，而是笔杆子们奉诏应制专门用来应付鬼神和圣上的。这就是人们读《诗经》，为什么喜欢“风”，而不喜欢“雅”和“颂”的原因。

世事有多纷繁，民歌就有多浩瀚。因为，从民歌起源来说，它堪称世界上所有艺术的鼻祖。可以想象，在语言尚不成熟的原始社会，人们的劳动号子，亦即鲁迅先生所谓“杭育杭育”的喊叫声，就是当时既合乎劳动节拍又体现听觉审美的最动听的歌声了。自此而下，由于社会文明程度越来越高，民歌的内容和形式也就越来越丰富。从民歌的分布来说，劳苦大众总是构成世事的金字塔底，哪里有人，哪里就有民歌，天南海北，通衢僻壤，古今中外，概莫能外。如果把民歌放在十分广阔的时空中来考量，我认为：它的珍贵，在于它像“活化石”一样，储存了一个地方大量的历史文化信息；而它的复杂，在于它既接受着岁月的层层叠加和消解，也接受着地域的相互习染和融合。所以，要真正理出一个地方民歌的“族谱”，辨析其渊源流变、来龙去脉，的确是一项耗时费力的大工程。

杨柳先生编纂的《平凉民间歌曲集萃》，其实就是平凉的“风”。30多年前，拜国家和省上实施“民间文艺十套集成”机遇所赐，当时在平凉地区群艺馆工作的杨柳先生，和一大批同龄的基层文艺工作者们一道，本着对民间艺术的挚爱之情和对故土乡音的赤子之心，就像先秦时期“振木铎，徇于路以采诗，献之大师，比其音律，以闻于天子”的“采诗官”们一样，到民间去采集民歌。只不过他们没有摇着木铎，而是提着录音机；也不是要闻于什么“天子”，而是要抢救遗产、传诸后世。当时，这帮还算年轻的前辈们，为此付出的不只是踏遍青山的体力，更有焚膏继晷的精力和字斟音酌的智力。就这样，当一曲曲濒临失传的花儿、小调，从老艺人们的口中飞出，固化为录音磁带里的曲调，再由他们一字字、一句句“翻译”为词曲对应的文本，总算大功告成，未负初心。但是，囿于当时各方面条件的限制，这些民歌除油印后上报省上和个人珍藏外，一直束之高阁，未能普及。这不能不说是平凉音乐界的一件憾事。

由此，我不由得想到前几年因受命组织创作平凉第一首城市形象歌曲《神仙留恋的好地方》，去西安拜访作曲家赵季平先生时，他对我们带去的那本其貌不扬的《平凉民歌》油印本所表现出的浓厚兴趣。当时就想，作为当代杰出作曲家的赵季平先生尚且对此施以青眼，而作为平凉从事音乐创作的人来说又该是多么珍贵！平凉的确太缺乏本土音乐，尤其是具有地域特色的本土音乐了。

好在自周奉真作词、赵季平谱曲的《神仙留恋的好地方》问世并广泛传唱后，激励和带动了平凉本土音乐创作，几年之间也涌现出了一些被官方和群众都比较认可的好歌曲，特别是冒出了几位很有天赋和才情的年轻人。但美中不足的是，平凉本土歌曲的个性还不够强、特色还不够鲜明，不像有些耳熟能详的歌曲，一听曲调就知道哪个是陕北风，哪个是藏乡韵，哪个是内蒙古味，哪个是江南调。这不怪我们的作曲者们，因为他们不可能见到那么齐全的本土民间歌曲，更不用说从中汲取营养、帮助创作了。

“众里寻他千百度，蓦然回首，那人却在灯火阑珊处。”30多年过去了，当曾经让一代平凉文艺工作者付出艰辛努力采集而来的民歌还酣睡在油印本里时，杨柳先生就像那个躲在灯火阑珊处的人，仍然对此念念不忘、萦回在怀。他深感如不趁精力尚好把自己掌握的全部民歌资料整理付梓，公之于世，这些来之不易的宝物就有断线失传之虞。于是，这位年近八旬的“老黄忠”，开始在电脑上自学作曲软件。试想，要把那些随口就来的音符，搬到电脑版面上，对他来说无疑是应了“八十岁学喇叭”这句俗话。但他硬是凭着早年炼就的一股子木石般的意志，经历了从手足无措到渐入佳境，再到心手双畅的进步。正当他憧憬着收获时，却因劳累过度住院治疗，所幸有惊无险，真乃“天助我也”。经过历时一年夜以继日的辛勤劳作，这部包括文字和音符逾百万字的书稿总算顺利告竣。这些情况，我是在拜读其《编后记》时才知道的。杖朝之年，不安享颐养之福，却这般自讨苦吃，我们除了表达由衷的敬意外，还有内心的不安与不忍。为此，我们觉得唯有想方设法公开出版，才能对得起老先生的辛勤劳动。随后，市文联汇报市委常委、宣传部部长李富君，得到其充分肯定和支持，并帮助解决出版经费。于是，才有了这本浸透了杨柳先生和那一代人汗水和心血的《平凉民间歌曲集萃》。

对我这样的“乐盲”而言，认真阅读这一首首沾满泥土气息和草木馨香的民歌，“初听不知曲中意，再听已是曲中人”，竟然也唏嘘再三，感动不已。

我感动于平凉民歌内容之博大精深。每个地方的民歌，都几乎涵盖了所有的社会事象，特别是保留了一些已经或濒临消失的风土人情，可以称得上一部传统农业社会的百科全书。如麦客花儿，“眼看着秦川麦黄了，小哥哥赶得麦场了。不提赶场还罢了，提起赶场心烂了”；如脚户花儿，“下大雪天寒冷霜冻眉间，天气火没有水喉咙冒烟。腿跑断苦受尽脚户艰难，把我的半辈子诓了干传”；如泾川小调《女看娘》：“正月女看娘，人来客去真个忙。哎哟我的娘，奴家实在忙。忙得无有工夫看呀我的娘。”接着，从二月的春耕生产真个忙、三月的栽瓜点豆真个忙、四月的锄田磻地真个忙、五月的大麦上场小麦黄、六月的家家户户碾麦忙、七月的家家户户耕地忙、八月的家家户户种麦忙、九月的麦子种上秋田黄、十月的棉衣装得实在忙、十一月的装酒拌醋实在忙，一直到唱到“十二月女看娘，花布手巾包冰糖。忙得无有工夫看呀我的娘。左手扶娘床，右手搭身上。叫了一声娘，嗨嗨儿哭一场”。还有以当兵、货郎、纺线、绣荷包、拾棉花、割韭菜为题的，如此等等，不一而足，不仅反映了底层劳动者生命的卑微和劳作的艰辛，而且也像《诗经·风》那样，翻开了农耕生活的行事历，展开了普通民众在田园、作坊、闺阁、旅途等各种场景的世俗画卷。特别是这首《女看娘》，把一个农家小媳妇忙碌、劳累、思念、自责的情感表现得淋漓尽致，催人泪下。当然，歌唱爱情永远是民歌最核心的主题之一，平凉民歌也不例外。如崆峒小调《送王哥》，同样采用十二月令的叙事手法，唱出了一个东家小姐对年轻长工的爱慕和眷恋，“十月里，冷寒天，王哥放羊穿得单。我给王哥脱一件，恐怕旁人说闲言。不怕旁人说闲言，脱上一件王哥穿。”“腊月里，一年满，我给王哥添身钱。身钱添了三斗三，我问王哥连不连?”情真意切，感人至深。再如，花儿《土红的骡子驮当归》，“土红的骡子驮当归，小妹妹行里就没班辈。只要他的人材好，把他那班辈拉求倒。”则更加大胆泼辣，义无反顾。同时，一些民歌也极具现实批判性，表达了底层劳动者爱憎分明的性格特征。如《女儿骂媒》，“菜子开花呢满山黄，世上的女婿比奴的强，哎嗨来一枝花呀，世上的女婿就比奴的强”，“不怪爹来不怪娘，只怪他媒人舌头长；吃了我媒饭害嗓癀，戴了我媒帽害秃疮；穿了我媒衣命不长，穿了我媒鞋烂目眶”。再如《财主狠心肠》，描述了一位穷苦人家的女子嫁到财主家的悲惨命运：“问一声公来再问一声婆，吃什么饭来还要喝什么汤?问完做好端上房，公婆说不好叫奴站在地当央；鞭子上去龙摆尾，一鞭一鞭打在了奴的身上；世上的财主狠心肠，实怪二老给奴找了个有钱郎。”都是对封建婚姻的诅咒和控诉，直抒胸臆，痛快淋漓。

我感动于平凉民歌艺术之精妙绝伦。仅从语言来说，平凉民歌不仅继承了《诗经》赋、比、兴的优良传统和表现手法，而且全部采用当地民众地地道道的方言俚语，不自觉地调动了比喻、拟人、排比、对偶、夸张、互文、通感、反语、反复等大量的修辞手法，极具情感的穿透力和感染力。如华亭小调《山歌子》：“对对沟哪么对对洼，我不见情人哎在哪达。一畦畦韭菜凉水浇，情人念我哎耳朵烧。毛毛雨儿下着哩，谁还给我捎上个话着哩。”寥寥几句，囊括了赋、比、兴的全套招式。再如，静宁小调《梁山伯与祝英台》，曲调虽然很简单，但内

容丰富，是一首完整的叙事诗，该诗分别通过演唱者、梁山伯、丫鬟、祝英台等不同角色的口吻，讲述了梁山伯到祝家庄拜访昔日情同手足的同窗，而未料英台是女郎。特别是当英台听到梁兄到家门时，既“叫奴喜在心”，又埋怨“活活坑杀人”，于是“手拿青铜镜，端来洗脸盆，胭脂水粉齐用尽，清水洗灰尘。头戴珍珠冠，两耳坠金环，两溜眉毛赛弓弯，银牙尖对尖。身穿红绫袄，腰系黄丝绦，八幅罗裙双飘带，金莲露出来。”如此精心打扮之后，这才走出绣房，“两耳响叮当，行步来在侧门上，先会山伯郎”。这种不厌其烦地描述梳洗扮装，看似铺陈其事，其实远比直接的心理描写更具表现力。读此民歌，的确与古代经典《木兰辞》《孔雀东南飞》有异曲同工之妙，不由人不佩服平凉民间艺人的艺术功力。还有夸赞美人的崆峒民歌《十个姐》，一反汉乐府《陌上桑》“行者见罗敷，下担捋髭须。少年见罗敷，脱帽着帩头。耕者忘其犁，锄者忘其锄。来归相怨怒，但坐观罗敷”的侧面烘托，而为运用比喻的直接描写，如“两个姐儿好眉毛，眉毛一翘满脸笑，声气活像鹦哥叫。三个姐儿好鼻子，线杆鼻子端上端，杏核眼睛憋钻钻。四个姐儿好白脸，白啦啦脸儿官粉搽，南海观世音赛不过她。五个姐儿好白牙，糯米白牙尖对尖，樱桃小口一点点。六个姐儿好白手，白啦啦手儿摘石榴，一包水儿红丢丢……”这种民歌，如用方言唱给懂方言的人听，则更加神情毕现。当然，说起民歌的艺术性，不能不说其音乐的特点。据杨柳先生称，大多数属于商调式的平凉民歌，个性鲜明，具有农牧交汇区的地域文化特色，它和其他地区的民歌、山歌花儿等，共同撑起了西北民歌的璀璨星空。

我还感动于平凉民歌传承之继绝存亡。近年来，随着所谓现代文明的普及，舞台和音乐得到空前的丰富，但也有一些粗制滥造的音乐作品，只要炒作包装得法，或能迎合部分人的口味，就可以大行其道、迅速传播。回望这30多年来，曾有多少聒噪于耳的流行歌曲，在“各领风骚三五年”之后，落得个“宫阙万间都做了土”。这些速生速亡的音乐，不仅浪费了创作者的精力和传唱者的感情，而且攻城略地，对传统民歌的传承造成了很大的破坏。正因如此，民歌也就成了“弱势群体”，不得不进入非物质遗产保护名录。其实，早在30多年前，杨柳先生他们这一代人大规模收集民歌时，这种现象已经初露端倪。所幸当时亡羊补牢，犹未为晚，一批民间老歌手还健在。但即便如此，一些自以为正统的乡下人，仍然把他们当作采酸曲的人，冷眼相看，冷语相待，甚至有个生产队长还把他们赶出了村子。可以说，这些散落在偏乡僻壤，如山花一样自生自灭的平凉民歌，正是因了国家的重视和这一代文艺工作者们的热心，才在面临失传时抢救了下来。也可以说，保存这些民歌，是这一代文艺工作者向历史、向乡土、向艺术的集体致敬！在这期间，作为采集者中的重要成员，也作为泾渭花儿平凉市级保护项目的代表性传承人，杨柳先生对民歌如何面世和传播从未释怀，而且随着年龄的增长而愈感紧迫，就这样一边做理论上的归纳梳理，出版了《泾渭花儿研究》等专著和论文；一边又做文字和音乐方面的纠错正谬，从中发现和纠正了许多唱腔、发音方面的错误。例如，静宁小调《十道黑》中，诸如“学生进了书房去，笔墨纸砚散到黑；粉白墙上留诗句，想不出来思到黑；五尺白绫下染缸，染不上颜色捂到黑”之类，云里雾里，不知所云，但杨柳先生从曲名入手，分别加注了各自的谐音，如散到（三道）黑、思到（四道）黑、捂到（五道）黑等，画

龙点睛，反映了农民在语言方面的创造和智慧，有一种淳朴的幽默。再如，庄浪小调《道谢曲》："高高山上哟一圈羊，贱脚踏在了贵地上。"这本来是社火队到外村演唱用来道谢的，谦称"贱脚"，尊称"贵地"，两词对应，体现的是传统社会里庄稼人的讲究和礼仪，但原来的本子却把"贱脚"写成了"尖脚"，语义就大相径庭了。除了文字方面的推敲外，他还对曲调进行了斟酌修订，使之更加贴近原生态，更加具有艺术性。所有这些看似微不足道的幕后工作，如果没有对民俗、文学、音乐、表演等方面综合性的修养，是不可能做得这么好的。这完全得益于杨柳先生几十年如一日的学习、积累和研究。

另外，需要告诉读者的是，杨柳先生被同龄的朋友们戏称为"杨杂碎"，与平凉小吃"羊杂碎"同音。这个绰号，虽是戏谑之语，倒也有浓厚的民俗味，是对老先生这个文艺界特别是民间文艺界的"杂货铺子"的赞许和肯定。杨柳先生也没有辜负同道们30多年来的共同努力，特别在每首歌名前（或后）都署上了他们的名字，"以记其功"，这种不掠美、不揽功的品格也是文艺界应有的风尚。就像司马迁写《史记》而让后世记住了司马迁一样，这部书也是平凉民歌采集的群英谱，后世的人们会记住他们的名字的。

"三十三颗荞麦九十九道棱，二妹妹再好是人家的人。"当五彩缤纷的平凉民间歌曲经由杨柳先生之手走进百姓人家，民歌就会像寤寐思之的"二妹妹"一样，成为广大文艺工作者和爱好者们的天使，永驻心间，长青不老。

二〇一九年一月六日于平凉

**（该书于2019年11月由九州出版社出版）**

# 一场关于苹果的诗歌合唱

## ——《苹果：词与物的美学》序

30多年前的静宁人，当一星半点的庭院里长出苹果时，那是哄小孩子的玩意儿；而今，当百万亩土地上如潮水般漫过苹果时，就成了几十万百姓心心念念的事业。玩意儿，满足的是味蕾，具有破涕为笑的效果；而事业，却是一种深植于土地和人心的文化，不仅具有脱贫致富的作用，而且还具有淳俗化人的功效。

苹果作为“舶来品”落户静宁，历经30多年光阴，已从稀罕的“洋果”一跃而成为族群庞大的“土著”，它这一路攻城略地下来，赫赫战绩背后，见证着天时、地利、人和三要素的最佳配伍。而今，“静宁苹果”已然成了消费者口中一个偏正结构的专用名词，偏与正须臾不可分离，这个名词的弦外之音似乎在告诉大家：世界上只有两类苹果：一类是苹果，另一类是静宁苹果。之所以会产生这样的感觉，是因为只要“苹果”前有“静宁”二字，似乎能一下子体现出鹤立鸡群的尊贵来。

说它尊贵，除了其自身不容置疑的品质，大概是源于静宁苹果已经超越物质而成为一种形而上的文化，具有一种独特的诗意和美学品格。“务果日当午，汗滴树下土”，那些长年劳作在果园里的果农、服务于生产第一线的农技人员和穿梭在海内外大市场的经销商们，他们对苹果的付出和挚爱，本身就是一部兼具创业史和田园诗的皇皇巨著。除此而外，与文艺界结缘

静宁苹果、情系静宁苹果、歌咏静宁苹果不无关系。

近年来，静宁县充分利用全国苹果最佳适宜区的优越自然资源，在强力推动苹果适宜区全覆盖的同时，把文艺作为产业扩量提质增效的助推器，不仅提振了全县人民发展苹果产业的信心，而且派出了静宁苹果走向世界的“文化大使”。因为在当今资讯十分发达的情况下，一个从未品尝过静宁苹果的外乡人或异国人，可能早已从网络媒体上看到了许多有关静宁苹果的文艺作品，并刺激了他的味觉神经，从而生发出对这块生长世界上最好苹果的土地的神往。据我所知，近年就有好几次以静宁苹果为主题的文艺活动，其中不乏新颖别致的创意，如作家采摘长有自己名字的苹果、果园趣味运动会等，特别是组织实施了静宁苹果“六个一”文化工程，即出版一部散文诗歌集、一部长篇小说、一本画册、一本栽培技术读本、一部微影视、一部宣传片。通过文艺活动的号召和鼓励，县内外的作家艺术家创作了大量以苹果为题材的文艺作品，如已经搬上舞台的秦腔剧《金果人家》《金果雪里红》、舞蹈《成纪夯歌》，正式出版的长篇小说《花开千树》，以及系列诗文、歌曲、绘画、剪纸等，为树立静宁苹果品牌形象发挥了文艺独特的作用。

今年初，静宁县文联又会同中国诗歌学会，在全国范围内发起了“我为静宁苹果写首诗”的活动。仰仗中国诗歌学会的巨大影响力，也承蒙诗歌界朋友们对静宁及静宁苹果的青睐，可谓“振臂一呼，应者云集”，来自全国各地的诗歌，迎着静宁苹果出走的方向，汇集在“苹果树下”，形成了一场阵容可观、声势浩大的大合唱，声振林樾，响遏行云。参加这个大合唱的，有许多神交已久但未曾谋面的如周所同、阳飏、杨献平、李继宗、刚杰·索木东等著名诗人，有从静宁走出去的著名学者孙明君教授，有王怀凌、申万仓等周边城市的朋友，当然也有平凉各县区众多熟悉的同道们。拜读他们的每一首诗歌，都带着对这块土地和人们发自肺腑的亲近甚至偏爱，也散发着静宁苹果特有的芬芳，品诗如同品果，齿颊留香，更甜在心底。例如：

“面对这一颗刚刚从树上摘下来/生长着我名字的苹果/有点不知所措/像是——镜子外的人/想要握住镜子里的手/像是——这一树的苹果/全都是我的兄弟姐妹/像是——请允许/这一颗生长有我名字的苹果/重新回到树上，俯下身子/表示对这块土地的感激。”（阳飏《静宁：与苹果有关》）

再如，《无题》：

“待出阁的静宁苹果/一生只守一朵花/在静宁，苹果花加深了人世的幸福/一个苹果就是一轮打盹的太阳/在静宁的土地上滚动着幸福的雷鸣/山梁，点亮芳香的红灯笼/静宁，做你枝头的一枚苹果多么幸福/从爱上一只苹果开始爱上静宁/遇上静宁苹果，就是一个有福的人/静宁苹果：以自身的甜，向世界发出邀请。”

这首《无题》其实是我仿古人“集句成诗”的恶作剧，就是把征文的几首诗歌题目做了一个简单的排序，但读起来就已经是一首意象朦胧的赞美诗了。如果“诗鬼”李贺再世，这每个诗题，或许都会成为他诗囊中得意的佳句了。李贺的母亲感慨儿子作诗之苦，曾不无怜惜地说：“是儿要当呕出心始已耳！”通览这部征文诗集，又何尝体会不到各位作者呕心沥血的用功呢？行文至此，我应当对各位作者们，献上像静宁苹果一样从里到外透着甜蜜的祝福。

本次诗歌征集活动，得到静宁德美集团的大力支持，这体现了一个现代企业应有的社会责任和文化追求。在此，我愿把几年前“第五届感动平凉人物”评委会命我执笔，写给德美集团董事长田积林先生的致敬词节录于后，以表谢意，并共勉之：

爱心如粟，春种一粒，秋收万颗；寒来暑往，生生不息。你们慷慨地挥洒汗水，看爱心发芽，听善良拔节，望美德结果，人乐我乐，乐在其中！

在“我为静宁苹果写首诗”活动中，笔者作为一个静宁人，自应当仁不让、踊跃参与，无奈早已告别诗坛，且诗思枯竭。为了弥补没“为静宁苹果写首诗”的惭愧，遂草成以上几段话，权且当作诗人大合唱时的一句台下喝彩可也。

我想，静宁苹果除了诗人的合唱，也需要遍布海内外的更多各行各业朋友们的喝彩！

二○一九年八月于平凉

（该书于 2019 年 10 月由敦煌文艺出版社出版）

# 镜头，让崆峒不再鸿濛

## ——《“交响丝路·问道崆峒”获奖摄影作品集》前言

明代文学家、时任陕西提学副使的唐龙在其七律《登崆峒山》的开头就说：“西北崆峒山势雄，千年境界尚鸿濛。”可见如此雄奇秀美的崆峒，当时外界对它的认识还处在一片混沌之中。其实，自《庄子·在宥》对黄帝问道作了一番精彩演绎后，虽然广成子所授的“道”已然成为黄、老、庄道学思想的重要组成部分和中国传统文化中一个经久不衰的话题，但其发源地崆峒山却因在整个华夏地理和文化中偏居一隅，始终是一个“鸿濛”的存在。“地势使之然，由来非一朝”，这怪不得古人。

而现代摄影艺术，通过亲临实地，调光圈、定焦距、选角度，拍出一张张精美的图片，再交由各类书刊特别是现在的网络媒体呈现给外面的世界，让广大受众足不出户就能“澄怀观道，卧以游之”，进而生发出一种壮游天下、踵事增华的豪情。对平凉而言，让旅游和摄影联姻，确实是一个让道源圣地崆峒山“去鸿濛化”的最便捷、最有效的手段。这些年，搭乘着旅游业日新月异飞速发展的快车，摄影人在平凉旅游宣传推介方面的作用也越来越凸显。

特别是近两年来，市委、市政府审时度势，乘势而为，把打造平凉文化旅游品牌当作造福当代、惠泽后世的一项宏大工程来谋划、来实施，宣传活动好戏连台，对外推介精彩纷呈，

以往“藏在深闺人不识”的平凉旅游资源连同丰富多彩的平凉故事，以真实的面目和飒爽的英姿走向全国、走向世界。

本书就是平凉文旅宣传众多活动中的一项——2019 年“交响丝路·问道崆峒”平凉·崆峒文化旅游节系列活动之“摄崆峒”成果的展示。该活动自 7 月初发布公告，面向全国征稿，并采用线上投票竞选和线下评选两种方式，让活动一开始就成了一个时期的网络宣传热点。最后，经邀请省内专家严格评选，共评出一等奖作品 3 幅，二等奖作品 6 幅，三等奖作品 9 幅，优秀奖作品 100 幅，共计 118 幅。

应该说，资深的摄影者都是“旅游达人”，也是最用心思、最具眼光的“美的搜寻者”。翻开这本获奖作品集，举凡平凉山水名胜、民俗风情和产业开发等各个方面，都得到了美的呈现，可以称得上一本摄影版的平凉导游图。特别令人感到意外的是，即使这些年被省内外众多摄影者们无数次光顾和拍摄的崆峒山、庄浪梯田等老题材，仍然能别开生面，像别了三日又意外邂逅的士子。同时，还有一些司空见惯的寻常巷陌、普通街景，也经由摄影者对角度、色彩、光线等独具匠心的搭配组合，而成为一幅幅具有陌生感和现代意识的作品。这从一个方面表明，平凉自然人文资源的确是一个让摄影者们取之不尽、用之不竭的富矿，任你崆峒依旧，我自照片常新；而另一方面也足可证明，渐入佳境的平凉文旅宣传推介活动，在有效提升客流量和美誉度的同时，也把市内外广大摄影工作者变成了文化旅游的义务宣传员。

我们希望有更多的摄影人能加入“摄崆峒”的艺术大军中，把镜头对准平凉文化旅游资源，道源崆峒一定会让你们“得道多助”，满载而归。

我们也相信，已经不再鸿濛的崆峒，一定会更加楚楚动人，一往而情深。

二〇一九年十二月于平凉

**（该书由平凉市文旅局、平凉市文联编印，内部发行）**

# 慎终与追远

## ——魏建国《椿庭往事记犹新》序

《论语》曰："慎终追远，民德归厚矣。"这句话应该包括两个方面：一是作为子女，当于父母生前能敬而养之，于父母逝后能丧事尽其哀，祭祀尽其诚。二是如果每个人都能对去世的父母事如生、祭如在，那么民风也会归于淳厚。所以，慎终与追远，不仅是一个家庭孝道传承的大事，也是整个社会人文教化不可或缺的组成部分。

从这个角度看，建国兄在令尊大人逝世三周年之际编纂的这本《椿庭往事记犹新》，正是对"慎终追远"这一古老话题的生动阐释，我们不敢因其体量单薄而小觑，反而会因其所承载的内容之厚重而心生敬意。

魏老伯父大人出身于普通农家，入学仅一年多就因家贫而辍学，耕田种地，成为庄稼行里的一把好手。如果不是时代的大变革把他推向台前，并一步一个脚印地走上领导岗位，他的人生履历，可能与绝大多数同龄的农家子弟一样，稼穑为务，终老山乡。但是，机遇总是垂青于有准备的人，这偶然中却隐藏着许多必然的因素。为什么一个少年农夫能成长为身系一方安危的"保护神"、主政一县大计的"父母官"，并最终跻身高级领导干部的行列呢？这个答案，从他一生刻苦自学的进取意识、实事求是的苦干精神和清正廉洁的公仆本色中已表露无遗。当然，也与他过人的天赋、正直的秉性不无关系。魏老伯父大人的一生，在我们后辈看来，具有那个时期特有的时代烙印和传奇色彩，可以总结出成才、做人、为政、处世、治家、娱老等多个方面的人生经验和励志样本。

正因为他崇高的德望事功和较大的社会影响，所以在逝世后，各界人士前来吊唁，花圈雪盖，挽幛云遮，可谓备极哀荣。建国昆仲亲视含殓、祭祀如仪，送老人家入土为安，也尽到了“慎终”的孝义。三载时光，一瞬而过，为了表达对父亲的追思，也为了传承父亲的精神遗产，建国兄精心编纂了这本图文并茂的《椿庭往事记犹新》，让“追远”有了一个附着的载体。

本书依内容，分为生平事迹、亲友悼念、子女追思、三周年祭四个部分。其中“生平事迹”，客观翔实地记录了魏老伯父大人的成长历程、所作所为和多彩人生，也不乏民间流传的口碑资料，让我们对这位可敬可亲的老前辈有一个多面立体的认识。“亲友悼念”以诗词挽联为主，可以窥一斑而知全豹，了解他给社会留下的深刻印迹和给亲友们留下的高大形象。“子女追思”是其子女婿媳所写的追忆诗文，除了浓烈的亲情、无限的缅怀外，我们还可以从一个侧面了解老人家治家教子的理念和颐养天年的细节，这又何尝不是他多年来有意或无意间所经营的家教和家学成果呢？“三周年祭”是其逝世三周年前夕，后辈儿孙所写的祭文和追忆文章，礼遵旧典，调谱新声，表达了亲人们无尽的孝思。

慎终易过，追远难得。捧读《椿庭往事记犹新》，启人心智，获益良多，这不仅是建国昆仲献给令尊大人的一瓣心香，也是馈赠亲友和后辈们的家教读本，因为它已经超越了魏氏家庭文化的范畴，而成为“民德归厚”的一份精神文明的营养。

最后，谨以宋代陈普的《论语·慎终追远》一诗，献于魏老伯父大人灵前，并向建国兄表达由衷的钦敬之情：

三千三百皆天秩，第一无如事死难。
丧祭两端无愧悔，民风行作舜时看。

二〇二〇年五月十八日于平凉

**（该书于2020年6月编印，内部赠阅）**

# 正是那些美德使他发了疯

## ——贾智杰主编《开心大辞典》前言

贾智杰先生是我为数不多的老朋友之一。之所以称其为“老”，首先是他长我 21 岁，在我出生的时候，他已经是一名英姿飒爽的军人了；其次是我们之间的交往也已有四分之一个世纪了，彼时，我这个当记者的与他这个从事基层电力企业党务工作的因文字而相识，并就此结下了多年的友谊。这样的老朋友，因年龄和行业的悬殊，虽然没有“何时一樽酒，重与细论文”般的过从甚密，但也是“相见亦无事，不来忽忆君”似的惺惺相惜。

作为一个不善交际的人，为何能与出身军旅且从事企业管理工作的智杰先生成为朋友呢？仔细想来，大概不外乎以下几点：一是他以对文化的崇尚而推广为对从事文字工作者的亲近和尊重。多年从事政工和文字工作，再加之阅历丰富、见多识广、风趣幽默，智杰先生对新闻、文艺界的人总是从内心引以为同道，并抱着一种感同身受的理解，所以就很容易和后生小子们成为称兄道弟的朋友。二是他本身具备的较高文化修养和对企业文化建设的业绩，在普遍重物质而轻精神的环境中，会不经意间让自己成为一个有点特立独行的另类，从而招来人们瞩目甚至侧目的眼光。三是一朝从戎，终生刚毅，18 年的军旅生涯，锻造了他坦诚、执着和坚韧的个性，决定了他明义利、重然诺、不懈怠的风格，也直接影响了他以后的人生走向和生命轨迹。我觉得，正是他身上的这种美德吸引了我，也感染了我。

记得当初，他在平凉地区电力局送电工区担任党支部书记，为了凝聚人心、鼓舞士气、推动工作，他先后策划和参与创作了企业文化四部曲——报告文学《铁塔之歌》《铁塔续歌》《铁塔赞歌》《铁塔情歌》，与人合作了歌曲《送电工人的一天》等，使得一个默默无闻的小企业因文化而兴盛，因宣传而活跃。这让我不由得想到了阿基米德的名言：给我一个支点，我就能撬动地球！如果这句话言重了的话，倒可以改得再平实些：给我一个平台，我就能回报精彩！

是的，与许多缺乏想象力和创造性的人相比，智杰先生的职业生涯可谓精彩：以农家子弟而刻苦求学，备尝艰辛；以高中毕业而投笔从戎，跃出“农门”；以军转干部而进入国企，独当一面；以企业管理而文化兴企，领异标新。如果只有这些，固然是精彩，但仅仅是常人的精彩。以智杰先生的秉性和天分，注定了他这个非同寻常的人必然要拥有非同寻常的精彩。也就是说，他最精彩的人生是从退休之后开始的一场孤注一掷的博弈，这就是他近20年来所做的看似不可为而为之的一项浩大工程——编纂450万字的《开心大辞典》。

要问他为什么即使碰得头破血流也要干这件吃力不讨好的苦差事呢？这还得从他多年的读书生活习惯说起。自参加工作起，他就有博览群书和收集资料的嗜好，只要是自己认为有价值、有用处的任何资料，总是不厌其烦地细心归类、剪贴珍藏，几十年来竟积累了数十本，每次搬家他都视若珍宝，不忍丢弃。退休后，赋闲在家，他有了充裕的时间来系统翻阅这些尘封多年的资料，竟然越翻越有味道，越翻越有想法。于是，他在这海量的资料中披沙沥金、去粗取精，这就有了最初以生活常识、

逸闻趣事为主的《翰山荟萃　墨海拾零》四册本。就在初稿编就、进行沉淀的一段时间，这位善于思考的“怪杰先生”，由于受央视“开心辞典”节目的启发，再一次给自己大幅度地抬高了跨越的标杆：要编就编一套大部头——“百科全书”式的《开心大辞典》，并发愿要把该书的编纂出版当作一项社会公益事业，用书奖励品学兼优、家境贫寒的学生和优秀员工。

我们知道，这种“百科全书”式的辞书编纂，通常需要组织一个庞大的班子，在数年时间内，罗致各方面的专家各管一块、各负其责，最后再汇总到一起，用统一的标尺进行订正统稿，其工程之浩繁，远非一人所能承担。但智杰先生硬是一步步朝着这个庞然大物，把自己逼到了破釜沉舟的绝境，作向死而生的拼搏。自此，他原本平静的退休生活就再也没有安生过。他就像蚂蚁搬泰山一样，爬行在浩瀚的资料中，日以继夜，焚膏继晷，耳听、眼看、手写，提炼、筛选、勘误，书桌上、饭桌上、地上、床上，到处铺满了资料和卡片。为了录入和校对方便，他还购置了电脑、打印机、裁纸机。就这样，他不仅牺牲了自己的时间和精力，而且还打乱了全家人的生活。好在家人不仅不反对，而且还给予他很大的精神鼓励和经济支持。后来，他的资料攻城略地，占领了家里的角角落落，几乎无处下脚，这才不得不在外面租房办公。这期间，他也得到了朋友们的理解和关心，给他提供了力所能及的帮助，让他在前行的路上多了一份温暖和感动。这样的工作量，即使铁打铜筑的身子也支撑不了，何况他还是一个冠心病、高血压和糖尿病患者，有一次，他因劳累过度而休克，幸亏发现及时，经医院抢救而转危为安。如今，这本浸透了他 20 年心血的《开心大辞典》，终于完成了编纂和校对，即将付梓。该书皇皇 450 万字，分语林趣话、辞海趣源、历史千秋、人物春秋、世界博览、华夏博览、百科知识、生活常识、动物趣闻、植物趣闻、国宝风姿、民族风情、艺苑简谭、什苑杂谭、挑百选千、拾遗补漏16册，放眼古今中外，上至天文地理，下到衣食住行，可谓一部集知识性、趣味性、娱乐性、实用性为一体的大型工具书。

这是一个非专业的人所做的非常专业的工作，也是一个普通人奉献给社会的宏大文化工程。这种像着了魔、发了疯似的豁出身家性命也要实现预期目标，以期惠及子孙后代的精神，不由人不联想到塞万提斯笔下的堂吉诃德来。堂吉诃德这个瘦削的小贵族，始终是一个理想主义的化身，他为了当一名真正的骑士，竟然骑上一匹瘦弱的老马，扛着一柄生锈的长矛，戴着破烂的头盔，要去除暴扶弱。他把旋转的风车当作臆想中的敌人，冲上去和它大战一场，弄得遍体鳞伤；他把羊群当作军队，冲上去厮杀，被牧童用石子打肿了脸面，打落了牙齿。他越是这样疯狂而可笑，就越是显示出他高度的道德、无畏的精神、英雄的行为。因为对于大多数人来说，当自己的理想和现实发生碰撞时，就会立即改弦更张去主动适应现实了，不论这个现实世界是光明还是黑暗，但堂吉诃德的伟大就在于只要他坚信一件事是对的，无论遇到多少挫折他都不会放弃，有一种虽千万人吾往矣的悲壮气息。所以，英国诗人拜伦在评价堂吉诃德时，曾一语中的：“正是那些美德使他发了疯。”

是啊。美德可以润身，但同时也很累人。智杰先生这些年受过的所有苦、所有委屈，何尝不都是其美德所致？但话说回来，如果我们的社会遍地都是精致的利己主义者，而唯独没有这样发了疯的“堂吉诃德”，那又该是多么的可怕！智杰先生曾在接受记者采访时说：“等到这本《开心大辞典》出版之后，我要找一处深山老林大哭一场。”我不知道这究竟是喜极而泣，还是悲极而哭，但这种成就一番事业的孤独感我是明显感受到了。

我衷心祝愿智杰先生的《开心大辞典》能够顺利出版，也衷心祝愿《开心大辞典》能够真正带给他和所有读者更多的开心。

二〇二〇年六月

**（该书待出版。该文发表于 2020 年 7 月 20 日《陇东报》）**

# 穿越百年

## ——拙著《尺墨寸丹：古札中的世道与人心》弁言

古旧书札，是隐没在民间的人文片羽和乡邦文献。

20多年前，我曾意外获得并拜读了一册清末及民国初年甘肃静宁地方名人书札。当时，看到那春红秋紫的五彩笺纸、鸾飘凤泊的前贤遗墨、温恭自虚的文人风致，以及弥漫其间扑面而来的独特文化气息，恍若穿越百年时光，在一处安静的书斋，侍坐于高、曾祖辈的长者，听他们娓娓道来那一段早已渺不可寻的前尘往事。这种亲切而又私密的观赏经验，是阅读他们同代人的文史实录和诗词歌赋所未曾体会的。我曾发愿，假以时日，一定要和这些长者们逐一“攀谈”，让那些潜藏在字里行间的陈年旧事、交游细节、人物性情、笔墨功夫和历史背景进入当代视野，为人们了解那个并不遥远的时代，提供一份虽然细微如丝但也真实生动的注脚。

白驹过隙，匆匆又是多年。这批旧札却一直雪藏在自己的箧底，不能为世人所知所见，而我似乎越来越生出一种讳长者之贤、掩前人之美的负疚感。四五年前，再次翻检这批旧札，先从解读伯曾祖父玉山公的几通书札入手，试着写了几篇，其中一篇在微信公众号刊布后，不意引起《中国文化报》编辑的注意，并很快在该报发表。由是，我越发认识到这批旧札的价值，已超越一地一隅而成为中国千年未有之大变局的一个切面，也更增添了我继续解读这批旧书札的信心，遂决意将其做成一部文史同辉、辞翰双美的图书。

于是，在公务及应酬之暇，一边静下心来，埋头品读，开始断断续续的写作；一边继续搜罗当地古旧书札，以期尽可能地荟萃前贤手泽，较为全面、深入、精微地展示其人其书、其事其时。其间，还搜集到出土于静宁的西汉木牍公函两通、静宁籍抗金名将刘锜书札拓片两帧，虽然都是照片，但已弥足珍贵，因为它们是这两个历史阶段难得一见的书札标本。可谓“人有善念，天必助之”，一位乡前辈又颇为意外地为我提供了一册甘肃镇原书札，其写作时代恰好与静宁书札大致相当，皆百年前旧物也。前辈古道热肠之慷慨，成人之美之高谊，是出于对乡邦文化之珍视，又何尝不是对后生小子之勖勉！

这两本书札，都写于清廷覆亡前后三四十年间。其时，神州大地思潮激荡、新旧更迭、江山易鼎，读书人正处在探寻国家与个人前途命运的“十字路口”，他们的生活状态和心路历程往往会流露于毫端，托付于尺素。这些曾往来于旅途驿递间的书札，其作者：论科第有进士、举人、拔贡、生员、童生和新式陆军学生，论官职有兵部主事、财政司长、领事馆译员、知州、知县、议长、议员、教谕、训导、山长、典史，论职业有官吏、塾师、乡绅、商贾、军人、学堂医官、宗教名人，当然也有部分往来公函，其间顶戴花翎、长袍马褂、军装西服、布衣粗褐，济济楚楚，面目各异，好似打开了彼时彼地的“名人堂”。

这些早已作古的地方名人，大都负一乡之望，也是其时各类资讯的集散中心。他们的往来书札，已成隔代文物，要读懂它，并进而从一个词、一句话的背后，剥茧抽丝，阐幽发微，就如同考古工作者从一个器皿或一片金石解读出一段历史一样，谈何容易？这期间，我查阅了许多方志、史话、诗文、论文等文献，既从现有资料来佐证和推断书札涉及的线索和内容，又从书札资料来弥补和修正现有资料的不足和谬误，每有会心，辄欣然忘食。

读这些书札，我们不仅能感知到书写者的家常、心境、故事和情感，也能获悉对一些朝廷重臣、封疆大吏、同僚故旧和乡亲戚友的平章月旦，更能从字里行间体会到对宦海沉浮、生计穷通和功名去留的感慨，对世态炎凉、人情冷暖和命运顺逆的喟叹，甚至还涉及对朝政利弊、国运兴衰和施政得失的议论。这些或显或隐的信息，不仅具有很高的可信度，而且像一柄单筒望远镜似的，借助其小小的镜片，可以视通万里、思接百年，较为真切地还原一个地方、一个时代和一个读书人群体的侧影或一角。

同时，这些书札也是当时书法风气的生动呈现，代表着各类读书人的真实书写状态。他们虽然大多数并不以书法名世，但这种一时挥翰之文、无意而工之书，足令当今以书法为标签、为饭碗的“抄书匠”们汗颜。把这些书札展示出来，犹如为百年前的地方名人，举办了一场别出心裁的书法小品展，因缘际会，佳作纷呈，既呈珠圆玉润的文辞之美，也现月白风清的翰墨神韵。

在写作过程中，我尽量抱着对古人的“了解之同情”（陈寅恪语），以设身处地的现场感、推己及人的共情心，与他们对话交流。如此青眼名家，不薄寒士，神交古人，谬托知己，并尝试以散文化的手法，透过一个个具体而微的事件，与古人同悲欢，和时光共沉浮，力求打开一封封书札之门，还原蕴藏其间的一幅幅真切感人的生活画卷，做到温润如玉，化人无声。

本书共由36篇解读文章、79封书札释文及175帧书札图片组成，三位一体，相映成趣。期待读者翻阅起来，能如曲径通幽，水复山环，于不经意间移步换景，豁然而成另一番景致。

当然，这仅仅是我心目中勾画的模样。虽心向往之，大概是必不能至了。

书名《尺墨寸丹：古札中的世道与人心》，惟愿其于当今之世道人心，略有裨益。果如是，则幸甚至哉！

二〇二〇年仲秋于平凉

**（该书于2021年8月由商务印书馆出版）**

# 语境与镜语

## ——韩力《语境》序

任何人说话，都离不开语境。语境，是公众的，也是自我的。就像莫言之于高密、贾平凹之于商洛，在每一个作家和艺术家的内心深处，都有一处隐秘之地，那就是剪不断的血脉亲情和精神脐带。

对摄影人而言，有意识地确定和建立自己的创作根据地，进而以打持久战的恒心和果敢，日拱一卒，功不唐捐，一定会在这个特定的语境中取得自己的话语权。平凉摄影家韩力先生就是这样一个人，虽然他并不早慧，直到30多岁才爱上摄影，但是，由于他一起步，就跟随平凉前辈摄影名家张国银、孙廷永两位先生，跋山涉水，风餐露宿，转战于陇山两麓，很快就从这块自己再也熟悉不过的黄土地上，确定了自己的创作方向和主攻目标。

30多年来，韩力先生把业余时间都花在了摄影上，每当节假日家人团聚的时候，正是他外出拍摄的黄金时刻，他背着相机，走州过县，进村入户，在司空见惯的沟壑梁峁间寻找最美的画面，在凡俗平常的村寨中打捞精彩的瞬间，就这样用脚步丈量关陇大地，用镜头聚焦百姓生活，用真情记录历史变迁，别人不堪其苦，他却不改其乐。这期间，也曾经历过数九寒天而无处栖身的困境，遭遇过无法沟通而被拒之门外的尴尬，但更多的，却是遇到一个难得的场景、拍到一个称心的画面后的兴奋和喜悦。

如今，当年那个风华正茂的小伙子变成了年逾花甲的小老头，他也从当初懵懵懂懂的“发烧友”成长为一名有影响力的实力派摄影家。每当翻检多年来留下的几万张底片，每一张都好像自己的人生索引，看到它们，一幕幕难忘的往事便浮现在眼前，萦绕在脑海，挥之不去。这大概就是摄影人不足为外人道，但足可慰藉平生的成就感吧？最近，韩力先生精选 187 幅作品，结集为《语境》，交由中国书籍出版社出版，也算是对 30 多年摄影生涯的一个小结。

综观韩力先生的作品，感受最深的是他找到了自己的“语境”。这就是他能够满怀激情地拥抱这一方水土，在其特定的生存环境、自然地理、风俗民情中精心构造属于自己的精神家园，从这里汲取阳光、雨露和营养，让艺术之树有了生命的依托。同时，他以多年的探索和实践，练就了属于自己的“镜语”。就像与老乡说话一样，同样的方言让双方倍感亲切和温暖，在这样毫不设防的交流中，他总能从乡村的褶皱里发现陌生的美感，并用沾满泥土气息和草木芬芳的镜头语言，抒发自己对故土、乡亲和乡土文化的挚爱。

语境，就是选择拍什么，它体现的是一名摄影家的眼光、思想和气度；镜语，就是选择怎么拍，它体现的是一名摄影家的功力、修养与格调。投身摄影艺术 30 多年来，韩力先生就是在适宜自己成长的语境中，表达出了具有个性化的镜语，这才让我们对关陇地区的自然人文多了一份直观的了解，也为这块地域留下了一份不可多得的影像文献。这是一位摄影家对故土的礼赞，又何尝不是他与故土之间的相互馈赠和彼此欣赏？

已故著名学者、诗人许永璋先生壮年豪饮，曾有“饮酒三境界”说，分别取自《庄子》篇名：一曰“养生主”，谓少饮

足以养生；二曰“逍遥游”，谓微醺而神王；三曰“齐物论”，则酩酊而是非皆遣，物我皆忘。此“三境界”在当代士林中传为佳话。我愿借许先生的高论类比为“摄影三境界”：初则“养生主”，即摄影须远足，可以健身；继则“逍遥游”，即一发而不可收，遨游山水，忘乎所以；后则“齐物论”，即看山不是山，看水不是水，一按快门，皆为文化。拜读韩力先生的这些作品，我觉得，他跨过了“逍遥游”阶段，已入“齐物论”之堂奥。不知韩力先生其许我乎？

二〇二〇年十月于平凉

**（该书于2021年11月由中国书籍出版社出版）**

北冥有魚其名為鯤鯤之大不知其幾千里也化而為鳥其名為朋朋之背不知其幾千里也怒而飛其翼若垂天之雲是鳥也海運則將徙於南冥南冥者天池也齊諧者志怪者也諧之言曰朋之徙於南冥也水擊三千里摶扶搖而上者九萬里去以六月息者也野馬也塵埃也生物之以息相吹也天之蒼蒼其正色耶其遠而無所至極耶其視下也亦若是則已矣且夫水之積也不厚則負大舟也無力覆杯水於坳堂之上則芥為之舟置杯焉則膠水淺而舟大也風之積也不厚則其負大翼也無力故九萬里則風斯在下矣而後乃今培風背負青天而莫之夭閼者而後乃今將圖南

摹傅青主書逍遙遊

壬寅正月初三務本堂李世恩

临傅山小楷庄子《逍遥游》选段

# 留住这旧时光里的一抹温暖

## ——《华亭老手艺》序

很多人或许都会有这样一种体验：当时光渐渐老去，那些发生在少儿时代的往事很可能会被漂白甚至模糊，但彼时在寻常巷陌遇到的一些场景却深深地镌刻在记忆深处，清晰可辨。比如那些奔走在乡野或市井中的手艺人，他们制作或修补某一器物的神态、招式，他们侍弄和把玩手中活计的专注、灵巧，以至于从眼光中流露出来的一种深情、一份满足，都足以让人心头一热。相信许多人都曾见过小朋友们围着手艺人看热闹的场景（我们又何尝不是曾经的小朋友）——手艺人像变戏法似的表演着自己的手艺，那是日常的营生；而小朋友们却目不转睛地盯着手艺人的双手，那里藏着一个行道的妙趣和秘笈。这其实就是农业社会给予孩子们的“生活课”和“艺术课”，它让懵懂的少年切身感受到在艰辛而又忙碌的生活中，什么才是“民间智慧”，什么才是“靠手艺吃饭”。

这些储存在旧时光里的记忆符号——老手艺，都有着上百年乃至几千年的历史，它们是根植于传统农业社会而又游离于农耕之外的另一份生产力，更是支撑中华文明史不可或缺的一根支柱。这些形形色色的老手艺，伴随着人类社会一路走来，与我们祖先和前辈的生产生活如影随形，须臾未曾分离，甚或我们的前辈和祖先本身也曾是手艺人一族。不论怎样，这些老手艺都是特定历史条件下的民间文化创造和一支活态文脉，饱含了前人对自然、对社会、对生活的理解和追求，是一部“材美工巧”的生活志，它不仅惠及或养育了前人，而且至今还在温暖着我们的记忆，可谓“其泽也远”。

说起我们陇东一带的老手艺，位于陇山东麓的华亭大概是最具代表性的地方。因为这里既保留着黄土高原传统农耕文化的遗风，又以几百年甚至上千年的瓷镇煤都历史而闻名遐迩。据嘉庆《新集华亭县志·风俗》载：“或鬻炭埴器，蓄乌药绩麻为业。”这看似简单的两句话，所说的煤炭采售、瓷器制作、药材种植和大麻生产四大地域传统产业，却是古代周边乃至全国许多地方所无缘拥有的。正因为这些特色产业的兴起，所以自宋元尤其是明清以后就曾吸引过四面八方的人们来此讨一口饭吃，这其中除了众多的苦力，也一定会有各行各业的手艺人，带着他们的拿手好戏，让身家和手艺一并落地生根，促进了不同地域、不同人群、不同文化的交流交融，使这块地方的文化更加丰富多彩。

在保留到20世纪七八十年代的老手艺中，就行道而言，华亭除了各处都有的木匠、瓦匠、铁匠、石匠、毡匠、骟匠、泥水匠、竹编匠、剃头匠等外，还有极具本土特色的制瓷器、制砂器、制紫砂、制琉璃、锔瓷等各类匠人，尤其是还衍生出了垒罐罐墙、画瓷板画、沤麻这类“独一味”的稀罕手艺。所以，华亭老手艺，就像蕴藏在华亭大地的优质煤炭和陶土一样，是一座得天独厚的富矿，只要掌握和了解了它，陇东乃至西北一带的老手艺则“尽入吾彀中矣”。

但是，我们也不必对老手艺赋予过多诗意化的想象，所谓“七十二行，行行出状元”，究其实，都是底层民众在不能进入主流社会时，以无奈的口吻对子弟的勉励或对手艺人的称羡，

岂敢当真？对一个手艺人来说，自祖师爷起，就是一人、一器、一屋、一行，度过这漫长的一生。他们赖以安身立命、养家糊口的手艺，没有哪一样不是从岁月中苦熬出来的，也没有哪一样不是从寂寞中修炼出来的，只有付出比常人更多的血汗和心智，才能把劳作升华为手艺，也才能获得略高于挖煤者、种田者那么一丁点优越或荣耀，哪里有日进斗金的好运？

随着时代的发展，即使这样卑微的职业和谋生的技能，也被日渐汹涌的工业化和现代化浪潮所逐渐吞噬，那些伴随人们几百年、几千年的老手艺，那种一辈辈人口传心授的秘方、血汗浸泡的经验，面对现代科技的精密工艺和惊人效率，以及工业文明带来的全新的生活方式，竟然不堪一击，被碾压、排挤得越来越无处藏身，最终成为一段模糊的记忆、一个古老的传说，如同敝屣，蛛网尘封，再也难以进入当代人的视野。

当然，人类的进步就是在不断地淘汰旧事物，创造新事物，我们在欣赏老手艺的同时，不愿也不可能重新回到农耕时代，再去烧瓦盖房、凿井饮水、推磨为食、沤麻拧绳。但是，老手艺所蕴含的人类智慧和手工温度，永远都有着一种无法被冰冷的机器和流水线作业所替代的珍贵，就像我们虽然不会去拿马家窑的彩陶去打水、用景德镇的宋瓷去盛饭，但我们绝不可能对这样的彩陶和宋瓷表现出任何的不屑。从这个意义上说，忘记老手艺，其实也意味着在忘记我们前人的生存历程、文化遗产和社会变革的里程碑。

正是基于这样的认识，我在拜读这本《华亭老手艺》时，总是满怀着一种敬意和乐趣，也时时被书中的场景和故事所感动。我觉得这本书，不仅体现了策划者在抢救、保护和传承非物质文化遗产方面的紧迫感和责任感，而且在编纂方法和写作手法方面，也很符合老手艺的特点，是马褂配长袍而非西装配棉裤，颇具内容美与形式美的整体协调性，也刚好是我想象中应该有的模样。

这些渐行渐远以至消失了的老手艺，其所使用的器具和创造的实物无疑是物质遗产，有些甚至已成了珍贵的文物。而其制作工序、工艺和技巧，却是目前各级文化部门大力提倡并付诸行动的非物质文化遗产保护项目。《华亭老手艺》最大的贡献，就是对本地乃至陇东民间非物质文化遗产抢救性的发掘、整理和保护。因为随着老一辈人的故去，这些曾经“一日不可无此君”的老手艺都将面临失传的危险，如果不把它以文字、图片和影像的方式记录下来，后世人就很难直观地了解以前人们的生产生活方式，我们的历史也会因失去许多生动的细节而变得干瘪和苍白。所以，编写和出版《华亭老手艺》，的确是一件功德无量的好事。

读这本书，可以清晰地感知到编者的视域和用心，即统一策划，先定纲目，统一尺度，逐篇定制。四个大类中，“农耕匠心”是农业社会生产生活必不可少的基本需求；“艺海瑰珠”是民间艺人的才情展示；“时光酿珍”是食物加工的古老工艺；“舌尖芭蕾”是农家小吃的厨艺介绍，总共用 87 篇文章写了 87 个老手艺项目，基本涵盖了陇东一带老手艺的方方面面，堪称大观。

这本书还有一个“众手成书”的特点，是由 33 名当地作者分篇完成的。其中有些作者已人到中年，他们还保留着对某些老手艺的深刻记忆；有些作者虽然年轻，但通过采访老艺人或熟悉某一项工艺的人获得第一手资料，来源皆真实可靠，令人信服。尤其难能可贵的是，全书各篇目都采取讲故事的手法，

寓老手艺于老故事之中，避免了纯说明文文体直白、生硬、刻板的弊端，读来倍感亲切，引人入胜，让人不仅形象地了解到一个个老手艺所蕴含的造物原理、审美趣味和工匠精神，而且还能体会到老艺人们的技术能力、行业特性和生存状态，并进而看到一个生动真切的社会生活的大背景。可以说，每一种老手艺的背后，都是一种人生，也是一段历史；而还原一种老手艺，就是为民间艺人立传，为匠心文脉存志，更是为创造与时代相适应的新的民间工艺提供取之不尽的源头活水。这正是这本书最为出彩的地方。

同时，该书还附录了多幅插图，不仅显得图文并茂，增加了书籍的可读性，而且如同情景再现似的，让读者不自觉地置身于特定的立体空间中，借助一定的想象去还原那些未曾经见的场景。

老手艺的消失，固然令人怀念，但也是文明升级的必然结果，想留也留不住。加之它“下里巴人”的民间属性，缺少学术界足够的重视和系统的辑录整理，其自生自灭以至断代失忆的结局也必将不可避免。即便如此，从民间文化的发展脉络来看，生活在变，时代在变，革故鼎新，大浪淘沙，但人们对美的追求却永远不会改变。如果有足够的冷静，来审视和思考当今快节奏、高效率的信息化时代的弊端，就会感到我们其实比以往任何时候都需要从沾满泥土气息的民间文化中汲取养分，用更多更好的民间工艺来美化生活、舒缓情绪和安顿心灵。因此，整理和传承各地老手艺，不只是保存了这方面的重要文化遗产，让人们得以重溯民间工艺，回望农耕岁月；而更重要的是它开掘了一方重要的民间文化资源，让人们在新的历史进程中能够借助这种精神、这种文化，来重新回归生活的艺术和艺术的生活，进一步激发民间老手艺的活力，在创造生活之美、维系乡愁记忆、实现审美关怀、促进优秀传统工艺的创造性转化与创新性发展中，发挥其不可替代的酵母和基石作用。

愿《华亭老手艺》的出版，能为重塑民间文化夯实大众基础，也为我们创造新时代的工艺美术、文创产品和民间美学提供成功的范例和有益的参照。

是为序。

二〇二〇年十二月十八日于平凉

**（该书于2021年7月由团结出版社出版）**

# 中国民间艺术的“活化石”

## ——刘玉林《关陇旧藏皮影精华》序

对于许多消失了的事物，包括物质的，非物质的，并非都是应该淘汰的。人类在发展进步的同时，也会有猴子掰苞谷一样的集体无意识，获取新的，不经意间就丢掉了旧的。而这旧的，比如许多礼俗、技术、工艺、曲艺和游戏等，往往随着一代代传承者的故去，会逐渐没落以至最终消失。后来的人们，只能在各类文献记载的一言半语中去猜测和揣摩，遑论以古为鉴、推陈出新了。

曾经流传和盛行了上千年且在淳厚风俗、娱乐民众方面发挥过很大作用的皮影戏，就是十分典型的例子。它作为古老的综合艺术，集绘画、雕刻、文学、音乐、舞台表演于一体，无疑是中国戏剧最重要的源头之一。其历史可上溯到两千多年前的古都长安，鼎盛于唐宋，流行于元明清以至民国，并至今脉息犹存，堪称中国民间艺术的“活化石”。同时，因其“活化石”般的珍稀，还被世界艺术史誉为“电影的先驱”（法国乔治·萨杜尔《电影通史》）、“有声电影的开山之祖”（德国浑司楼《人们的剧场》）。如今，我们还能在偏远乡村看到惨淡经营的皮影社团和一鳞半爪的皮影表演，但其一路式微、持续落寞，早已不是农耕时代能与大戏、社火分庭抗礼的民众欢宴了。在娱乐化、快餐化的文化消费大环境中，即使国家和许多地方都把皮影戏列为非物质文化遗产项目予以保护，但其后继乏人、观众流失的颓势仍然不容乐观。

所幸还有这么一些热爱并以实际行动进行抢救、保护的有心人，为皮影戏的生存和延续提供了一线生机。在平凉，著名学者、文博专家刘玉林先生可谓难得的有心人。早在中华人民共和国成立前后，童年的他就是一名皮影迷，原生态的陇东民间皮影戏及其制作工艺和唱念做打就给他留下了深刻印象，也让他与皮影结下了一生的缘分。后来，在皮影戏经历过毁灭性的破坏，继而又起死回生时，他已担任原平凉地区博物馆馆长之职。其时，他曾有幸见到了平凉著名皮影收藏家马德昌的200多件套藏品。这些躲过历次劫难而幸存于民间的藏品，不止包括他的家乡泾川以及平凉，而是代表皮影发源地关陇地区的清代、民国时期的精品，在因经费困难而无法收入馆藏时，他以文物保护者的先见之明，将其悉数拍照，为我们留下了一批代表全国皮影收藏最高水准的珍贵资料（这批藏品后来因受骗而不知所终）。同时，他还以前瞻性的眼光，四处奔走，为平凉地区博物馆收藏了散落于民间的两千多件套皮影，不仅让民间艺术藏品登堂入室，成为馆藏文物，而且也为文博界关注、重视和珍藏民间艺术精品树立了样板。正因为有这批藏品，平凉地区博物馆才办起了一个专供观众参观和体验皮影艺术的展厅，得到了前来参观的中外游客和皮影专家的高度评价，为平凉文博事业增色不少。

这几年，刘玉林先生与皮影再续前缘，以早年拍摄的马氏藏品照片和自己征集的馆藏实物图片为主体，以《皮影艺术杂谈》文章为导言，分门别类，各撰章节引言和图片说明，编著了这本以图为主、图文并茂的画册。捧读书稿，让我们对世界上独一无二的中国皮影戏的历史渊源和风貌特点有了一个较为清晰的认识，尤其是被皮影人物古朴的造型、精美的刻凿、大胆的着色所感染，更为根植于民间的古老艺术的强烈表现力和顽强生命力而感动，并进而对其从选皮到影人成形的许多工艺技巧，影人各关节巧妙连缀的构造原理，以及其汲取古代帛画、画像石、寺院壁画的艺术创意，借鉴民间剪纸的镂刻手法和民间绘画的造型特征等产生浓厚的兴趣。“外行看热闹，内行看门道”，可以说，一本有历史、有水准、有代表性的皮影画册，表面看只是皮影戏道具的展示而已，但实质则是中国古代民间造型艺术之集大成者。不同专业、不同兴趣的人，完全可以从其所蕴含的丰富的信息量中觅到不同的珍宝和启悟。这正是该书存在的价值和编印的必要之所在。

当然，这本画册的内容只是关陇皮影戏中的皮制人物形象及相关文字，还不能整体反映这一综合艺术，特别是操作和表演方面的具体情况，但这并不是一本画册所能承担得起的功能。相对于其濒临灭绝的“活化石”般的存在，读这本画册，就如同“尝一脔之肉，可知一鼎之味”，已诚属难能而又可贵了。在此，作为晚辈后学，我谨向刘玉林先生表达我的敬意和钦佩！

最后，还需要告诉读者们的是，就像把苏东坡首先定位为书法的“宋四家”之一，而不知其为文学的“唐宋八大家”之一那样，我们如果仅仅把刘玉林先生看作一个皮影保护和传承者，那实在是掩盖了其平生所学与所为，属于典型的以偏概全。作为20世纪60年代前期毕业的大学生，他从畜牧兽医专业而转行到文物考古事业，并逐渐成为平凉乃至陇东地区卓有建树的文博研究者，其天资不可谓不高，其用功不可谓不勤，其成果也不可谓不丰。其最为人所津津乐道者，是发现了泾川大岭上的人类早期遗迹，把西北古人类历史上溯到60万年前；同时，还发现了泾川牛角沟“泾川人”头盖骨，为5万年前人类在泾河流域生活提供了文物支撑，而且填补了甘肃人类化石发现史上的空白。在任平凉地区博物馆馆长期间，他在文物发掘、保护、征集方面做了大量艰苦细致的工作，仅馆藏文物就由原来的2000多件增加到8000多件。退休后，他还壮心不已，勤奋笔耕，撰写了回忆录三部曲，以自己的成长和阅历记录，为他们那一代农村出身的知识分子的艰难跋涉历程提供了一个鲜活的切面。还撰写了反映平凉史前遗址及文化的《远古回声》，即将正式出版，这无疑也是研究平凉史前文化的第一部专著。前不久，他又将自己收藏的200多件文物，无偿捐赠给泾川县博物馆，这种敬畏事业、反哺家乡的情怀和义举，受到了社会各界的高度评价。

前几年，刘玉林先生回忆录第三部即将付梓时，曾邀我为之序，但因时间紧张及各种原因未能领命，一直心存歉意。最近，先生八十初度，泾川文化界朋友自发为其祝寿，其乐融融。我也敬撰并书寿联一幅：

汉柏秦松光史乘，
商彝夏鼎见光华。

谨以此联及浅陋的小序，弥补后学的缺憾，并为先生寿。祝先生如松之茂，如鼎之坚，安康喜乐，福星永伴。

二〇二〇年十二月三十一日于平凉

**（该书待出版）**

# 我见青山多妩媚

## ——王顶和《水墨叙说》跋

三年前的岁末，顶和兄在参加市人代会时，忽感身体不适，以为无甚大碍。待坚持到会议结束后就医，结果是心血管堵塞，随即赶赴西安施行手术，植入了5个人工支架，这才转危为安。好险！

这个画起画来就物我两忘的“拼命三郎”，至此才知道咱也并非金刚不坏之身。出院未几，因“架子”的排异反应，还有点心慌气短的他，又火急火燎地去上班了。为此，我曾当着朋友们的面，戏赠一联：

英雄气短架子大，
馆长官微画艺高。

顶和兄大笑，众皆轰然。战国策士劝人多用讽喻之法，此联也算。是的，无论是作为朋友，还是作为朝夕相处的同事，我们都衷心希望顶和兄能善自珍摄，为家庭，也为平凉画坛留此青山。

与顶和兄相识相交，始于10年前我初到市文联工作时。彼时，文联所属各文艺家协会换届在即，由谁来执平凉画坛之牛耳，是美术界朋友们普遍关心的热门话题。经书画界几位前辈的鼎力推荐，并广泛听取业内人士的评价意见，最终确定顶和兄为市美协主席候选人。作为大家公认的平凉中青年画家中的一名实力派健将，他自然是毫无悬念地全票当选，并干得风生水起，把平凉美术事业推向了一个新的高度。

就像一个善于领兵的人，除“胸中自有数万兵甲”的韬略外，他本身得是一个敢于冲锋陷阵的勇士。顶和兄在艺术方面的成功，当然得益于他较高的先天禀赋和较强的领悟能力，更得益于先后幸遇刘文西、梁书、程大利等国画名家的教诲和点化，起点高、眼界宽，转益多师，取法乎上，少有积习，这是许多小地方画家毕其一生都难得一遇的幸运。除此而外，我觉得还有一个因素，就是他自幼生活在陇山脚下，农事之艰辛、风物之古朴、民风之淳厚，对一个天性敏感的人来说，实在是涂上了一层无法磨灭的美的底色。尤其是从军之后，他先后在大江南北多地驻防，遍历了黄土高坡的粗犷豪迈、吴头楚尾的瑰丽奇伟、八闽大地的温润绝妙，把万千山水化作胸中丘壑，给自己积累了“行万里路”的资本和打草稿的题材。这大概也是他在众体兼擅的同时，最钟情于山水画的缘故吧。

关于顶和兄的绘画特点，我本外行，岂敢置喙，但有国内名家如龙瑞、郎绍君、邵大箴、陈传席等先生之述备矣。读者诸君尽可从各位名家的点评中，寻其与古为徒之所本，赏其自出机杼之创意。需要补充的是，他除画画之外，因军旅历练、多岗转换，见多识广，不仅是文物保护的行家里手和非遗传承的热心使者，还是一名不可多得的美术设计人才。近年来平凉大型商贸、文旅活动的场（展）馆设计，大气精美，别出心裁，多出其手。这从一个侧面体现出他能够把美术理论化为美工运用的贯通能力，也反映出他能够把案上丹青变为立体绘画的跨界本领。从这个意义上说，顶和兄堪称一名“小地方的大画家”。

我这里重点要说的，是顶和兄这些年对平凉美术事业的引领之功。自担任市美协主席后，他继承平凉美术界的优良传统，敬老尊贤，发挥前辈们的余热，并广泛团结中青年画家，热情培养和扶持后起之秀，使一个松散型的民间艺术团体成为一支有凝聚力、战斗力的文艺劲旅，并在全市大型宣传文化活动中力肩重任。

举其大者，如每逢历次大庆，必办主题展览；每遇重大活动，都有美术助力。尤其是积极争取省文联、省美协的支持，成功举办了全省第一次以市州画家为主体的“喜迎十八大——走进崆峒”甘肃美术作品展，为基层美术工作者提供了入展和交流的平台；还有第九届中国民间艺术节与平凉崆峒文化旅游节合并举办之际，由我市承办了节会书法美术摄影展，顶和兄独扛美展重任。该展受到中国文联和省委领导的充分肯定，为高层次的“国字牌”节会增添了光彩，也为平凉人民赢得了荣誉。

当然，作为一个善于思考的人，顶和兄并不满足于这种常人眼中所谓热闹或成功的表象，他追求的是平凉画坛整体的提升和崛起。为此，他从 2016 年开始，提出并实施了“平凉画家画平凉”美术创作实践活动，得到了全市广大美术工作者的积极响应和热情参与。他每年都组织全市二三十位重点作者，赴崆峒山、云崖寺、莲花台、田家沟、大云寺、王母宫、界石铺等平凉自然人文胜迹采风写生。从师法古人、临摹画谱，转向师法造化、模山范水，不仅创作了一批反映平凉自然风光、人文风情的佳作，而且也以命题创作的方式对整个美术队伍进行了一次次的集体练兵，一些风头正健的年轻画家也随之脱颖而出。值得充分肯定的是，他们组织的这个活动并非局限于小圈子的自娱自乐，而是在写生创作的同时，还召开研讨会、看稿会，邀请市外名家把脉，鼓励相互之间点评，大家取长补短，受益匪浅，收获了一个人独处画室难以得到的艺术顿悟。我曾在该展览的一次《前言》中写道：“一个艺术群体的整体提升，总是伴随着一种理论的确立和实践。”平凉画家画平凉“标志着平凉美术创作领域的理论自觉和文化自信，也标志着平凉美术创作从书斋走向生活、从描摹画谱转为观照自然，这不能不说是一个较大的提升。”该活动历时六载，人人有进步，岁岁结硕果，我乐见其成，尤持此论。

文艺团体有句老话：“有为才有位，有位更有为。”近年来，在市委、市政府的关怀支持下，顶和兄带领市美协同人们围绕市上中心工作开展活动，扩大了美术界的影响力和美誉度，而且也为平凉文化旅游发展贡献了“美的力量”。比如为了配合做好书画频道走进平凉暨 2018 年平凉崆峒文化旅游节开幕式，他与几位平凉年轻画家精诚合作，闭关一个多月，创作了两幅各长达 12 米的鸿篇巨制《崆峒胜境》和《红牛兴陇》国画，一经亮相于酷炫的舞台，就惊艳全场。这两幅巨作，不仅是平凉本土画家多年未有的优秀代表作和“平凉画家画平凉”美术品牌的标志，也为平凉产业宣传提供了不可多得的画本。

可以说，作为某个艺术领域的领军人物，看其成功与否，除了要看他个人的学养造诣和艺术水准外，更要看他对一个群体的带动和对一个地方的贡献。对照此话，顶和兄可以无愧于心了！

顶和兄为人处世，颇有军人的刚直和彪悍之气，虽身矮而面黑，但更能反衬出其艺术的标高和画面的绚丽（一笑）。这正应了辛稼轩的一句词：“我见青山多妩媚，料青山见我应如

是。”值此其个人作品集《水墨叙说》出版之际，命我作跋，遂不揣浅陋，絮叨一二。

顶和兄自称是“铁匠的儿子”，其个性和画作的确也有“铁”的一面。但“打铁还得自身硬”，愿顶和兄长养精神，身强力壮，用铁的体魄，挥五彩画笔，创造出更多更好更妩媚的绿水青山新画卷。

二〇二一年七月于务本堂

**（该书于 2021 年 9 月由甘肃文化出版社出版）**

# 我们爱这片故土

## ——《平凉记忆》丛书前言

2013年，受平凉市委宣传部的委托，我与茹坚、魏柏树两位先生各自承担一两卷编纂任务，辑成《人文平凉》丛书六卷本，并荣幸地邀请到王蒙先生担任主编，于2018年由人民文学出版社出版。我在编纂《春秋逸谭——平凉历代掌故选（上、下）》《陇头鸿踪——平凉历代游记选》两本书时，起初对选题在各个历史时期及各县区的分布并未过多留意，待定稿后，才忽然发现由时间和空间构成的坐标上有这么两条容易被忽视的规律：一是从洪荒初开的创世传说开始，经夏、商、周、战国、秦、汉、两晋、南北朝、隋、唐、五代，一直到宋、元、明、清，每个历史阶段，平凉都有文献记载、有据可查的人物和故事，部分至今还有实物作为佐证。这说明平凉的历史不仅久远，而且一直绵延从未断裂；二是在古丝绸之路及后世之西兰大道沿线的泾川县、崆峒区、静宁县的人文遗存多，而其他县则相对较少。这表明古代交通对一个地方经济、文化、军事等各方面的影响巨大，甚至是决定性的。

众所周知，平凉位于陇东南始祖文化圈的核心位置，也是古丝绸之路北线东段的商贸中心和军事重镇，将其称为“中华民族的摇篮”之一和“西出长安第一城”并非过誉。对这样一片历史悠久、底蕴深厚、文化灿烂的民族故土，仅靠五六本书，是很难全面展示出来的。

因此，2015年，平凉市委分管领导和宣传部策划、组织并

启动了《平凉记忆》丛书的编纂工作，以此来承接《人文平凉》丛书之余绪，深度发掘文化资源，持续讲好平凉故事。当时，共梳理出有关平凉远古文化、历史事件、文化遗存、古代交通、民俗风物、红色文化、特色工业、创业精神等20多个选题，还专门召开会议，按选题的关联度将任务分解到市直各有关单位和县（区），并明确了具体编纂者，安排市文联牵头实施。起初，我们还邀请平凉学者刘玉林、杨柳、崔振世、茹坚、魏柏树、景灏等，共同讨论和审定各选题的编纂大纲，提出修改完善的意见建议，发回重新构架或开始编纂。

这一规模宏大且意义深远的文化整理编纂工作，后来由于人事变动，大都因责任单位配合不力而中道停废，当然我们具体负责牵头者也难辞其咎，真的愧对领导的苦心和读者的期望。数年过去了，除其中两本个人专著另行出版，一本因选题原因未列入计划，两本由外请专家承担的专著无法落实稿酬外，目前只有7本书作为《平凉记忆》丛书正式面世。虽然这与当初的谋划相比差距甚大，可谓广种薄收，但所幸长出来的庄稼还算籽实饱满，也就有了一份农家收获的欣喜。

现将各书及其编著者作一简要介绍，勉为导读：

《远古回声——平凉史前遗址及文化》（刘玉林编著）。刘玉林先生是平凉文博事业的主要开创者之一，也是对平凉文物考古事业做出重要贡献的人。仅就史前史而言，多年来，他就参与发掘和发现过多处人类早期的文化遗址，并做了较为准确的考证，得到了国内考古界专家的充分肯定。尤其是他发现的距今2—5万年的“泾川人”头骨化石，为中国现代人起源于本土论提供了有力证据，在我国人类进化史上具有十分重要的意义。但是，平凉乃至周边地区史前史的研究十分薄弱，尚未形成较为系统的成果。这本书，从远古时期平凉这个地方的地质地貌变化，古人类的生存状态、进化标志及其遗迹的考察，基本为我们勾画出了平凉史前史的一个大致轮廓。该书既有个人学术见解，也有学科成果参照，同时附录了一些重要文献，配发了大量遗址及实物图片，是平凉第一部关于远古人类史的专著，具有较高的学术品位和史料价值。

《节令探源——话说陇东民间节日》（王知三、杨玺伟编著）。王知三先生是关陇地区著名的民俗文化学者，多年来辛勤奔走在陕甘宁三省区的城乡各处，披沙拣金，成果丰硕，有关节令民俗也是其多年关注和研究的重点领域。年轻学者杨玺伟也热衷于地方历史文化和民俗文化的学习和研究，已有一定的积累。二人合作的这部书，基于学术界对陇东地区作为农耕文明发祥地的定位，上溯农耕文明的源头，在浩如烟海的历代文献和若隐若现的民俗事象中，探寻与古代农耕密切相关的节气、历法和节令的本源，并为我们展示了陇东民间节日丰富多彩的风情画卷。该书既是从陇东始祖文化、农耕文化中探源中华节日文化，也是以节日文化为依据来印证陇东作为华夏故土的真实性和可靠性，在众多关于中华节日文化的专著中，应该是有创见、有新意的一部。

《非遗大观——平凉非物质文化遗产保护项目》（杨柳编著）。杨柳先生是平凉著名的民俗文化学者和地方史志专家，在民间文学、戏剧、音乐、曲艺以及地方文史研究方面腹笥积厚、作述颇丰。该书对平凉各地入选国家级、省级、市级和县级的非物质文化遗产项目约500多项进行了归纳整理，并按不同级别给予或重点、或突出、或全面、或摘要的介绍，既有对各非遗项目的考证和介绍，也杂糅了个人多年研究的心得和体

会，同时配发了大量珍贵的老图片，萃集精华，遍呈风貌，非有心人不能为也。该书是一部图文并茂的平凉非物质文化遗产大全，有工具书的实用性，也有学术书的专业性，一册在手，则平凉非遗尽在掌握中。

《流风遗韵——平凉文物与鉴赏》（茹坚编著）。茹坚先生虽然长年从事教育、新闻和政务工作，但本色仍是学者。多年来，他在繁忙的工作之余，倾心于地方文化和文物的研究，尤其在崆峒文化、平凉金石等方面的研究颇有见地和建树。该书以平凉代表性文物为对象，看似是对一些文物的鉴赏和解读，其实是从一个小切口观察平凉历史的连续性和包容性。通读该书，不仅能获得关于造物之美的美学享受，也能一窥文物所蕴含的丰富的历史文化信息，尤其是对平凉从未间断的历史有一个以文物为符号的直观印象。值得一提的还有，为达此目的，在入编作者尚未涉及的多个历史空白处，他和从事文博工作的女儿茹实，又拾遗补缺，筛选话题，以“自家笔墨”为针线，编织并连缀起一条平凉历代文物环环相扣的精美链条。

《往事留痕——历代名人在平凉》（魏柏树编著）。衡量一个地方的历史文化资源是否丰厚，一个重要标志就是这个地方与历代名人的关系是否密切。无论是本籍乡贤的人数多少与事功大小，还是客籍名人的居留时间与密切程度，都直接关乎这个地方的历史影响和公众形象。平凉因特殊的地理位置和人文结构，自黄帝赴崆峒问道后，历代帝王将相、词客名流、僧道商贾等络绎不绝。但对众多读者而言，所知无非数十位而已。作为平凉地方史志编纂的前辈领军人物和研究专家，魏柏树先生在拥有大量材料和线索的基础上，为补史乘之阙如，从正史稗抄、名人传记和散简遗编中广为搜求，整理出与平凉有关的本、客籍名人400余人，分门别类，或详或略，洋洋大观，为平凉地方文化建造了一座“历代名人纪念馆”。

《梨园春秋——平凉古今戏曲漫话》（赵之理编著）。梨园，是一个美好意象，也是一个精神家园。但是，古往今来，就像看戏的人多而写戏的人少一样，说梨园话题的人多而记录这一行当的人少。赵之理先生自幼凭借音乐的禀赋走进平凉剧团，不仅与前辈艺术家们过从甚密，而且从他们口中了解到许多更早的戏曲史料。同时，作为平凉戏曲艺术五十年来的亲历者和见证者，他在主编《平凉戏曲志》时，又系统查阅和掌握了大量资料，对平凉戏曲的发展演变、剧目的时代背景、艺人的性情特质以及行业的逸闻趣事了然于胸。限于志书编纂的固定模式，很多真实、生动、珍贵的资料并不一定都能进入《平凉戏曲志》，但这正好能以此为依托，再架四梁八柱，补充砖石门窗，构筑一本接地气、有温度且活泼传神的平凉戏曲史话“百姓版”。这个目的，应该说是达到了。

《武林雄风——崆峒武术的传承与发展》（梁永忠编著）。近年来，随着平凉文化旅游事业的勃兴，崆峒武术无疑成为其中一张闪亮的名片。但是，对于崆峒武术历史与现状、传承与特点的研究明显滞后，至今还没有一部比较系统的专著面世。基于此，平凉作家梁永忠先生毅然扛起了这副担子，真可谓“空同之人武”（《尔雅》句）。在写作过程中，他遇到了资料奇缺、线索短缺等多方面的困难，大有无从下手之感。令人感动的是，平凉武术界的有关朋友慨然相助，提供了许多珍贵史料和图片，如此文武合璧，总算告竣，留下了平凉武林的一段佳话。该书尽管略显单薄，但有了这第一部，就如同一马当先，杀出一条路来，一定会引得更多的高手加入进来，共同上演崆

峒武术研究的“群英会”。

以上 7 本书，编著者基本上都是已经退休的平凉学者，尤其是刘玉林、杨柳两位先生已届杖朝之年，他们怀着对故土的深情和对文化的挚爱，只问耕耘，不计报酬，老骥伏枥，皓首著书，令人感动并油然而生景仰之情！其实，这些前辈学者的精神风范，又何尝不是一本本求真向善的大书？

文化需要广泛共享，共享才能更好地传播。这套丛书的编纂，得到多位专家学者、社会贤达的热情帮助，也得到甘肃省文物考古研究所、中国科学院古脊椎动物与古人类研究所的有关授权，这种共享精神是对文化最好的尊重和对同道最高的礼遇。在此，我们谨向所有帮助本丛书出版的单位和个人表示衷心的感谢。

8 年时间，我们先后推出了两套丛书，这其中倾注了各位编者的心血和汗水，饱含着市委、市政府的热望和期许，也体现出历任相关领导的责任和担当。就《平凉记忆》丛书而言，自时任分管领导首倡之后，继任和现任的市委、市政府分管领导都十分关心编纂工作，并将这套丛书列入全市重点文化工程，督促工作进度，协调出版经费，为丛书的顺利面世画上了圆满的句号。对市委、市政府及历任分管、联系领导，我们深怀感激和敬意。

我们爱这片故土，所以频频回望她的前世；我们爱这片故土，所以热切关注她的今生。对地域文化的发掘、整理、研究和利用这一千秋大业，《人文平凉》和《平凉记忆》丛书仅仅是开始，路还远，任方重，其勖哉！

二〇二一年七月

**（该丛书于 2022 年由敦煌文艺出版社出版）**

# 杏坛墨香

## ——《心迹双清：何清荣书法集》跋

何清荣先生不仅是平凉卓有成就的老一辈教育工作者和知名校长，而且还是平凉著名书法家和书法事业的优秀组织者。作为教育专家和书法名家，两种身份，一样情怀。

在传统意义上，教育即宏观的事功，书法乃微观的艺术。一名成功的教育工作者，如果能够不断地用艺术的源头活水来涵养性灵，无疑会在其育人事业中渗透更多的人文精神和审美意趣。何清荣先生正是这样，把严谨的教育管理和浪漫的艺术追求恰到好处地对接起来，龙虫并雕，相生相长，使自己的教育生涯和艺术人生都达到了一定的高度。

由于自幼受到耕读家风和书画乡风的良好熏陶，何清荣先生很早就与书法艺术结缘，并潜心临习周金汉石、晋帖北碑、唐贤宋哲以至明清诸家之法帖，奠定了坚实的书法基本功。及至20世纪九十年代担任平凉一中校长的九年中，他不仅实现了这所陇上百年名校的中兴大业，而且也实现了一名教育工作者应有的人生价值；在兼任平凉地区书法家协会主席时，他以革新的观念和开放的视野，先后与国内十多名著名书法家交游切磋，并邀请他们来平凉传经送宝，在培养造就书法新人、推动平凉书法事业发展的同时，他本人的书法也有了一个大的飞跃。退休之后，“我是天公度外人，看山看水自由身”（陆放翁句），先生这才完全沉浸到书法理论研究和书法创作实践中来，勇于求变，善于创新，使自己的作品呈现出一种更加苍劲老辣、空

灵宁静的个性特征。

古人云：字如其人。何清荣先生的书法亦如其为人，格调清新高雅，萧散端庄，沉凝而又显飘逸，古朴而不失华美。他师承二王米芾一路，并转益多师，将典雅的书风作为自己的追求，以符合当代人审美的创作语言去表现自我，较好地把握了传统与时代、内蕴与形式之间的尺度。拜读先生的书法，字字结体秀美，清新俊逸，内在筋骨劲挺，章法舒活有致，气势连贯，映带多姿，既有温文尔雅的书卷气，又兼凝重深沉的震撼力，由此也可以窥见他“以出世的情怀，作入世的事业”（朱光潜语）的心性与本色。如此造诣，绝非一朝一夕、浅尝辄止所能成就，而是他几十年来修身养性、清白自守，博采众长、厚积薄发的结果。

在先生书法作品集即将付梓之际，承蒙错爱，嘱我写几句话，不胜惶恐之至，遂不揣浅陋，呈上一篇小文，聊表景仰和祝贺之忱。先生虽然年登耄耋，但对于一名书法家来说，却正是人书俱老的高峰期，衷心祝愿先生艺海风顺、事业长青。

二〇二一年九月于平凉

**（该书于2022年由敦煌文艺出版社出版）**

临王宠小楷《游包山集》（团扇）

# 一种艺术行风和精神的宣示

## ——《平凉市首届摄影艺术展作品集》前言

摄影艺术传入中国，也就一百来年的时间，与其他艺术门类相比显然算是个“小字辈”。但是，我们不能因为其年轻而忽视它在人类艺术史上的贡献和作用。这一点，我们可以从平凉摄影艺术的前行步履中，做一个近距离的观察和印证。

目前发现的平凉最早照片，大概是澳大利亚人莫理循1910年初春沿西兰大道途经泾川、平凉、静宁时所拍摄的。在此前后，可能还有外国传教士在这一带留下了一些零星照片。一直到20世纪六七十年代，摄影对平凉百姓而言，仍然像暗室技术一样保持着一种相对疏离和神秘的感觉，其手法也大概一直延续着自世纪初以来的写实路子。即便这样，前辈们留下的那些弥足珍贵的照片，都是往昔这个地方山川风物和世相百态的忠实记录和客观展现。而这种记录和展现，是原汁原味的第一现场，即使再精彩的文字也无法替代。

平凉摄影真正得到广泛普及并上升到艺术的高度，亦即百姓口中所谓从“照相”到“摄影”的嬗变，应该是随着改革开放而“随风潜入夜”的。其时，人们的视野得到前所未有的拓展，审美意趣也有了意想不到的提升，特别是新技术、新材料、新观念、新思潮的涌入和碰撞，将摄影从技术层面提升到一个新的艺术境界。平凉摄影，因前辈们的积极探索和后进者的热情加盟，开始使用艺术语言重构摄影大厦，并在全省乃至全国摄影界有了一定的发言权。

平凉市摄影家协会选编的这本《平凉市首届摄影艺术展作品集》，虽然以本届展览作品为主体，但通过展示自20世纪80年代以来平凉入选全国摄影艺术展，荣膺甘肃敦煌文艺奖、甘肃摄影奔马奖的系列作品，对新时期平凉摄影艺术发展回头一瞥，让我们看到平凉当代摄影开拓者应着时代的鼓点毅然奋进的步伐。这些作品，尽管数量不多，但代表着平凉摄影艺术的发展脉络，极具标本意义和史料价值。

正是在这些前辈们的示范引领下，平凉摄影艺术在近年来得到了长足进步，并呈现出老中青梯次跟进、各类艺术风格多元竞发的势头。到目前，全市各级摄影家协会会员市级595名、省级216名、国家级29名，且遍布各行各业，成为平凉经济发展、社会进步的积极参与者和热情记录者。基于此，对平凉摄影艺术或艺术摄影进行一个精彩的小结就很有必要。

今年以来，市摄影家协会多方筹措经费，第一次明确以“摄影艺术”为号召，举办了具有里程碑意义的平凉市首届摄影艺术展，并同步出版作品集，这注定是一个很有分量且能载入平凉摄影史的高层次展览。综观这个展览，感受最深的是组织者和评委们对艺术的敬畏和尊崇。除前辈获奖作品和特邀作品外，入选的118名作者的每人1幅（组）作品，是从385名作者的3000幅（组）作品中精挑细选出来的，题材广泛，风格多样，春兰秋菊，争奇斗艳。其间既有显示功力的纪实类，也有勇于探索的新锐类；既有一看即懂的传统派，也有一图多解的抽象派，大都是作者近年来的代表作。从这些作品，完全可以看到本次展览的尺度之严格、筛选之精细、质量之上乘，也完全可以代表现阶段平凉摄影艺术的最佳水准和摄影队伍的最佳阵容，这也从一个侧面体现出组织者们对摄影艺术的体悟和对各类表现手法的包容。

同时，展览不薄前辈，力推新人。前面以几十年间平凉在全国、全省摄影界的获奖代表作立标杆，后面以一大批新生代的新面孔踵其后，反映出平凉摄影事业日益壮大、生生不息的蓬勃朝气。这些新人，不光是敢于另辟蹊径的年轻新秀，还有把摄影当作晚年事业的大龄新手。在如今摄影门槛降低，人人都是摄影者并有可能成为摄影家的时代，这种兼容并包的胸怀，不仅是对当今摄影人的扶掖和肯定，更是对摄影后来者的鼓励和勖勉。这种超越展览本身的意义，进而宣示一种艺术行风和精神的举措，必将成为一种功德而影响深远！

组织展览和编纂这本作品集的市摄影家协会主席张森林先生，是在全省乃至全国具有较高知名度的实力派摄影家。近年来，他曾策划和组织过“问道崆峒·聚焦平凉”全国摄影艺术大展系列活动暨名家采风创作、“丝绸之路影像文化遗产”大型创作系列活动暨全省摄影骨干研修班（平凉）培训和现场教学实践等多次大型活动，为宣传平凉、培养新人、力推新作付出了大量的心血，做出了突出成绩。

值此作品集付梓之际，森林先生嘱我写几句话，雅命难违，遂不揣浅陋，草成此文，谨向摄影界各位前辈、老师和朋友们致敬！同时，祝愿平凉摄影艺术前程似锦、再放异彩！

二〇二一年十月

**（该书于 2021 年 12 月由平凉市摄影家协会编印，内部发行）**

# 精彩的人生才是大文章

## ——《鹤一文稿》序

大抵古圣先贤教人，总以躬行实践为要，诗词文章，实乃末道。所以苏东坡诗云：“晚觉文章真小技，早知富贵有危机。”据我肤浅的人生经验，许多人包括自己熟悉的或口碑所传的，或许谈不上位高权重、声名煊赫，但清清白白做人，踏踏实实干事，能在有限的平台上尽最大的努力做出最好的成绩，即使普通，也有光芒。这样的人，是把全部的精力和才智都用在了实实在在的事业上，写的是人生的大文章，又何须小情小调的诗文小技来浪得虚名？

近日，接到静宁德美集团总经理、甘肃德美社会救助基金会理事长田智林先生的电话，让我为该集团即将荣休的副总经理、前辈企业家高鹤一先生所著《鹤一文稿》写几句话，其用心之良苦、言辞之恳切，令我十分感动，遂慨然允诺。

德美集团是静宁乃至陇上颇有影响的综合类大型民营企业。我对该集团的经营规模和运行情况了解不多，但因给该集团投资拍摄电视剧牵线搭桥，以及参加静宁的一些文艺活动，对他们多年来满腔热忱地扶贫济困、捐资助学、支持文艺事业、打造企业文化心存敬意，也对家乡父老、文朋诗友们对德美的由衷赞许心悦诚服。从田智林先生口中得知，现年 76 岁的高鹤一老先生自退休之后，先被静宁县建筑集团公司返聘 5 年，辞聘后又被德美集团三顾茅庐聘任为副总经理，已效力 11 个年头，为德美集团的规范化管理和发展壮大奔波操劳，立下了汗马功劳。因年事渐高，去年正式“乞休归田”，但德美鉴于高老的贡献和威望，建议再续聘一年，可不参与其他事务性工作，只专心撰写和整理自己的文稿，由集团出资印行。德美的本意，是将出版这本书，当作给一名“超期服役”的老企业家的回报，同时也给集团和员工们留下一笔宝贵的精神财富，这当然也是对德美企业文化的充实和提升。

田君一席话，熏然耳目开。按姻亲关系，高老是我的表姐夫，虽属同辈，但由于年龄的差距，他一直是我心目中德高望重的长者。可当我听到要出版他的文稿时，我不得不承认，这是我平生所见最“德”的礼遇和最“美”的礼物。德美得遇高老，是德美之福；而高老得遇德美，又何尝不是高老之幸？换句话说，是高老为德美贡献了最温暖的余热，而德美又为高老提供了最舒心的舞台，让他的青春得以延展，晚晴更加绚丽。放眼当代民营企业，主雇关系如德美与高老这样以义相交、有古人风者，能有几家？从这件事上，我看到了德美集团对前辈的尊重、对文化的推崇以及对未来发展的深谋远虑。这样的企业，正如其名，德为其里，美为其表，如树之有根，如水之有源，何愁不行稳致远、达己达人？

德美之所以有这样的建议，当然不是临时起意，而是长期以来以文化铸企业之魂的惯性使然，更是基于对高老人生阅历的了解、工作成绩的肯定和敬业精神的钦佩。高老生于民国末年，求学于解放初期，辍学于饥荒岁月，即便如此，高中肄业生在当时的农村也属凤毛麟角。回乡劳动后，他因吃苦耐劳、精明能干，很快从普通社员中脱颖而出，先后被委任为大队文书、支书。在他手中，既掀起过大集体农业大会战的高潮，也主持过包产到户时的责任田划分，因公道正派、务实勤勉，后被招聘为乡镇干部，成为改革开放初期第一代乡镇企业的创办者和管理者，称得上静宁农村那个时代、那一代人中最早投身市场经济大潮中的“弄潮儿”之一。再后来，随着乡镇企业的异军突起，作为全县最大支柱产业的静宁建筑业，走上了集团化发展的快车道，高老又成为静宁建筑集团公司的决策者之一。可以说，在静宁企业界，高老作为智囊型的管理者，虽处辅佐之位，但始终胸为帅谋，为盛名远扬的静宁建筑业付出了巨大的心血和艰辛的劳动。翻开他的人生履历，不仅可以看到一个乡下少年如何一步一个脚印走向成功、实现自我价值的坚定步伐，也可以从他个人身上来印证静宁这个地方70多年沧海桑田的变化轨迹，更可以见证静宁建筑业和民营经济如何由小到大、由弱到强的创业历程。从这个意义上说，高老的精彩人生，本身就是一部承载着几十年地方经济社会变迁史的大文章。而提议和促成把这部大文章用文字的形式记录下来，成为企业文化和静宁文史的一部分，则充分反映了德美集团的德举和美意。

高老受命集团安排的这场个人的“收官之战”，其实也是用文字的“小技”，来保存自己写了一辈子的“大文章”。但对一个一贯严谨且素有文字训练的人来说，狮子搏象兔，皆用全力。于是，他怀着敬畏和负责的态度，历时一年，焚膏继晷，打捞记忆的片段，链接关键的节点，一边搜集整理自己多年来的散篇佚文，一边调动自幼培养起来的文学兴趣和多年从事文字工作的经验，以讲故事的手法，将70多年的人生进行了详细的梳理，做了完整的记录。尤其难能可贵的是，他本次写作的“经历篇”，特别注重章目的连贯性、叙事的文学性，仅看目录，全篇分九个部分，每部分又分若干节，每节都是七言对仗标题，平白如话，一目了然，有的很风趣，有的还特别工稳，体现了他对我国古典小说名著的熟稔和借鉴，也从一个侧面体现出作者的文学修养和文稿的文学水准。这本“经历篇”以及其他篇中缅怀亲人的散文，看似都在娓娓道来个人的经历，但又时时折射着时代的影子，让读者在读其书、知其人的同时，对过往各个时代的曲折、艰难和进步多了一份了解，也对他们那一代人的磨难、勤劳和奉献多了一份敬意。所以说，这本书既是个人传记，也是时代记录，既有言教，也含身教，是一部于地方文史有补充、于晚辈后进有启迪的好书。

最后，我要说的是，作为一家大型企业，能给前辈企业家命题并慷慨提供条件、出资出版个人文集，这种眼光、胸襟和举措，又何尝不是一部现代企业文化的大书？不论做人，还是做企业，在具备基本的物质要素后，最后的竞争力都靠的是文化。只有文化，才是决定一个人、一个企业层次之高低、事功之大小、影响之优劣的关键因素。我再次为德美集团和田智林先生真诚点赞！

这本书，是高老献给德美集团乃至自己整个工作历程、领导和朋友们的答谢词，也是他正式开启晚年生活的一曲“归去来辞”。从此，“吟且咏，乐且禅；饱而嬉，困而眠；心坦坦，腹平平；正是故园行乐处，谁知此乐乐悠然”（宋 · 陈普）。他新的人生之旅，将从 76 岁开始重新启程。真诚祝愿高老健康长寿、乐享遐龄！祝愿德美集团一帆风顺、再创佳绩！

二〇二一年十一月于平凉

**（该书于 2022 年由德美集团编印，内部发行）**

# 丹青引

## ——书画展览前言五则

### 雅风和声　双赢共美

——“水墨崆峒·甘肃银行三周年行庆”2014 年平凉国画作品展序

崆峒乃道源之圣地，天下之名山，既有北方山势之雄，又兼南国山色之秀，是历代画家“搜尽奇峰打草稿”的绝好题材。结庐其下，日日与此君相看不厌，幸事也！笔蘸水墨，每每为此君写真绣像，大幸事也！

近年来，平凉众画家与古为徒，师法造化，摘其英华，佩其香萝，形成了一支路子正、风气醇、画艺精的画家群体，为平凉文化名市建设注入了新的力量。适逢甘肃银行组建三周年庆典，以美术展览而助兴企业文化，与企业携手而助推美术事业，双赢共美，雅事亦盛事也！

愿平凉美术事业欣欣向荣！甘肃银行平凉分行事业鸿发！

二〇一四年十一月

# 功昭日月垂人寰

——纪念抗日战争暨世界反法西斯战争胜利70周年“天正杯”平凉市美术作品展序

今年是中国人民抗日战争暨世界反法西斯战争胜利70周年，中共平凉市委宣传部、平凉市文联、平凉市美术家协会、平凉天正房地产开发有限公司特举办本次主题性美术展览。本展再现泣鬼惊神的历史画卷，描绘来之不易的盛世光景，高扬历久弥新的抗战精神，是平凉美术家们向抗战先烈的集体致敬，也是平凉文艺界铭记历史、热爱和平、共建美好家园的情感表达。

70年前，日寇悍然犯边，蹂躏我国土，杀害我同胞，滔天暴行，罄竹难书。在中华民族最危险的时刻，先烈们迎着敌人的炮火，大义凛然，同仇敌忾，用血肉之躯筑起了保家卫国的万里长城，几多艰苦卓绝之战事，几多杀身成仁之英烈，浴血八年，一朝扬眉。西北交通枢纽和军事重镇的平凉，曾先后遭受日军四次轰炸，人民生命财产蒙受巨大损失。在伟大抗战精神的鼓舞下，数万名平凉好儿郎奔赴前线、英勇杀敌，平凉百姓毁家纾难、支援前线，与全国军民一道谱写了气贯长虹的悲壮篇章，光昭日月，彪炳史册！

今天，置身于美好生活中的我们还能在安静的书斋里尽情挥毫，还有暇来这里欣赏丹青妙笔，还能爱自己的事业、爱自己的家人，爱这个五彩缤纷的世界，岂能不铭记历史、追忆先烈！

本次展览得到了全市广大美术工作者的积极响应，大家以饱满的爱国热情和高涨的艺术才情，积极参与，潜心创作，共征集到反映抗战题材的美术作品 146 件，其中获奖作品 50 件，入选作品 96 件，是一次规模较大、水准较高的展览，可谓主题鲜明、风格多样、佳作纷呈、质量上乘。

最后，谨以 20 年前拙作《缅怀平凉籍抗日将士》作结，以表达对先烈的敬意和美术界朋友的感谢：

国运式微万事艰，狼烟频频向关山。<br>
热血男儿出陇上，龙城飞将落云间。<br>
横戈难消英雄恨，浴血终笑胡虏孱。<br>
裹尸八百堪洒泪，功昭日月垂人寰。

二〇一五年八月

## 家乡山水　大块文章

——第一届“平凉画家画平凉”美术作品展前言

一个艺术群体的整体提升，总是伴随着一种理论的确立和实践。

呈现在您面前的这个展览，是平凉美术界近年来第一次明确以“平凉画家画平凉”为号召而专门创作的主题性展览，标志着平凉美术创作领域的理论自觉和文化自信，也标志着平凉美术创作从书斋走向生活、从描摹画谱转为观照自然，这不能不说是一个较大的提升。从这个意义上来说，平凉美术创作可谓潜力巨大、前景看好。

本次展览自今年 5 月发出倡议，得到了全市广大美术工作者的积极响应和热情参与，市美术家协会、市文化馆还特意组织全市30多位重点美术作者，开展了首届“绘平凉美景，展人文风采”平凉画家画平凉采风写生活动，先后赴崆峒山、云崖寺、莲花台、田家沟、大云寺、王母宫、界石铺等平凉自然人文胜迹，感受生活，模山范水，将其化为笔下波澜、纸上云烟，不仅使得平凉美景得以集中展示，而且也以命题创作的方式对整个美术队伍进行了一次集体练兵。

本次展览共征集到表现平凉题材的美术作品210件，经过评审，共评选出入选作品120件，是一次规模较大、水准较高的展览，让人们眼前一亮。

清代张潮说过：“文章是案头之山水，山水是地上之文章。”本次展出的作品，是将地上之文章绘成案头之山水，也是用案头之山水萃取地上之文章，合起来就是一部平凉自然人文胜迹的大块文章。

愿平凉美术界以本次活动为新的起点，再造平凉美术新的高峰。

二〇一六年中秋于平凉

## 汲泾水而饮　向崆峒而鸣

——“驼鸣·李鸿文中国画展”前言

李鸿文先生，甘肃张掖人，1964年于甘肃师范大学美术系毕业后，在平凉地区文工团、博物馆、文化馆工作，后任平凉地区文联副主席，是平凉地区美术家协会的创始人、平凉美术界的带头人和组织者，也是近年来平凉德艺双馨的“画坛盟主”。

多年来，先生于繁忙的工作之余，不忘初心，潜心画艺，在油画创作已具备相当功力的基础上，转入中国画的习练和创作，期间拜古人为师，向名山问道，与时贤切磋，转益多师，萃取众长，为我所用，终成陇上有影响力的著名画家之一。其山水大气磅礴、彩墨淋漓、笔法精到，尤其是崆峒山系列作品，既注重写实，又自出机杼，是平凉元素体现在绘画领域的典型范例。于山水之外，他的花卉、翎毛、人物等也大有可观，尤钟情于大漠风情之骆驼，独擅胜场，为人称道。此系甘州乡情之体现，或以沙漠之舟精神而自况欤？

先生性情温和，沉稳内敛，多年在文艺单位从事管理工作，与同道相敬相亲，广结善缘，与后学勉力提携，甘为人梯，门墙桃李，多丹青妙手。任地区美协主席以来，组班子、带队伍、讲团结、正风气，为平凉美术界的发展繁荣奠定了良好基础，开创之功，久为同人所敬佩。

山瘦松亦劲，驼老蹄更轻。如今，这匹久居平凉的甘州老驼，依然汲泾水而饮，向崆峒而鸣，临池不辍，健笔凌云，时有佳作。今天，他又将近年来创作的精美篇什，组成“驼鸣·李鸿文中国画展”奉献给我们，这不仅为平凉画坛传出了一道清新刚健的声音，也为广大观众献上了一道回味悠远的盛宴。

真诚祝愿先生健康长寿，创作丰硕，为平凉画坛增添更多的精品力作，也为平凉美术界培养更多的优秀人才！

二〇一七年六月于平凉

# 模山范水　守正创新

## ——第二届“平凉画家画平凉”美术作品展前言

本次展览是继去年“绘平凉美景·展人文风采——平凉画家画平凉”美术创作活动之后的又一次延续和升华。广大画家积极响应号召，将关注的目光投向我们生活的大地，登临崆峒、拜谒回山、寻访云崖，从师法古人、临摹画谱，转向师法造化、模山范水，创作了一大批反映平凉自然风光、人文风情的佳作，为促进文化与旅游的深度融合做出了美术界应有的贡献。

尤其令人欣慰的是，一些气势恢宏的大制作精彩面世，一些风头正健的年轻人脱颖而出，为“平凉画家画平凉”活动增添了光彩，为逐渐发展的美术队伍积蓄了后劲，不可不谓本次展览的重大收获。

平凉画家画平凉，是市美协立足于得天独厚的旅游文化、着眼于回归现实的创作实践而提出的一个响亮的美术命题，倡导两年，成果初现，对于引导创作、形成流派具有重大的现实意义。希望平凉美术界秉持创新理念，坚守创作理想，通过数年的努力，集腋成裘，积土成山，真正把“平凉画家画平凉”办成平凉美术的一大品牌。

二〇一七年中秋于平凉

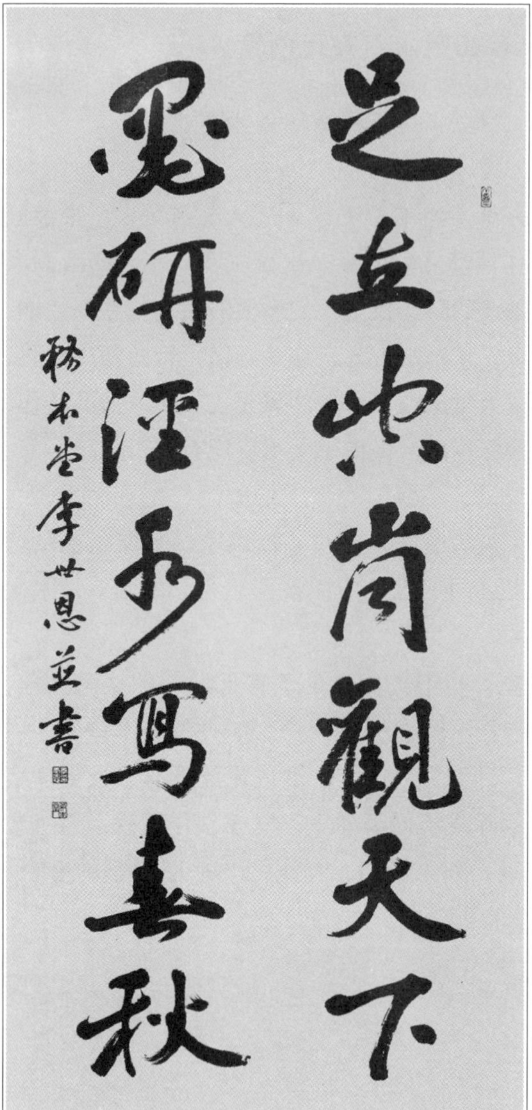

丨 书自撰对联

第二辑

SONG MAO BAI YUE

# 评论：蝉语蛩音

# 怀灵蛇之珠　抱荆山之玉

## ——写在《平凉地方志·历史文化丛书》出版之际

由市地方志编纂委员会办公室组织编撰的《平凉地方志·历史文化丛书》——《平凉文物》《平凉名胜》《平凉人物》及《诗咏平凉》近期由甘肃人民美术出版社正式出版。它的出版，对于充分反映平凉悠久灿烂的历史文化，展示平凉丰富独特的地域优势，以及借助历史文化品牌之力推动地方经济社会发展，大有裨益。

平凉，是一块历史悠久、人文荟萃的文华之地。早在20—30万年前，人类的祖先就在这片神奇的土地上繁衍生息。3000多年前，生活在泾河流域的周人先祖创造了当时最为先进的农耕文化，出现了“沃野千里，水草丰美，牛羊衔尾，群畜塞道”的田园画卷，从而也开启了华夏农业文明的曙光。大量考古和史料证明，平凉是先民们在黄河中上游走向文明的摇篮，是中华民族重要的发祥地之一。

秦汉以降，由于这里一直是历代政治经济文化中心——长安之西北重要门户和丝绸之路东段重镇，且气候适宜、土壤肥沃、人口稠密，士农工商无不发达，建府立州，安营驻军，素为朝廷所倚重。特殊的人文结构和地理位置，使平凉曾经在传递民族文化传统、吸收外来文化营养的历史进程中，发挥过不可或缺的作用，成为丝绸古道上中西方文化、中原与西北少数民族文化大交流、大融合的舞台。千百年沧桑岁月的积淀和一代代人的创造与积累，熔铸了平凉悠远、深厚的历史文化——古老神奇的成纪文化、兼容并蓄的崆峒文化、瑰丽多彩的西王母文化、博大精深的皇甫谧文化，领异标新、相映生辉，启迪着民族的心智，推动着历史的进程，极大地丰富了中华民族传统文化的内涵。

撩去历史的烟云，不难发现，漫长的历史、厚重的文化，除蕴藏并传承于人的血脉精神而外，总会以一定数量的物质的形式留存在其演进的土地上，譬如文物，譬如古迹。仅以文物而言，在平凉境内就有仰韶、齐家、商周等各个时期的文化遗址 465 处，全国重点文物保护单位 5 个，省级重点文物保护单位 59 个，馆藏文物 3 万多件，其中国家一级文物 196 件。其中泾川县大岭上距今约 20 万年的早期旧石器时代文化遗存，被考古学界确认为甘肃之最早；出土于泾川泾明牛角沟距今 5 万年前的“泾川人”，比北京“山顶洞人”还早；静宁治平古成纪遗址，是早于黄帝的人文初祖伏羲氏的降生地。特别是出土于泾川县大云寺的佛祖舍利五重套函、灵台县的西周青铜器、玉质人佣等文物，代表了中华民族在一定历史时期的文明高度，被誉为“中华文物之最”。

这些留有先民手泽、凝聚先人智慧、反映历史风貌的古代遗存和精美文物，涵盖了平凉历史发展的各个时期，具有鲜明的地域特色和很高的文化品位，是实物考古、史实佐证、艺术审美、传统教育的第一手资料，是古人馈赠给我们的一笔不可再生的物质财富，更是一笔弥足珍贵的精神财富。

平凉，是一块山川雄秀、名胜众多的旅游胜境。横亘在大西北腹地的陇山山脉，是陇东黄土高原和陇中黄土丘陵沟壑区的分水岭，也是古代西控五原、东蔽关中的天然屏障。沿陇山及其余脉这条雄浑奇特的，集地质、地貌、动植物和人文景观为一体的风景线，形成了100多处星罗棋布、独具特色的风景名胜。其中尤以中华道源圣地——崆峒山、伏羲氏诞生地——古成纪、西王母故里——回中宫、西周祭天第一台——古灵台、国家级森林公园——云崖寺、陇东山水天然盆景——龙泉寺等闻名遐迩，享誉海内外。

平凉的风景名胜正因为依托了这条天造地设的陇山，因而既有北方山势之雄，又兼南国山色之秀。明代乡贤赵时春所称许的“山川形胜，甲于关塞”，可谓的论。特别是先后荣获国家重点风景名胜区、国家地质公园、“中国最值得外国人去的50个地方”之一和首批国家5A级旅游景区的崆峒山，峰峦雄峙，山水一色，似鬼斧神工；烟笼雾锁，曲径通幽，如缥缈仙境；不仅集自然美、历史美、人文美、传说美于一身，而且拥有我国高海拔地区典型的丹霞地貌，自古就有“西镇奇观”“西来第一山”之美誉。国家级文物保护单位南石窟寺，代表着中国佛教石窟别具一格的艺术形式，具有很高的艺术价值。国家级森林公园云崖寺，林海浩瀚，山崖悬空，融石窟艺术与天然美景于一体。还有泾川王母宫，崇信龙泉寺、李元谅寝宫，庄浪紫荆山、陈家洞石窟、关山天池朝那湫，静宁成纪文化城、界石铺红军长征纪念馆，华亭莲花台、石拱寺、双凤山公园，平凉太统森林公园、柳湖公园、龙隐寺，灵台县古灵台、皇甫谧文化园等，诚为西部黄土高原人文生态旅游胜地的优秀代表作。

这些像珍珠般散落在陇山两麓的景点，点线相接，线面通汇，就形成了以“丝绸之路”为轴线，以七大旅游区为支撑的平凉道源文化寻根之旅、人文生态观光之旅、绿色清凉休闲之旅、佛教艺术溯源之旅、黄土风情体验之旅以及革命传统教育红色之旅。如此壮丽的山川、独特的名胜，我们除对大自然造化之力的慨叹外，还有对古人们创造之功的感恩，更重要的是增强了我们发展旅游事业、促进平凉经济社会快速和谐发展的决心和力量。

平凉，是一块人才辈出、群星灿烂的育人家园。诚可谓“一方水土养一方人”。独特的地理人文环境造就了独特的群体个性，雄奇的陇山之侧往往多慷慨悲歌之士，灵动的泾水之滨每每集文人骚客为群，自然环境对人才的成长无疑有着耳濡目染、潜移默化的影响。

平凉籍的古代名人，且不说远古的人文初祖伏羲、女娲，也不说修炼于崆峒山的上古人物广成子，更不说传说中的仙人、实则是母系氏族首领的西王母，仅在《二十四史》中立传者就达53人，其中政治家27人、军事家18人、学者6人。被匈奴称为“飞将军”的西汉名将李广，先后与匈奴作战70余次，以身先士卒、指挥若定、骁勇善战而闻名天下，他忠诚的报国之心、凛然的大将风范、巨大的人格力量和毫不苟且的做人尊严，为后世的中国军人树立了高山仰止的精神标尺。西晋时期的中华针灸学鼻祖皇甫谧，发奋读书，躬行实践，不仅为人类奉献了针灸学的开山巨著《针灸甲乙经》，而且在文学、史学、哲学等领域都站到了时代的巅峰，成为中华民族的骄傲。唐代著名政治家、文学家牛僧孺，虽在高层“朋党之争”的旋涡中沉浮达40余载，但清廉自持，行必厉

己，并写下了被鲁迅称许为“唐传奇中最为煊赫”的《玄怪录》，开一代风气之先。抗金名将吴玠、吴璘兄弟率领的吴家军，在国家危急存亡之际，毅然肩负起抵御外侮、保家卫国的历史重任，与金兵展开了旷日持久的酷烈战争，特别是著名的仙人关大战，重创敌军，保全蜀中，成为中国军事史上以少胜多的成功战例。还有同时期的中兴名将刘锜，挽狂澜于既倒，扶大厦之将倾，顺昌一役，大败金兵，扭转了宋金军事局势，成为肩负半壁江山安危的国之干城。被誉为“嘉靖八才子”之一的明代著名文学家赵时春，14 岁荣中举人，18 岁钦点翰林，不仅是罕有的早慧型少年才俊，更是犯颜直谏的诤臣、冲锋陷阵的将才和独步文坛的一代巨匠，为乡邦文化和中国文学史谱写了光辉的篇章。被康熙皇帝称许为“实心任事、勤劳茂著”的清初名臣慕天颜，胸怀治国利民之志，一展经邦济世之才，在军事供给、发展水利、整饬漕运、收复台湾等许多重大事件中功勋丕著，成为清初屈指可数的一代能臣。这些文韬武略、彪炳史册的乡贤，其德、其功、其言，永留天地之间，与崆峒而比肩，伴泾水而长流。

是平凉厚重的历史文化底蕴，铸就了平凉人的精神气质，并进而造就了那些走出泾河，走出黄土高原，走上恢宏壮阔的历史舞台的人们。或者说，是他们从平凉文化的深刻内涵中汲取了灵气和营养，并将其进一步发扬光大。所以，我们更应该通过彰显先贤，挖掘历史文化，为当今平凉的发展注入新的活力。

平凉，是一块秀外慧中、诗材丰厚的诗歌沃土。中国是诗的国度，钟灵毓秀的平凉自然也不例外。从我国古老的诗歌源头《诗经》开始，平凉这块诗歌的沃土，曾经令历代众多的诗坛精英们流连忘返，给他们以感官的冲击和心灵的碰撞，在中国诗歌史上留下了泻珠迸玉、闪耀着绚丽光华的诗词佳作。

披读平凉历代诗词，跃入眼帘的是“初唐四杰”之一卢照邻的沉雄慷慨、“诗仙”李白的雄浑飘逸、“诗圣”杜甫的沉郁顿挫、“七绝圣手”王昌龄的豪迈昂扬、晚唐著名诗人李商隐的深蕴绵邈、伟大的爱国主义诗人陆游的奔放磊落、“戊戌六君子”之一谭嗣同的英雄豪迈、“陇上铁汉”安维峻的铺张扬厉等等。群星耀眼，华章迭出，令人神往不已。特别是李白的《赠张相镐》一诗，不仅叙述了“本家陇西人，先为汉边将”的成纪李广后裔的身世，还以饱满的豪情写下了“世传崆峒勇，气激金风壮”这样的诗句，使崆峒的神勇更加盛名远扬。杜甫在《寄高三十五书记适》中也由衷地赞道：“主将收才子，崆峒足凯歌。”令崆峒山下的一代代平凉人为之感奋。李商隐写于泾川的《登安定城楼》，是其诗歌创作的代表作之一，也是晚唐诗歌的扛鼎之作，在唐代文学史上当占显著地位。更有谭嗣同的《崆峒》，气势宏阔，意象奇崛，使名山平添了一股天地英雄气，成为历代咏崆峒诗词的压卷之作。

诗人们与平凉的绵绵不绝之情，不仅成就了这方水土与诗歌的千载情缘，而且赋予了平凉本土诗人以足够的营养，催生了他们的灵感火花，丰富了平凉的文化底蕴。与唐代著名诗人白居易、刘禹锡、杜牧等人过从甚密、多有诗文酬唱的牛僧孺，也钟情于诗歌创作，写下了《席上赠刘梦得》等，

被收入《全唐诗》。诗学李贺，尤以词闻名于世的牛峤，被誉为“花间词派”的重要词人之一，其婉约艳丽的词风受到了词学界的普遍关注。颇有儒将之风的刘锜，不仅工书，且擅长诗文之道，在戎马倥偬的军旅生涯中留下了传世佳作。特别是一代才子赵时春，一生中写下了许多优美华章，被明代著名文学家李开先称许为“文首南宫选，名高北斗先”，开平凉诗歌创作的高峰时代。清代以来，平凉涌现出了一大批在甘肃有影响的诗人，特别是乾隆年间的女诗人江瑞芝的出现，打破了关陇地区女性诗人长期沉寂的局面，被后世评为“至性缠绵，韵成天籁，赋物颇工”。陇上著名诗人王源瀚著有《六戊诗草》六卷，被陇上著名学者慕寿祺激赏为“浅显易知，殆香山之流亚”。清代末年的受庆龙曾壮游天山，写下了《博达游记》诗集，被日本友人称赞为“慷慨悲歌之士”。

抒情为诗，放言成歌。当历史的风烟散尽，平凉呈现出盛世的蓝天碧水绿地之时，我们会发现崭新的平凉，原本就是一个诗意十足、韵味十足的诗的世界。无论是历代名家歌咏平凉的诗词，还是平凉籍文人的各类佳作，都让我们触景生情，除了几许沧桑的感怀，更多的却是对这块土地深深的眷恋和敬重。

平凉怀灵蛇之珠，抱荆山之玉。留存于平凉大地上精美绝伦的文物、得天独厚的名胜、出类拔萃的人物以及众口传颂的诗词歌赋，是自然和历史的馈赠，是平凉魅力之所在，精神之所在，更是平凉借以腾飞的基石。相信《平凉地方志·历史文化丛书》的出版，对于进一步发掘历史文化资源，弘扬优秀传统文化，建设特色文化名市，激发人们热爱平凉、建设平凉的自豪感和自信心，对于更好地宣传平凉、展示平凉、扩大平凉对外开放和交流、加快平凉经济社会又好又快的发展，必将发挥应有的作用。

二〇〇六年十月

**（此文系作者为该书代写的序言，近年多被引用或摘抄。今稍作改动，按个人读后感收录，以维护原创者权益）**

# 三观王兴先生

## ——其人其文其书法

三观，其实是王兴先生的字。所谓“三观”，依我的臆测，“三”大概就是“三才者，天地人；三光者，日月星”了，“观”莫非与其大名互为表里，乃《诗三百》的“兴观”之谓乎？现在的文化人，有斋号的人不少，但取字的人不多。王兴先生就是这不多的人之一。

与先生师友相从十余年，私下也曾对先生其人、其文、其书法有一个挂一漏万的“三观”。

一观其人。与先生从相识到相知，我相信了缘分。最早知道先生的大名，是刚刚参加工作不久，从平凉师范毕业的朋友那里获知——印象中他是一个很有个性，且深受学生欢迎的年轻教师。第一次有缘识荆，是在华亭召开的一次会议上，我当时是一名跟会的记者，先生已辗转地区教育处、县教育局，又担任了庄浪县副县长。我们都是在会议室里通过参会名单相互对上了号。会议休息期间，先生主动前来证实他的判断，我大概真有点受宠若惊的样子了。此后，我这个小字辈的小记者，在数次的庄浪采访中，都受到了先生的礼遇，并得到了许多工作上的方便。

这还不算缘分。据先生后来说，当年他高中毕业后在家劳动，一次偶然的机会县上派他参加在平凉举办的全省儿歌创作培训班，在这里，他结识了同是学员、来自灵台万宝川农场的我后来的老师彭金山先生。恢复高考后的第一年，先生蟾宫折桂，以优异成绩考取了甘肃师范大学教育系，在一次排队打饭时，偶然的一个回头，却意外地发现了我们的彭老师。当年在广阔天地炼红心的两个年轻人，谁会想到还有“同年登科”的奇遇？从此，他们这一对“年兄弟”就成了学习、生活和工作上的莫逆之交。因了我的恩师彭金山先生，我们之间虽然在工作上接触不多，但心理上却有一种天然的亲近，我也对王兴先生真心执弟子礼了。

先生是一个旷达潇洒、不拘陈式，且富有亲和力的人。我在庄浪的许多文朋诗友，竟然也都是他“尔尔相称”的朋友，他们之间只是读书人之间的惺惺相惜，全然没有“父母官”与“子民”之间的隔膜。我想，一个当官的人，特别是“为官一方”、身居要津的人，如果还能够对贫贱之交青眼相看，这就是他本色和品行的最好体现。

王兴先生从事的职业是行政管理工作，但他又不是民间意义上的“官人”。多年来的发奋苦读、蕴涵修养和浓郁的书卷气，使得他在同僚中多少显得有些“另类”。因为在纷扰的官场中，还能够在工余之暇气定神闲手不释卷的人毕竟是太少了。对于一个曾经注定要在农村终生与犁锄为伍的人来说，能得到静心读书的机会，那该是多么幸福的梦想啊！所以，他不论手握教鞭，还是职掌教育，都能够以自己当年刻骨铭心的感受来推己及人，心牵于学子，情钟于教育，魂牵于校园，为家乡子弟和教师们创造良好的学习、生活和工作环境。早在他任职庄浪时，就率先提出并实践了“再穷不穷教育，再苦不苦孩子”“还深情于人民，献终身于教育”“集万民之力，打普九硬仗”“重教先尊师，安居才乐业”四部曲，唱响了振兴庄浪教育的主旋律，并在周边地区乃至全国产生了一定的影响。这些德政

之举，不仅成为庄浪人民艰苦办教育的真实写照，而且也映照出一个教育管理工作者丰富的内心世界和高尚的人文情怀。担任平凉市教育局局长后，这位教育学专业的高材生有了更加广阔的施展才华的舞台。在市委、市政府的正确领导和大力支持下，他团结和带领全市教育系统的广大同人，锐意进取，大胆创新，一举实现了平凉教育适龄少儿就近免试直升、义务教育经费保障机制建立、12 所普通高级中学改办、高等学校平凉医专创办、教育信息化普及、后勤社会化和资源共享化的实施，以及中等职业学校学生助免制度的建立等“八个从无到有”，使平凉教育发生了历史性的巨变。

由于自幼接受家庭传统教育和后来广泛涉猎国学，在王兴先生的骨子里，总有一种古代圣贤“天下兴亡，匹夫有责”的个人担当和“为天地立心，为生民立命，为往圣继绝学，为万世开太平”的理想主义。在他的职权和学养范围内，他总是力尽所能地将这种道义和理想转化为现实或接近于现实。可以说，是天赋、勤奋和机遇，给了先生建功立业的职位，在这没有“自由身”的职位上，他做了一门在书斋里无法做到的大学问。相对于他众多的学术和文艺著作，就社会和地方教育而言，他镌刻在校园里的诗笺和写在大地上的画卷，真要厚重得多、宏大得多，也久远得多!

二观其文。到目前，据我所知，王兴先生出版的个人专著大概有七部了——乍看书名，让人云遮雾罩；再读宏文，才知道有如此奇书，直叫人“当浮一大白也”。

在这些书中，《论文诗词楹联选》和《朔昀啸》主要汇集了先生多年来的诗词歌赋、序文楹联和部分教育教学论文等，《智慧逻辑》是一部新型逻辑学著作，《道》是一部从古今中外成败范例中探究规律的成功学专著，《魂兮归来》是一部以优秀传统文化进行人生教育的专著，《而已论》是作者和同事们在教育管理工作中实践经验和思考的成果总结，《三观墨迹》则是作者书法作品的精粹。

在这些大著中，依我个人兴趣，有些是精读，有些是泛读，但不论精读泛读，都有不小的收获和启发。

最感兴趣的，当然就是先生的文学作品了。拜读先生的文学作品，感受最深的是大气、率真、博识。十年前，我曾有幸获赠《论文诗词楹联选》，连夜拜读，还不自量力地做了一些眉批。至今看来，这些眉批虽然不够准确，但的确是我当时阅读的真实感受。如对《杜甫草堂咏诗圣》（其一）“苦无报国门，空有济世才。每自比孔明，豪吟动地哀”的感言是：“深刻悲凉可传唱也。读书人一声长叹!”对《襄樊市古隆中孔明咏》的感言是：“大有杜甫《武侯祠》之余韵。”对《虎门林则徐长咏》这首长诗的感言是：“汪洋恣肆以气胜。”对《读〈道德经〉杂咏》（其四）“处世效法水，柔弱胜刚强。趋下千里泻，终为百谷王”的感言是：“大有深意。”对《生活小杂调》（其三）“乐此不疲挥毫忙，送字上门兴也狂。不图名扬翰墨苑，古来书家寿命长”的感言是：“虽自嘲之句，亦足见诗人性情。”对《人生三醉》的感言是：“三醉亦三狂也。诗虽直白，而真情毕露，狂得可爱。”对《散调·哭父亲》的感言是：“的为痛断肝肠之句。”还有《母校颂》，以诗的形式演绎校史，显得铺张扬厉，大气磅礴，颇具风神，有自家法度。

在吾乡静宁庄浪一带的民间，十分流行楹联和寿幛、挽幛、纪念幛、碑记等文言序文。这些文字，人们都要请有德才、有地位的人来写，王兴先生在庄浪堪当此任，多有人请。先生的

这些文字，虽属民间应酬范围，但他都能够发自真情，洞彻情理，写出具有真情实感的文章来。如他撰写《紫荆山二神庙联》“存静气，名利皆云烟；灭私欲，凡夫即神仙”“志正顺自然，忍难忍之事；量大袖乾坤，容难容之人”，不仅有哲理、有逸气，而且十分讲究炼字的功夫，一个“袖”字，传神至极！尤其是《胡耀邦视察庄浪紫荆山记》碑文，生动感人处在于浓墨重彩描写总书记之风采，突破了碑文陈式的生冷面孔，非书生本色者不能为也。还有许多收录在《朔昀啸》里的家谱序文、长者寿诗、纪念序文等，都能够一扫陈腐之气，以旧瓶装新酒，发人之所未发。

《道》和《魂兮归来》，是先生“十月怀胎，一朝分娩”的两个宝贝。从这两部书里，可以看到先生阅读之广博、思考之深邃、构架之缜密、表述之灵活，它们不仅是古今中外历史经验和传统文化的高度浓缩，更是先生读书心得和人生经验的总结概括，饱含着几多心血、几多智慧。

对《而已论》，虽然先生自谦为“抛砖引玉”的一块砖头，但对平凉教育这座大厦来说，却是一块具有标本意义的特殊砖头。对当今以及后来的平凉教育，无论从经验的取法和教训的吸取，都是很有价值的文献。

谈到《智慧逻辑》，我这个《逻辑学》仅仅考了60分（真有点讨分的嫌疑）、至今将逻辑学视为畏途的学生，真不敢信口雌黄。但是，我信服恩师彭金山先生的判断：这是学教育学专业的王兴先生在“苹果树上结了一颗金杧果”，是他“不满意逻辑研究的现状，广涉其他学科，特别是潜心研究思维和语言学科的规律而写成的创新之作”。

读王兴先生的书，感觉有些困难，这困难来自他的杂，因为他是一个杂糅百家的多面手，他的书要求读者必须具有足够的知识储备；同时也感到有些目不暇接，这目不暇接来自他思维的奔放和跳跃，因为他一会儿说天文地理，一会儿谈世道人心，他的书要求读者必须要有敏捷的反应能力、感悟能力。

王兴先生的书，不是快餐，而是一枚坚果，需要很长的时间来咀嚼、反刍、消化和吸收。

三观其书法。庄浪是闻名陇上的书画之乡，也是全国文化先进县，人们对文化的尊重、对书画的崇尚具有比较悠久的历史渊源和十分坚实的民间基础。受庭训的影响和乡邦文化的熏陶，王兴先生对书法情有独钟，颇下了些工夫。

我对先生书法的敬重，主要来自他对书法的长期训练和感悟能力。我觉得，许多艺术可以半路出家，甚至可以后来者居上，但书法必须要有来自童年扎实的训练和多年的沉潜，那些今日播种，明天想要收获的所谓“书坛精英”，终究是要被淘汰出局的。

从先生的《三观墨迹》中，我们不仅可以看到他良好的童子功，还可以看到师法东坡、山谷，取意张旭、怀素的影子。如行草书“赤壁两赋”“出师两表”长卷，如行云流水一般，极见其豪放的风格和率真的性情，既讲究法度和布局，又不拘泥于绳墨，更注重天然的气韵流动。

特别是他的榜书“佛”“虎”“龙”等，大笔纵横，气势磅礴，风神洒脱，结体和运笔都十分独到，与其诗词的气韵一脉相通，真像“关西大汉，铁板铜琶，唱‘大江东去’”，有一种强烈的震撼力。

当然，正如先生在其《书学杂咏》中说的：“煌煌法书各千秋，晋韵唐法宋意留。明姿清变今古怪，取势贵神我自求。”

先生在注重取法历代法帖的同时，更注重的是追求自我的精神，写出自家的面目。对一个无意于做书法家的业余书写者来说，这个定位其实是很高的，先生还有更远的路要走。

好在先生和历代读书人一样，仅仅把书法当作余事来作，当作生活的爱好来作，这就少了许多追求成名之累，多了许多修身养性之乐。

愿先生在书法探求的道路上走得更加从容一些、超然一些。

二〇〇九年元宵佳节前一夜

**（该文被王兴先生收入其著作）**

# 收获在新闻的大海上

## ——张兵陶“新闻三部曲”读后

“新闻如海。”这是高级编辑、《平凉日报》原副总编辑张兵陶先生在他的“新闻三部曲”——《闻海涛声》《闻海淘金》《闻海陶钧》3本书《前言》的开头，写下的同样的一句话。

是的，新闻如海。在信息容量如此之广博、传递速度如此之迅捷的当今社会，报纸、广播、电视、网络等媒体每天涌现出的大量新闻，令人眼花缭乱，真有一种被新闻海潮淹没的感觉。一天都是这样，那么，一月、一年、十年、三十年呢？

一个用奔波的双脚、观察的双眼和手中的笔，见证和记录了一个地方改革开放30年非凡历程的新闻工作者，在“身经沧海”之后回望踏浪搏涛的感觉，应该是大有玄机的。

近日，我市“新闻宣传特别贡献奖”获得者张兵陶先生在继2004年10月出版“新闻三部曲”之一《闻海涛声》之后，又将之二《闻海淘金》、之三《闻海陶钧》奉献给了广大读者。这洋洋60多万字的三部曲，横看成岭侧成峰，不仅荟萃了作者各个时期新闻采访、写作和思考的佳篇杰构，而且比较立体地反映了作者个人在新闻之海上艰难跋涉、辛勤打捞、终有所获的成长轨迹。尤其难能可贵的是，三部书集新闻作品、采写体会、获奖感悟、时政言论和新闻理论于一炉，全方位展示了一名地方资深报人在新闻实践和新闻理论两个方面的成功秘诀。

对一个新闻界的后学来说，我读张兵陶先生的“闻海”探

“tao”三卷，裨益是多方面的。

## 一、听涛声之韵

对于一个高素质的新闻工作者来说，其各类新闻作品固然能反映他对新闻素材把握和驾驭的基本功底，但与之并列的言论，却更能体现他眼界的宽度和思考的深度。

可以说，新闻作品和言论是一个新闻工作者实现成功的双翼。就张兵陶先生而言，他新闻生涯的兴奋点似乎一直在新闻作品上，但这一点却丝毫没有影响他对言论的钟情与经营。其《闻海涛声》中收集的新闻言论，就是最好的证明。

作为党报的新闻工作者，肩负着耳目喉舌的使命，发言而为文，自然要有一种为党立言、为民代言的朝气、锐气和正气。张兵陶先生的言论主要分“新闻杂感”和“新闻时评”两个部分，这些言论都是作者站在新闻的海边，“心潮与浪潮共澎湃，心声与涛声同激荡”，把新闻之海水提炼成“真盐”，最终而化为“箴言”的产物。面对“厕鼠与仓鼠”“错位的眼泪和陈腐的观念”“保护伞与掘墓人”等“假恶丑”现象，他把手中的笔化作投枪匕首，予以无情的鞭笞；想到“像马克思那样去思考”“肩负明天的希望”“还看祖国如明月”等“真善美”的话题，他则把手中的笔化作鼓点号角，高扬起时代的主旋律；尤其是对“颠倒与公道”“金钱之善与金钱之恶”“打倒富人与变成富人”等在许多人心中还比较模糊的“是与非”命题，他又把手中的笔化作一把解剖刀，条分缕析地展示给读者看。

正如作者所言：“新闻言论短小精悍，多为‘千字文’，鸿篇巨制与之无缘。一个遵命，一个短小，决定了新闻言论殊难经营。”好在作者善于思考，能从平常的新闻事实中发现独特的思想信息，并提炼出比较独到的新思维、新观点，给读者以有益的启迪。同时，作者深谙为文之道，可以随时调动自己多年积累的文学、哲学、自然科学等多方面的知识储备，把以说理为主的言论写得文采斐然，引人入胜。

这些清新刚健、掷地有声的新闻言论，虽然都是他新闻作品的“副产品”，但曾经在一个时期，与其他作者的言论一起，共同形成了地方党报引导舆论、鼓舞读者的精神力量。

今天，当我再次拜读这些“目熟能详”的文字，耳边仿佛再次回响起了当年的“闻海涛声”。尽管时代在前进、在变化，但它所容纳的思想和所揭示的道理却作为一种精神仍然让人感奋不已、深受启发。

## 二、观淘金之法

张兵陶先生好像命中注定就是当记者的人——在他刚刚走上新闻工作这条路时，就以一篇通讯《家庭颁奖会》而“懵懵懂懂”地撞上了全国新闻界的最高奖——全国好新闻奖（即现在的中国新闻奖）。

在收集了作者主要获奖作品、评论文章，以及由获奖作品生发的“获奖感悟”的《闻海淘金》中，开卷第一篇就是他的成名作《家庭颁奖会》。读这篇获奖作品，从字面上看，除主题与特定时代的契合、个性化的人物语言、强烈的环境和气氛现场感以外，感觉最明显的似乎是作者选材的高明——好像抓拍了一个特别生动的特写画面。但是，再看他后面所附的采写体会《求“新”须在深入中》，方知这个偶然的抓拍，是作者候拍了 3 个多月才按下快门的。

写这篇作品，作者经历了这样不断调整光圈和速度的过程：

跟会（在劳模会上见到典型材料）—筛选（通过文字材料和面对面的交流，在众多事迹中寻找最有新闻价值的素材）—突破（确定“家庭颁奖会”的主题）—等待（新闻发生的大年三十具有其特定性）—采访和写作。在这样一个相对比较漫长的过程中，每一步都是能写出所谓的新闻的（只是这样的新闻我们读得太多了），但作者就是凭着一种深入采访的韧劲和把握火候的耐心，一直关注和跟踪到了一个有价值“新闻核”的瓜熟蒂落。

正是这样锲而不舍、不断求新的新闻实践，使张兵陶先生的新闻生涯一路凯歌、硕果累累，在职期间 3 次摘取甘肃新闻一等奖的桂冠。就在笔者这篇文章杀青之际，又传来喜讯：他去年 12 月刊登在本报的通讯《牛，越宰越多!》，获得了 2008 年度甘肃新闻一等奖。这真是天道酬勤的“马太效应”。

如果说《家庭颁奖会》更多的是反映了一个年轻记者作风的扎实和技巧的高明（当然也不排除那么一点点稍纵即逝的好运气），那么，后来的系列报道《超越国界的奇迹》等大气磅礴的重头稿件，则完全是一个宝刀不老的名记者“如狮子搏象，以全力赴之”的精心之作，全面反映了一个成熟期记者所特有的激情、真情和才情。

采写庄浪梯田化建设，作者是背负着《人民日报》成功宣传后具有强烈反响和一定标高的巨大心理压力进行的，它既是一篇“遵命而作”的“急就章”，又是一篇为本报荣誉而战的“宣言书”。为了让自己的报道给已经熟悉庄浪梯田建设的读者造成一种阅读的陌生感和新鲜感，他独辟蹊径，尽量在其他媒体淘洗过的素材中“漉沙淘金”，选用了大量别人所没有用过的感人事例。同时，为了使文章与庄浪人感天动地的英雄事迹相协调，他还特别注意讲求行文的雄健气势，给读者以震撼和感染。

在这组报道中，出现了许多新看点和新亮点：如把庄浪人34年移动的土石方换算成绕地球一圈的万里长城、107座埃及吉萨大金字塔；打破常规，为梯田建设的牺牲者列出了名单，等等。特别是作者情动于衷，自觉不自觉间调动了多种修辞手法和诗化般的语言，不仅给整个作品平添了泣鬼惊神的英勇悲壮之气，而且产生了一种荡气回肠的节奏感和韵律美，真正写出了庄浪人34年大修梯田的英雄史诗。

在《闻海淘金》中，像这样的作品还有很多。作者既给读者奉献了他的得意之作，更为读者披露了这些得意之作的孕育和分娩过程。这比单纯的“作品选”应该有更多、更实用的“秘笈”信息量。

## 三、得陶钧之术

《老子》有云：“授人以鱼，不如授人以渔。”如果说张兵陶先生的新闻言论和新闻作品是他多年在“闻海”之中辛勤打捞的“鱼”，那么，他的新闻论文和新闻学理论专著就是教读者怎样打鱼的“渔”了。

尤其《闻海陶钧》一书，不仅凝聚了作者30年来致力于新闻发现、新闻采访和新闻写作的基本经验，而且在平凉新闻理论研究方面也具有开拓性和建设性的意义。

“钧”者，陶工制作陶器时所用的转轮；所谓“陶钧”，即造就人才之意。《闻海陶钧》其实就是为新闻界后学和通讯员们所写的普及性的“实用教程”。如果单从“教程”方面考量，或许它在理论的全面性、严密性和权威性上尚有一定的缺陷，

但正是这样的缺陷，反而成就了其不可多得的可读性、实用性和民间性。

作者打破了“学院派”理论著作从概念到概念、从理论到理论的弊端，提纲挈领地将如何做好新闻报道，归纳为培植发现能力、采访能力和写作能力的“三维能力”理论。正如作者在该书绪论中所表述的那样：“三维能力的最佳结构是正方体，因为发现能力、采访能力和写作能力的平衡发展，占据的空间最大。”所以说，三维能力并不是简单的三个能力，而是在三维空间内三者的辩证结合、互相渗透和互相辅佐。

在这一理论框架之下，作者以三维理论为骨架，以精彩例证为血肉，以发现、采访、写作的 3 个“十法”为灵魂，采用“理论 + 例证 + 方法”的三维空间模式，立体地构建和充实了特点鲜明的三维能力理论。其理论，均是来自实践，并建立在实践基础上的畅晓通俗的理论；其例证，既有中外新闻史上的经典例证，又有作者个人新闻实践的亲身经历；其方法，则全部是个人多年来在新闻发现、采访和写作方面甘苦得失的提炼和总结，颇具“张氏知识产权”的特征。

“现身说法比借花献佛更有说服力。”（《闻海陶钧》后记语）许多读者都会有这样的感受：如果在课堂上听一个专家讲授陶器制作的要领，远不如在作坊里看他如何手脚并用实际操作的收获要大得多。《闻海陶钧》的最大好处，就是作者个人完全洞开了自己制陶的作坊，我们不仅可以轻松自如地看到他“钧旋毂转”的操作技巧，而且还能听到他在关键环节不失时机的点拨。

“作品的模样连着记者的形象。好作品是写出来的，好记者也是写出来的。只有不断地为读者提供模样可人的精品，才能把自己锤炼成为一个笔底佳作迭出的优秀记者。”张兵陶先生的感言，何尝不是他30年新闻生涯的夫子自道？读《闻海涛声》《闻海淘金》和《闻海陶钧》，无论是新闻言论、新闻作品，还是获奖感悟、新闻理论，每篇文字的背后，都站着一个在新闻的大海上艰辛收获并快乐着的水手。

二〇〇九年五月

**（发表于2009年6月《平凉日报》）**

# 甘以小文体　善写大文章

## ——刘志刚楹联和赋漫评

刘志刚先生在全国楹联界声望素著，但并不为众多的平凉人所熟知。如果拿武术来作譬喻，写传统意义上的小说、散文、诗歌的人无疑舞弄的是长枪大戟，而刘志刚笑傲江湖的却恰如在武林中独树一帜的崆峒派武术，仅以扇子、拂尘、鞭杆等短、小、轻、柔的奇兵器克敌制胜。我们叹服于关云长的青龙偃月刀、张翼德的丈八点蛇矛，自然也不能小瞧诸葛孔明的龙雀比目扇了。所以说，两军对垒，最重要的是各自的实力，而不是办一次兵器展评而决定胜负。

近几年，志刚先生每于公务之暇，静下心来，读书写作，并选取那些不占用大量时间而又能随时抽空打磨的小文体——楹联（包括诗词和赋），作为放松心情、涵养性灵的一桩余事、一宗雅事（用流行语言来说，大概就是“健康高雅的生活情趣”吧），随时将那些小心得、小灵感记录下来，慢慢拾掇，竟然也洋洋大观，为国内行家所推崇，为平凉同侪所钦慕。

拜读志刚先生的楹联和赋，感受最深的：

一曰法度森严、技法纯熟。志刚先生在20世纪80年代末，就曾有过一段时间的诗歌、散文创作经历，且在陇上诗歌界崭露头角。但在人们还没有来得及喝彩的时候，他似乎又转头他顾，偏嗜于古体诗词的研究和创作，照样出手不凡——其诗词不仅严格遵守格律规范，而且每每能出新意，丽词佳句，令人击节赞叹。有了这样的铺垫，他的楹联创作就如“风行水上，自然成文”了。因为楹联的创作，同样需要以平仄和韵律为游戏规则，而在规则内的游戏当然更富于规范性、趣味性和实用性。其实，对志刚先生来说，楹联的格律是最基本的手艺，而令人佩服的则是长联一气呵成、一韵为之的奇险——如《农家乔迁新居》一联，上下联各113字、17个新韵，上联韵脚全部是“十四寒”，下联韵脚全部是“十二侯”，将农家乔迁新居时的田园风光、屋舍陈设、时令小景、农家喜宴、人物百态、民俗风情等信手拈来，任意剪裁，巧妙组合，且运用了很多叠词以造成欢快喜庆的气氛，深得元曲之妙谛，营造出一幅新时代、新农村、新农民的生活画卷。尤其是《花果山赋》和《洪洞大槐树赋》，都熔古今于一炉，汇自然人文于一体，全部为两两对仗句，一韵到底，显得文辞华茂、典雅蕴藉，更是逞才任情、纵横捭阖的典范之作。通读两赋，不仅丝毫没有以辞、以韵害意的弊端，反而因为文词和韵律的精到更好地提升了文章的艺术境界。

二曰涉笔成趣、炼字精妙。古人作文最讲究炼字，而作诗尤甚。楹联应该是由诗词衍生出来的一种文体，自然非得讲究炼字不可。在志刚先生的楹联中，随处可以看到他炼字的精妙，也能体味到他炼字的苦心。如《题山西永济市黄河大铁牛》联：“沧桑未改牛脾气，进退还凭铁骨头。”分别以“铁”“牛”二字化开，苦苦思出“牛脾气”“铁骨头”两个画龙点睛的关键词，且以“沧桑”“进退”两组反义词作为衬托，从小处说是恰如其分地赞美了黄河大铁牛，从大处说是隐含着历史的变迁和社会的进步，更反映出炎黄子孙百折不挠、越挫越奋的民族性格。譬如《山水写趣》联："溪清瀑泻湖澄，浪溅池潭浮滟滟；岭峻峡幽崖峭，岩崇峰岳峙峥嵘。"既然写山与水，作者索性在上下联各13字中分别全以"水""山"偏旁的字为之，更巧妙的是这不是简单的同部首字的排列（"岳"字为山之尊者意，"幽"亦为"山"旁），而是把各类山和水的特点做了细致入微的描述，且富于动感和画面感，充分表现了作者高超娴熟的炼字功力。再如，《赠驾驶员》联："当行直处须行直，应转弯时务转弯。"从驾驶员的职业特征"行直"与"转弯"入手，字面虽直白重复，但大有深意，把它当作为人处世的金玉良言亦无不可。又如，《题黄渤海分界坐标》联："两海共千秋，分得开名，分不开水；二龙盘一岬，同不了界，同得了天。"仔细辨析名与实、分与同的哲理，"分分同同"似乎随口吟出，但其间"吟安一个字，拈断数茎须"的艰辛大概只有作者自己冷暖自知了。楹联具有很强的实用性，既要表达个人的才情和胸襟，又要量体裁衣似的恰好适合所表现的主体，这是很不容易的事情，而志刚先生正好就是这样一位优秀的裁缝大师。

三曰气格宏阔、饱含哲理。楹联是最短小的文体，赋是最考究的文章。例如，两副《廉政联》："半夜客敲门，来告状？来送礼？来进言？贿且拿回冤且诉；清晨身到户，去答疑！去排忧！去扶困！茶先放下话先聊""党性为砣，称尔人生重与轻，奉献千斤犹愧少；民情作鉴，照吾心底天和地，贪求半念也嫌多"，第一副上联既像人物心理活动，又像人物对话场景，下联三个"去"字，显得步履匆匆，使一位勤政、亲民的公仆形象跃然纸上；第二副上下联分别以"砣"和"鉴"设喻，称人生轻重，照心底窄阔，足可以作为党员干部的座右铭。再如，《题湖南岳阳范仲淹、滕子京双公祠》：“文堪仰，德堪仰，重吟记里名言，所仰不因千古减；进亦忧，退亦忧，试问楼前过客，尔忧可与二公同?”通过瞻仰前贤、重温名篇，紧扣先忧后乐，叩问芸芸众生，发人深省，警人自励，其价值已不是一副祠堂的应用对联所能涵盖。又如，《题佛寺》：“惑人之未惑，不惑人之惑，惑解人前，是真无惑；为世所难为，慎为世所为，为高世外，乃大有为。”虽然上联句句不离“惑”、下联句句不离“为”，读起来就像绕口令一般，但自有法度，能让人在字字推敲、细细品味的同时豁然而悟何为“无惑”、何为“大为”。特别是他的得意之作《花果山赋》，仅仅600多字，先以生花妙笔极度渲染花果山的神奇灵异、美猴王的忠勇凛然，而后笔锋一转，由古及今，品新茗，思前贤，赏美景，悟人生——“真有为，岂论地位高下；果非凡，哪计出身微寒。名山自名，鬼神难贬；仙境有仙，古今同传”，真有孙悟空和玉帝在天庭对答的自信潇洒！作为一种式微多年的文体，赋在近几年逐渐兴起，且成为问津者很少而关注者甚多的奢侈品。志刚先生有志于此，且成果丰硕。从他的作品中，可以看到汉赋铺张扬厉的一些影子，而更多的则是继承了南北朝抒情小赋优雅精致的风格。

行文至此，我不由得想到了民国时期的陇上奇才黄文中先生。这位因翻译《日本民权发达史》而曾得到孙中山先生亲笔题词“世界潮流，浩浩荡荡；顺之则昌，逆之则亡”的民主斗士，一生写下了许多诗文，但真正为世人称颂的还是那副“西湖天下景”的叠字联：“水水山山处处明明秀秀，晴晴雨雨时

时好好奇奇。”——百年犹九鼎，一联足千秋。文体的大小与文章的优劣又有多大的关系呢？

所以，我要说，志刚先生就是一位甘以小文体，善写大文章的名家高手，这是我们平凉文艺界不该忽视的一份光荣。

**（发表于2012年第1期《崆峒》）**

# 机智的魅力

## ——从一个侧面解读柏夫先生的小说散文创作

前些年，读钱锺书先生的《围城》《写在人生边上》，深感其中暗藏的机锋，就像潮水一般在不经意间向你涌来，有时甚至会让你目不暇接、手足无措。当时就想，在现当代文学中，像钱先生这么以智慧写作的人，真是不多。近年来，时常会读到甘肃作家柏夫先生的小说和散文，虽然尚不能与钱先生相提并论，但其故事的机智、细节的机智和语言的机智，给我留下了相当深刻的印象。

一个作家的机智，一靠学养，二靠天分。我与柏夫先生曾有同一年被分配到成纪中学教书且在同一个教研组的同事之谊，也有先后在县委机关工作拥有同一个朋友圈子特别是文朋诗友圈子的同道之雅，可以说，既知其文亦识其人。在同辈的平凉作家中，柏夫先生应该是最具创作天赋的人之一。即使在多年连篇累牍的公文写作和执掌教育大县教育机关的繁重事务中，柏夫先生的才情不仅没有被淹没，反而每有创作必为精品，每有文集必夺桂冠。小说集《乡韵》甫一出版，就殊荣累累，先后获省、市最高文学奖：黄河文学奖和崆峒文艺奖，并入选甘肃省“农家书屋”。前年出版的散文集《山乡记忆》成功角逐“西部散文奖”，入选中国“农家书屋”，欣慰的是又先后斩获黄河文学奖、敦煌文艺奖，读者好评如潮。我觉得，要解读这种成功，就不得不透视柏夫在写作中的最为突出的一个特点

——机智，当然这种机智并非一时一事的小聪明，而是持久绵长的大智慧。唯有仔细阅读这些文本，静心思量这些文本，才能更深刻地理解其机智的魅力。

使用“机智”这个词语时，特别是和“机智的魅力”融为一体的时候，尽管习以为常，其义自明，但我们仍需要对其采取严谨的态度，小心地界定它。“机智”在这里不但是睿智、机灵，还包含了意趣、情韵，即行动意义上的灵动和姿态意义上的意趣。就其行动意义来说，一切语言的表达化去了操作的痕迹，一切物事和意象来得妙乎天成，这是其灵动的显现，就如古代满壁风动的曼妙传说。就其姿态意义来说，更多的是在情志方面，不仅是诙谐幽默，更重要的是意趣盎然；不仅是会心一笑，更主要的是其情投意合的领悟。

先说其故事的机智。在柏夫先生的小说散文中，到处充满着故事的机智。例如，散文《糟糠之妻》中淳朴自然的村姑到一所小学与作者相遇这样简单的故事，在柏夫的机智构思下，以一种激灵的情态向你袭扰而来。穿打补丁衣服的村姑终于成了作者的妻子，在作品中作者机巧地触及了人性中的脸面以及温情问题，妻子的补丁衣服也正是和谐婚姻的完美见证。“那年，一位十九岁的村姑走进我的视野时，我正在一排白杨树下组织小学生做游戏。当白杨树一样的她站在树下问我时，可能当时我看她太专注，以致没有听清楚她问我什么，只是盯着她膝盖上两块精致熨帖的补丁出神。”故事的机智就在于故事中常有的浪漫的“那年”一样，正是这个穿着补丁的姑娘萌生了他们的爱情。“出身贫寒的我一闪念之间便对这位不趋时尚、衣着朴素的村姑生出几分好感。她见我死盯着她，脸一红说，问你话你不说尽看什么呀你！说着腰一扭别过身去，一条长辫子便忽悠一下划过一条弧线，辫梢正好落在她臀部那个圆圆的补丁上，我的心也跟着忽悠一下，也正是在这一忽悠之间，我青春的心便第一次受了那种神秘的启蒙。”这个故事的机智让人不禁拍案叫绝，也正是那个“补丁”成为作品中“我”和村姑爱情与婚姻的青鸟。再如，在小说《人事》中，通过几位副主任觊觎刚升任副县长而空出的经委主任职位的“勾心斗角”，使官场中小角色的心态在本身并不复杂的故事中展露无遗，读之让人忍俊不禁。老钱苦熬多年，对经委主任的职位是抱着“苦媳妇熬成婆”的心理，抓成绩等着扶正；小李主任是关键时刻还要靠媳妇“秋天的菠菜”，得了吴县长的许诺更像是吃了定心丸；军转干部孙副主任早就给领导送了鹿鞭、锁阳之类的壮阳药，等着接任正职呢。喜剧性的是三个人都在得到吴县长许诺推荐的期待中暂时受用，吴县长却从“政治需要”考虑，并没有推荐他们三个中的任何一个。在其机智的故事架构中，我们体验到一种超然的亢奋，这是官场中凡夫俗子的凡俗人生，却又有着极其荒诞的生存状况。又如，在小说《离乡》中，作者描写了一位“凤凰男”的生存尴尬，当乡下的母亲要来城里侍候将要分娩的儿媳时，儿媳就“带她到医院进行了全面的身体检查，连血液大小便都检查了”，娘被彻底感动，逢人就夸还是媳妇孝敬她，“其实，只有我心里知道，芙蓉是怕娘给我们的宝贝儿子传染疾病。”至此，一个任性自私而又工于心计的儿媳形象已经刻画得比较到位了，但后来随着孙子的长大，婆婆利用价值的丧失，公公要来城里接走时，不料一波又起——儿媳亲热地跑过来，拿出一个抗非典时买的小喷雾器，

要给公公消毒。这对乡下出身的父子俩来说，无疑是一个奇耻大辱，正当结局不知如何收场时，婆婆把责任全揽在自己身上，说是她让儿媳这么做的，怕公公刚从车站上来沾上禽流感什么的，会传染给孙子。经婆婆这么一说，儿媳这下才知道，当年自作聪明给婆婆体检身体的把戏，婆婆早就非常清楚了，只是从来没说破。在故事的推演中，没料到公公为了打破尴尬，拿过喷雾器自我消毒起来，而且孙子觉得好玩，就和爷爷相互喷了起来。在一系列连贯故事的层层递进中，乡下人高度自尊和高度自卑的矛盾冲突，以及三代人各自的性格一下子变得立体而又丰富起来，使这篇小说水到渠成般地超越了一般意义上的故事叙述，进而达到较高的艺术水准。

再说其细节的机智。细节关乎作者的才情，作品的细节在很大程度上决定着作品的生命力。在柏夫的作品中，到处体现着在细节处理上的机智。例如，在散文《糟糠之妻》中妻子的补丁衣服就特别具有细节的魅力，使得妻子天然质朴的村姑形象跃然纸上，再通过妻子理解体贴的言行，使这样一位出身农村但心灵美丽的女性形象鲜活起来。再如，在小说《红纱巾》中，在赵寒柏处长因被监测出疑似艾滋病毒而出现了人生和仕途的拐点时，作者把他放置在大家避之唯恐不及的情境中，人物处在冲突的焦点，故事由此展开。而作品中对细节的处理很见功力，红纱巾这个细节的出现，平添了故事的机智，它让赵寒柏不断去臆想到底是哪位异性朋友鼓励他的。在对市府分来的女研究生的分析中，设置了这样一个有趣的细节——服饰问题，因为批评职业女性的着衣问题而和那个年轻的女研究生发生了误解和龃龉。诡异的是他又和红纱巾联系在一起，细节之机趣、之精妙不由人惊叹不已。又如，小说《离乡》，当儿媳嫌从乡下来的公公脏，把孙子从公公怀抱中拉出后，“爹的胳膊还保持着一个僵硬的圈。与其说是爹的那种姿势是抱着一个观念中的孙子，还不如说是抱着一个农村老人来到城里的尴尬。”“一个僵硬的圈”，这几个字的细节，真是字字千钧。

最后说其语言的机智。语言不仅是人类重要的交流与沟通的工具，更是人类的精神家园。通过语言，人的思维才得以回到最为本真的存在。语言引起的情感反应有无数种，或亢奋、或激动、或喜悦、或悲恸……语言给人的感觉完全是不一样的，这也就是叙事中语言的力量所在，思之存在到言之存在就这样一路纠结在一起。在随笔《土炕》中以看似娓娓道来的笔调，描画出由乡里人蜕变到城里人的那种从容不迫。土炕的制造过程并不难，其本身也不见得是多么值得农民像唱花儿那么歌吟的浪漫物象，但在具有恋乡情结的柏夫笔下，盘炕，这一农民生活中稀松平常的农活却变得丰盈起来，充满了诗意的温馨。土炕是天人合一的媒介，“人睡在这样的土炕上，身体和心灵都会和地气相通，睡在土炕上不只是简单地睡觉，而是在夜深人静的时候与大地进行沟通，那是一种来自四肢百骸及心灵深处的全身心的舒展和放松。”土炕不但成了治肚子疼、头疼等的良药，更是一剂治疗乡愁与失眠症的良药。在随笔《读书絮语》中，从“饮余有量徐添酒，读日无多快买书”的对联，可以参悟出“一日不读书，便觉面目可憎”这种精神拯救意义和价值。随笔《土豆》的结语犹如豹尾，作者的语言机智可见其高：“有一天拿出英语书来看，发现英语中的‘伟人’这个单词是这样写的：big potato，直译过来就是‘大土豆’或者‘大

洋芋’，我想，这英美人幽默得也太过分了吧，竟拿‘伟人’开涮！”“后来一想也有道理，试想，一个人，无论你多普通，也不管你多有能耐，如果能够真正具备这种‘土豆精神’，平时不处处表现自己，深藏在泥土之中，默默无闻地成长，悄悄地丰富自己，甘于寂寞，不事张扬。同时，又能够像土豆一样，与自己周围的人搞好关系，融洽相处，合作共事，能善待同事，不显摆自己。耐得干旱，受得贫瘠，小角落里待得住，大场合上能出手，这不就成了‘big potato’！”在随笔《土话》中，作者写道：“因为方言由于某种政治因素完全可能上升为官话，方言也完全可能上升成为普通话，而土话则没有这种幸运。”“土话，是每一个人最先学会的话，也是每一个步入官场的人最先需要忘记的话，同时也是每一个人一生中最后最爱说的话。”“土话是每个人最初的真正的母语，普通话和官话只能是土话的后代。”由乡下老太太随口说出的一个词“廊檐”，作者就可得出这样略带自嘲的结论“因而，这‘土话’中留下来的蛛丝马迹，不就成了我们祖先‘曾经阔过’的有力证据吗?”一篇4000多字的随笔，这样的文字比比皆是，真是妙语连珠。其他如小说《红纱巾》中对“组织”一词的解读，可谓神来之笔：“组织是一架机器。非常有意思的是‘组织’这两个字都是绞丝旁，它可以把毫不相干的人捆绑在一起成为班子成员，以利于大家同舟共济；同时，它又可以把非常直接的事绕上几个弯子，以便于大家不知所以。于是，组织就更显得神秘难测而不可理喻。”在柏夫笔下，这样的例句可以找到许多，这不仅是学养的沉淀，也是才情的释放，充分显示了柏夫先生驾驭语言的深厚功力！

柏夫先生故事的机智、细节的机智、语言的机智以及纯熟应用这些机智，使读者不得不去思考。深思这一现象，柏夫作品中弥散的悲悯情怀和对现代性的悲观正是这种机智的源头。快速逝去的乡土对于曾经生活在乡间的人来说，是常常在梦中呼唤的热词，更是梦醒时分的唏嘘。可以说，柏夫先生在文本中建立起坚实的机智意象，不仅是大地念想的化蝶，更是人生超然锐敏的情态。

二〇一二年十月

**（发表于《飞天》2013 年第 2 期）**

# “三颗心”中的道与技

## ——读陈光泰摄影集《旷野》有感

陈光泰先生是平凉成长起来的本土摄影家，对他这一代之前的摄影者来说，平凉摄影可能除了更多以实用为目的外，照相机作为特别稀缺的“洋玩意”，还远远没有得到较好的推广和普及。平凉摄影真正能够接续前辈，并将这门艺术推而广之的应该是20世纪三四十年代出生的、包括陈光泰先生在内的这一批摄影家。与五六十年代出生的平凉摄影家群体相比，他们虽然人数较少，但承前启后，真正把摄影从实用更多地转向为艺术，并发挥“传帮带”作用的探索、实践和功绩却会永远铭记在平凉摄影史上。这是陈光泰先生和他们这一代平凉摄影家共同的荣誉。

陈光泰先生的工作环境从乡镇到县上，再到市上；职业生涯从乡镇干部到企业高管，再到经济主管部门领导干部，人生阅历丰富，业余生活充实，2003年当选为平凉市文联兼职副主席。作为在平凉有实力、有影响、有代表性的摄影家，他不仅一直站立在摄影艺术的前沿阵地，而且为平凉摄影队伍的团结、和谐，为摄影事业发展、提升，做出了应有的贡献。我曾经给平凉市摄影家协会写过这么一句话：“师表德先于艺，君子和而不同。”陈光泰先生堪称这样的师表和君子。

《旷野》是陈光泰先生从事摄影艺术几十年来的第一本个人作品集，也是他从多年积累的大量图片中精挑细选出来的平凉第一本以野生动物为对象的专题摄影集。这不仅是对作者多年从事摄影艺术的一个丰厚的回报，也是平凉摄影事业一个具有独创性的收获，不论对作者自己，还是对广大摄影界朋友来说都是一件让人振奋、鼓舞的喜事。

在琐碎忙碌的工作之余，纵览《旷野》这本摄影集，随着一幅幅图片的翻动，或鸟翔高天，或兽奔大荒，或充满温情，或充斥惨烈，自己就像一个跋涉在山道上的旅人，突然间在峰回路转、柳暗花明之际，眼前展现出一片广袤的旷野，心绪也会随之平静、舒缓下来，享受难得的片刻闲暇。我觉得，这本摄影集之所以能有这样的阅读效果，得益于作者的“三颗心”。

第一颗心：平常之心。佛典上说，参禅悟道，无门可入，一旦真入，只得平常。这平常，不是一般意义上的平常，而是人生修炼到一定程度才能经常持有的一种常态，是一种维系终身的处世哲学。多年来，陈光泰先生始终保持一颗平常心，对人对事既尽力而为，又顺其自然，以他特有的醇厚、温和的个人秉性和乐观、向上的人生态度，在自己的工作岗位上干出了一番事业。尤其难能可贵的是，他还在成功的职场之外，开辟了不同于其他官员的第二事业——摄影，用摄影丰富人生，也让人生更加精彩。尤其让我感动的是，虽然他在艺术追求上“食不厌精，脍不厌细”，但在生活中却始终保持着朴素、低调的生活状态。当人们问及他为什么这样钟情于摄影时，他的回答竟然一点也不艺术，他说：“摄影的行当决定了摄影者必须一直行走在户外。多年来，摄影不仅带给我快乐的心情，而且带给我健康的体魄。”在他看来，摄影就是他的“金不换”。而把摄影这个在别人眼里费钱费力的苦差事能当作“金不换”的人，一定是远离名利场、秉持平常心的人。

第二颗心：慈悲之心。拜读《旷野》，可能会给人们一种

错觉，认为陈光泰先生镜头对准的只是野生动物，其实，这只是他摄影生涯中最为精彩，也最为集中的一部分而已。他能够调转镜头，十几年如一日去关注野生动物，这源于他由平常心而衍生出的慈悲心。所谓慈悲，慈者，就是与众生乐；悲者，就是拔众生苦。这是无条件的、平等的，超越世俗而不以功利为目的，对大千世界中芸芸众生（包括大自然和动植物）所寄予的一种感同身受的情感。当我们看到他镜头中出现的众多的野生动物，不论是猛兽，还是飞禽，既有偶尔的厮杀和血腥，但更多的是让人心头一热的天性和温情。当人们在熙来攘往的红尘中奔走时，陈光泰却情有独钟地把镜头对准另一个世界，去记录它们的行踪，观照它们的生活，反映它们的情感，快乐着它们的快乐，忧伤着它们的忧伤，这种爱，是大爱，也是博爱。如果世间的人们都能有这种爱，我们的世界就会多一些和谐和美好。当然，这个目标过于理想了，但好在陈光泰先生把他这种“博爱平等”的经历用摄影集的形式分享给了大家，这种教化的意义就已经远远超出了一个摄影家把它作为个人爱好的范畴。

第三颗心：聪慧之心。陆游对他的儿子说：“汝果欲学诗，功夫在诗外。”这句类似于家传秘笈的经验之谈，其实就是讲诗歌创作中道和技的关系。上述所说的“平常之心”和“慈悲之心”其实就是“道”，即创作的前提和思想，而“聪慧之心”则是“技”，即创作的技法和艺术。如果没有足够的“技”，那么“道”就无法得到充分的体现。陈光泰先生作为平凉老一辈摄影家，正是这样一位有思想的手艺人。在这本摄影集中，我们既能看到角马群过河、非洲狮捕食等惊心动魄的画面，也能看到大象漫步、火烈鸟集会等宏大壮阔的场景，更能看到飞禽走兽们母子情深、同族或异族间友善亲和的特写，在这些可遇而不可求的拍摄瞬间，作者以多年练就的一双慧眼和得心应手的拍摄技巧，调动了摄影艺术所特有的关于角度、焦距、光影等艺术积累，快门一闪，则定格瞬间精彩。所以，我们从这本摄影集中，读到的就不仅仅是一张张精美的画面，而且还有拍摄者的所思所想、所感所悟，因为这些图片告诉你的，除了视觉美，更有内涵美。我觉得，这是摄影家和摄影爱好者最大的区别。

陈光泰先生自 2009 年退休后，“久在樊笼里，复得返自然”，多半生的业余爱好就成了后半生的主业。60 多岁，对艺术家来说，正值生命的盛年，我们期望他创作的又一个黄金期的到来，也期望他为人们奉献更多既有艺术性、又有思想性的精品力作。

**(发表于 2016 年 5 月《平凉日报》)**

# 两条古道　一方热土

## ——三集纪录片《古道崇信》观后

近日，由中共崇信县委和中国甘肃网联合出品的三集大型人文纪录片《古道崇信》，在央视综合频道成功播出，受到业界和广大观众的一致好评。这部由甘肃本土团队创作并登上央视高端平台的纪录片，不仅为方兴未艾的甘肃纪录片大省建设再添力作，而且也为县区乃至基层借助纪录片这一国际化语言宣传推介当地文化旅游资源趟出了一条路子。

《古道崇信》共三集，由《厚土》《古城》《新韵》组成。综观该片，视野开阔，内容厚重，囊括了几千年来这块土地上发生的重大历史事件、形成的重要人文资源和广为流传的民间艺术，以及当代人创造的日新月异的经济社会发展成就。同时，就创作手法而言，布局精巧、引人入胜，善于从大处着眼、小处着手，通过一个个名垂青史的历史人物和生动鲜活的当代普通人物，以讲故事的方式，娓娓道来，时空交叉，互文见义，凸显出崇信人的文化自觉和文化自信。

片名《古道崇信》，显然一语双关，既指崇信作为丝路重镇、唐蕃要塞之物质古道，也指崇信人历来尊崇信义、继承传统之精神古道。这两条古道，集中体现在前两集《厚土》和《古城》中。第一集《厚土》，以传统农耕文化为主题，从一个普通农民的日常劳作开始，引出公刘在汭河流域创造农耕文化的悠久历史，再通过遗落在崇信的一件件文物，来印证这一方土地的历史厚度，穿插其间的，还有窑洞的记忆、民歌的传承、饮食的特色等这些最能体现崇信人留住乡愁的农业文明和风土人情，让人不得不慨叹厚土之厚。第二集《古城》，以李元谅修筑崇信城为主线，以一线串多珠，不仅突出了崇信古城在整个唐王朝的战略地位，而且通过流传至今的跑旗、弦子腔、点灯背猴等独特的非物质文化遗产，展示了古丝绸之路上这个陇东小城的历史传奇和遗风余韵，让人为古城之古而怦然心动。到第三集《新韵》，推陈出新，关注当下，是站在厚土的古城之上，以“千年古槐王”等四棵奇树为引子，来俯瞰当代人对这块土地的深情和敬意、活力与创造，让人对这方热土的新韵之新而感同身受。

甘肃历史悠久、文化灿烂，其文化遗存在全国也名列前茅，作为“公刘故里”的崇信自然也不例外。几千年来，不仅在汭水河谷升起了中华农耕文明的曙光，而且作为丝绸古道上的一个重要驿站和军事要塞，也得到了历史的眷顾和馈赠，累积了丰厚的自然人文资源。要在三集纪录片中，将其上下五千年的历史文化和当代经济社会发展予以全景式的展示，难点在内容的取舍，而重点在表现手法的优劣。

就内容剪裁来说，开掘富矿，提炼精华，撷取其中最能代表本土特色的公刘农耕文化、李元谅军垦文化，以及一系列丰富多彩的民俗文化、方兴未艾的产业开发，通过扒梳归类，合理分集，各有侧重，建构起整个纪录片坚固的四梁八柱，巍然屹立。然后，再选取与本土历史文化有着不解之缘的当代文化人、农民、非遗传承人等各色人等，以他们饱含温情的故事和出镜讲述，来注解和充实对历史文化的表述，就如同给一个建筑物装上墙壁、门窗和飞檐斗拱。同时，关于这些文化要素的梳理和表达，都是基于学术而兼顾艺术，在于史有据的前提下

追求最适合传播的表现方式。

就表现手法来说，该片最大的特点是善于运用影视语言来解读地域文化。首先是百姓视角、平民表达。一部以反映历史文化为主的纪录片，之所以能让观众看得津津有味，就在于摒弃了一本正经的学术报告、高高在上的理论灌输、喋喋不休的广告宣传之类的陈旧方式，始终站在观众的立场，深入宏大叙事之内，化整为零，各个击破，用他们听得明白、看得真切、记得牢靠的一个个小故事，古今相参，相互渗透，既还原历史真相，又展示当代人的风采。其次是精彩镜头、工匠精神。纪录片作为一门以视角为主的综合艺术，镜头语言显得尤为重要。该片的一幕幕画面既有储量的丰富性，也有品质的卓越性，仅从四季不同的自然景观看，拍摄时间至少在整整一年以上（实则两年），由此可以体会到摄制者所占有素材的数量之多。正因如此，后期剪辑就可以如切如磋，如琢如磨，在一汪清泉中应付裕如地舀取一瓢了。同时，随着近年无人机技术的普及和提升，该片以成功的航拍镜头，展示了崇信山川大地的雄浑与壮美，无怪乎连当地人都产生了“当惊世界殊”般的震撼。

两条古道远，一方热土兴。《古道崇信》的成功面世，必将为外界了解崇信、走进崇信做出权威的导读，也必将为崇信走出甘肃、走向世界提供自信的力量。

**（发表于 2019 年 6 月 2 日《甘肃日报》）**

昔者舜問於堯曰天王之用心何如堯曰吾
不敖無告不廢窮民苦死者嘉孺子而哀
婦人此吾所以用心已舜曰美則美矣而未大
也堯曰然則何如舜曰天德而出寧日月照
而四時行若晝夜之有經雲行而雨施矣
曰膠膠擾擾乎子天之合也我人之合也
夫天地者古之所大也而黃帝堯舜之所
共美也故古之王天下者奚為哉天地而
已矣

莊子外篇天道摘句

務本西李世恩書

| 临傅山小楷《庄子》摘句

# 坎坷艰难修行途

## ——《“蹇骧·田野考察艺术项目”文献档案Ⅲ》读后

几年前，曾看过一部以辽宁海城大悲寺全体僧团行脚乞食（即佛教苦行之一“头陀行”）为题材的纪录片《古道清凉》，其所有镜头均由随行居士现场实拍。这一众身着百衲衣托钵远足的苦行僧，在寒风冷雨中负重而行，目光澄澈，步履坚定，那种超脱凡尘、陶然忘机的行走，真像一群不知道苦难为何物的仙界中人。

是的，能把现世的苦累变为修行的美学，只有心中有信仰的人才能做到。近读刘建国先生惠赠《“蹇骧·田野考察艺术项目”文献档案Ⅲ》（平凉、天水站）及其所附《华马深木版年画》《手稿和作品》，我的第一反应就把建国他们与大悲寺僧侣的头陀行联系到了一起。

皈依佛门是人所共知的修行，而行走于山川大地的艺术考察又何尝不是另一种修行呢？

我不知道平凉青年学者刘建国、林兴旺二人是怎样与外地学者胡俊峰、乔椋、丁海斌、陈量等同人走到一起的，也不知道他们在茫茫人海中能同声相应、同气相求究竟有着怎样的因缘际遇？但可以肯定的是，此声此气，必然是那些散落在广袤田野上的文化遗存和民间艺术。而那些文化遗存和民间艺术，你如果记录了、抢救了，或许并不能增加其自身的价值，也不一定会给劳作者带来更多的好运；但如果你不记录、不抢救，一定会自生自灭，以至于无影无踪，好像在这世界上从来没有发生过一样。

“蹇驤田野考察艺术项目”是由国内书法界名家胡抗美、曾翔、朱培尔为学术主持，由散居全国各地的年轻艺术家自愿组合、共同发起的民间学术考察行为。这次以甘肃平凉、天水历史遗存和当地民艺为对象的考察，是继山东曲阜（Ⅰ），河南沁阳、巩义（Ⅱ）之后的第三次艺术苦旅。仔细拜读这部由陈量主编、陕西电子音像出版社正式出版的“蹇驤”Ⅲ，我不仅为他们取得的丰硕成果而称羡不已，更为他们一路执着前行的苦修精神而感佩再三。

就其考察成果而言，首先是有本次考察六人组呈上的集体作业《土地猎圣之光》，内含每人一题一篇关于泾川百里石窟长廊、华亭安口窑和石拱寺、庄浪朝那湫和云崖寺、武山拉梢寺和千佛洞水帘洞、武山县博物馆系列文物、武山县民间艺术的考察报告，他们用艺术家第一现场的观察和感受，发现了新线索，提出了新问题，道出了新见解，可谓不虚此行。同时，他们还将平时所写有关陇上民间雕塑、汉代印章、木偶戏团、安口窑、摩崖石刻等题材的论文，合为一辑“研究与批评”，这些论文，与他们的田野考察报告一样，并非坐在书斋里的东拼西凑，而是挂着汗珠用脚板丈量出来的鲜活文字，虽然有些地方还略显粗疏，但没有沾染那种老生常谈的陈腐气和自以为是的学阀气，自出机杼，各有千秋。该书作为田野考察记录，还附录了一些珍贵的花儿歌词、考察日记和大量精美图片，这些在民间司空见惯甚至一文不值的“玩意儿”，一经艺术家的妙手裁成，如同洗掉泥土的精美陶瓷，焕发出迷人的光彩。该书的最后，是以“关于田野考察的方法”为主旨的访谈研讨，大家以平常心说家常语，体现出他们对于历史遗存和民间艺术

的理解、见地和追求。同时，在该书之外，另附两本小册子，一是关于“华马深木版年画”的概述、调查和彩图，称得上对华亭马峡乡深沟村木版年画的深度解读和全面展示，颇具民艺调研的示范意义；二是“蹇骧”同人们的手稿和作品图片（含手迹、书法、绘画、篆刻、木刻画等），从中可以看到他们独立不迁的个人品格和不同流俗的艺术才情。整个书籍，内容厚重，视野广博，设计独特，匠心独具，是一部难得的沉甸甸的民间学术考察成果集。

“蹇骧”同人的田野考察艺术项目，并非有关部门立项，自然也不会获得充裕的资金支持，就在熙来攘往的名利客洪流中，这些民间学术人以“虽千万人吾往矣”的勇气和担当，逆流而上，如苦行僧一样，作“头陀行”之旅。期间食宿行脚的花费，考察联络的作难，不用细说都可以想见。特别是考察成果的正式出版、西安发布会的成功举办，所费不赀，对这些非富非贵的民间清流而言，若非平日里节衣缩食，集结时慨然解囊，是断难成功的。由此，我们可以肯定地说，这是一群从内心深处挚爱着这片土地的人，他们淡泊名利而执念于文化，其行为足为义举，其成果堪称功德。

“蹇骧”Ⅲ的考察动议，或许与刘建国先生近几年致力于安口窑艺术乡建社的创举有关。这是一个在废墟上建造艺术宫殿的浩大工程，建国以一己之力，作愚公移山之事，其艰难困苦，非亲历者难以体会。由此我想到孔夫子赞叹得意门生颜回的那句话：“贤哉回也！一箪食，一瓢饮，在陋巷，人不堪其忧，回也不改其乐。”

民间学术人中不乏“千里马”，只要有能力、有激情为地方文化做贡献的人，无论体制内外，都应当得到同样的重视和礼遇。要让马儿跑，就得给马儿草。如果有关部门的视野再开阔一些，支持再慷慨一些，甚至能从公家的马槽里匀一点草料给野外的“千里马”，何愁地方文化事业不勃兴繁荣？

最后，谨摘录纪录片《古道清凉》中的一段主题歌（妙祥法师《鞋勘破》），祝愿“蹇骧”同人们风驭载翔，天衢腾芳。

关山万里
鹫岭在尘寰
任凭风雨寒
你把足迹写在大地山川
一身钢骨两拳空
流水行云任我闲
坎坷艰难修行途
流水行云任我闲
流水行云任我闲
脚步不停留

二〇二二年一月十二日于平凉

第二辑

SONG MAO BAI YUE

# 卷首：松茂柏悦

# 《崆峒》，再造平凉文化新的高峰

崆峒，聚山川胜迹之灵气，汇人文历史之精华，是天下名山，平凉骄傲！

但作为一个具有悠久历史、灿烂文化的地方，平凉仅仅有这样一个地理意义上的崆峒，用它来招徕游客、带动旅游，还是远远不够的。我们需要另一个文化意义上的崆峒，用它来承载历史、昭示未来，用它来接续文脉、发展文化。这，就是从现在起开始复刊的《崆峒》杂志。

创办于20世纪80年代中期的《崆峒》杂志，曾经在繁荣地域文化、培养文学新人、宣传推介平凉等方面发挥过重要作用，至今为当年的文学青年们所怀念、所感激。但是，由于种种原因特别是经费不继的窘困，它在绚丽了短短的几年之后就销声匿迹了——《崆峒》不再，平凉文艺界在寂寥之中翘首以待！

令全市广大文艺工作者无比欣喜的是，随着文化大发展大繁荣的历史号角嘹亮吹响，平凉也描绘了加快文化名市建设的宏伟蓝图，这其间饱含着多少殷切的企盼、多少良好的机遇、多少倾情的支持，平凉文艺界迎来了又一个桃红柳绿、燕语莺声的春天。在新一届市委、市政府的关心支持下，新的《崆峒》杂志终于应运而生——她无须盛妆、无须张扬，也无须鞭炮和礼花，只是迈着稳健的脚步，低调而又自信地走向读者、走向社会、走向未来。

我们见证过片面强调物质发展，而缺失文化和精神支撑所带来的失衡后果。复刊的《崆峒》杂志，就是地方文化构建中一个清醒的自觉。这是平凉文艺界得天时、占地利、聚人和所发起的一次新的文化造山运动，我们期望新的《崆峒》杂志是能够与崆峒山比肩而立的另一座新的文化高峰。为此，我们将奋力攀登，负重前行，立足崆峒之巅，以目极万里的开阔视野，以海纳百川的宽广胸怀，把《崆峒》杂志办成一本立足平凉、面向省内外，致力于涵养平凉文脉、提升特色品牌、滋润读者心灵、扶掖后起之秀的以文学艺术为主、兼具人文特质的文化类杂志，并极力彰显其独特的文学性、学术性和实用性——这是传承地域文化，繁荣一方文艺，亦关涉乡土、时代、生存和风俗等方面的一个深刻命题。

文无定法，诗无定律，刊物亦无定式。在办刊过程中，我们不以体裁定主次，只以品质论英雄。只要是能够让读者在阅读中会心一笑，进而明白真、知道善、懂得美，只要是能够为平凉文化建设添一砖一瓦、一木一石，只要是有益于世道人心、有益于平凉文化的继承和发扬，不论文坛耆宿、学界名流，抑或文学新人、民间艺人，都可以用血肉丰满的精神个体，在《崆峒》尽情地表达自己的思考，展示自己的才情。我们将不惜版面、重点推出，且乐此而不疲，努力而不懈。

不知道《崆峒》能否代言平凉、代言平凉文化，但我们相信在崇尚软实力的时代，有文化就是有实力！只要《崆峒》能成为平凉文化的一部分，《崆峒》就会成为平凉一个新的文化符号，成为平凉又一道文化风景线。我们有理由相信，《崆峒》一定会成为您真诚的朋友，成为您精神的家园，成为您心灵的栖息之地。

复刊之后，我们必然会面临许多诸如财力、人力等方面的困难，我们在衷心希望社会各界关心、支持和帮助的同时，将以高度的文化自觉、文化自信和道义担当，毅然肩负起发展和繁荣平凉文艺事业的神圣使命，面向未来，携手共进，再造平凉文化新的高峰！

（《崆峒》2012 年第 1 期）

野寺根石壁諸龕徧崔嵬前佛不復辯
百身一莓苔唯有古殿存世尊亦塵埃如聞
龍象泣足令信者哀使君騎紫馬捧擁自
西來樹羽静千里臨江久裵回山僧衣襤
褸告訴棟梁摧公為顧師徒咄嗟檀施
開吾知多羅樹却倚蓮花台諸天必歡喜
鬼神無嫌猜以茲撫士卒孰曰非周才窮子
失静處高人憂禍胎歲晏風破肉荒林寒
可回思量苦自哂同嬰孩
摹傅青主诗帖 務本堂李世恩

临傅山小楷《杂诗》

# 《崆峒》问答录（一）

问：《崆峒》杂志作为市级文艺刊物，自复刊以来，作为编者你们自己感觉水准如何？是否达到了预期的目标？

答：到本期，复刊后的《崆峒》已经出版到总第5期了。纵览这5本杂志，虽然还有许多不尽如人意之处，但总体感觉基本就是我们预期的那种状态，或正在向这种状态发展。刊物有级别，但刊物水准没有级别。既然有一些级别较高但水准平平的刊物，那么就一定有一些级别不高但水准较高的刊物。我们的《崆峒》应该有跻身于后者的自信和实力。所以，可以欣慰地说：我们无愧于复刊词"崆峒，再造平凉文化新的高峰"中所提出的"涵养平凉文脉，提升特色品牌；滋润读者心灵，扶掖后起之秀"这样一个办刊宗旨。

问：你们在选稿用稿方面有何要求？

答：像所有文学刊物的编辑一样，我们欢迎有思想、有才情、有生命力，能使刊物洛阳纸贵的稿件，此不赘述。《崆峒》的选稿用稿还有不同于其他刊物的特点，这可以用两个关键词来表述。一个是"平凉元素"，即所选稿件基本上都是平凉或在外地的平凉籍作者的稿件，或者外地作者（包括名家）写平凉题材的稿件。也就是说，不论是作者，还是作品，都必须有明显的平凉印记。之所以画这么一个小圈子，不是我们没有一种开放的胸襟和包容的心态，而是由我们的办刊宗旨所决定的，只能以繁荣地域文化和培养本地作者为首要任务。另一个是

“原创首发”，即所刊登的稿件必须具有原创性，且是第一次发表。之所以提出这样的要求，主要是希望保持刊物的新鲜感，激发刊物的原创力，增强刊物的吸引力。反过来，如果呈现给读者的是一碗碗“剩饭”，这不仅关乎刊物的尊严，更要命的是食客也就门可罗雀了（“精品回放”这类栏目则另当别论）。

问：《崆峒》在践行办刊宗旨上有哪些亮点？

答：一个好刊物应该是一所好学校。复刊以来，在倡导和鼓励精品创作方面，我们推出了一部分受到外界充分肯定的作品，如柏夫的《远村》、杜旭元的《枣木匣子》，先后被《作品与争鸣》《小说选刊·增刊》发表，另有李满强、王晓燕等多人的作品在其他较有影响力的刊物发表。在培养文学新人方面，我们对刚刚走上文学之路的新人们高看一眼、厚爱一分、优先一步，不惜版面先后多次推出了“平凉 80 后诗选”“平凉 80 后散文选”，本期还有“平凉 90 后诗选”等，表现了我们对新人新作的热切期待。同时，在编辑策划方面，我们有时邀约名家、有时重点推介，尤其是对一些有特点的作品加按语、写短评，追求作者、编者和读者的三方互动。这里面有推介、有交流、有引导、有导向，体现了一本严肃刊物尽可能沉一些的社会担当和文学使命。

（《崆峒》2013 年第 3 期）

# 《崆峒》问答录（二）

问：你们怎么喜欢用问答的形式表达自己的想法？

答：除了与朋友们偶尔交流办刊的情况外，其实还真没有人刻意提几个问题来问我们的。这些年文坛寂寞，小地方更显沉寂，如果编者自言自语会貌似神经，姑且一问一答似乎还能增添些许热闹。因为平时约稿编稿谈稿评稿过程中，总会听到大家这样那样的意见和建议，所以拉拉杂杂地以问答的形式把这些意见建议和盘托出，正好也是编者、作者、读者三方的一种互动。其实，采用这种问答体，还可以理解为一种偷懒的办法，因为这种文体：一是可以不讲究穿靴戴帽、起承转合，如说家常，不必矫饰；二是有话则长，无话则短，比较随意。

问：你对前五期杂志所配评论有何看法？

答：纵观各级文学刊物，没有哪一家像《崆峒》一样几乎篇篇都要配发短评（个别还真不短）。这是我们的创意，也是《崆峒》的特点。之所以要这么做，是作为基层刊物，除了要效法大刊名刊推佳作、出新人外，还要发挥一个重要的功能，即让评论引导创作、让刊物培养作者。这些评论一般都是由编辑分配给经常联系的一些朋友撰写，客观地说，这些评论大都言之有物、切中要害，发挥了应有的作用，但是有些评论仍然显得有些仓促、单薄、肤浅，甚至谄媚（肤浅犹可说，谄媚则不可活。谄媚之评大多或经删节，或未予发表）。虽然《崆峒》是一本内部刊物，但它仍然设有门槛或门槛较高。我们认为只要是有传播功能的东西，它就是一个社会公器。对，就是“社会公器”，就是这个关键词。只有把它当作社会公器，下笔时才会三思而行，才会有想法，有担当，无虚语，少谀词，持论公允，有助于作者，有益于教化。所以我们真诚地呼唤风正气足、清新刚健的评论。

问：能不能改进评论的形式？比如不要篇篇必评，而是对重点作品进行集中评论？比如不要文后附评，而是在下一期编辑一组评上一期的稿子？

答：谢谢（不只是出于礼貌）！都是建设性意见，定当消化吸收（不会是官话套话）。

问：2013 年我们订阅了 4 期《崆峒》，但只出版了 3 期，今年有何打算？

答：出版迟了，是因为没有专人编辑，误了进度，但并没有赖账的意思。本期虽然是 2014 年的第 1 期，但主送的还是去年订阅的所有单位和个人。呼吸着诚信稀薄的空气，我们觉得诚信比文学更加珍贵。另外，因为没有专门的办刊经费，我们将多方筹措，确保每年至少能出版两期。下一期，将不再征订，而是面向市内外免费赠阅，尽量让杂志能到达真正喜欢它的人手中。虽是敝帚，可我们以明珠视之，不愿暗投。

问：复刊以来，你们最感动的是什么？

答：有一位在南方某城市退休的平凉籍学者，在得知《崆峒》没有专项经费时，要慷慨捐资，虽然我们婉谢了老人家的好意，但也拜领了这一份关爱的心情，令人温暖。另外，年初有很多单位和有关县上打来电话，主动要求征订杂志，不以此为负担，反以此为义务、鼓励和希冀，令人动容，并让我们从内心感到我们正在做着的这件事还真是有益于世道人心的好事。

（《崆峒》2014 年第 1 期）

# 文联乔迁公告及其他

2015 年 6 月 14 日，时近端午，序属孟夏。平凉市文学艺术界联合会机关喜迁新居——从崆峒区文化街 29 号 2 层搬迁到新城区绿地广场西侧文广大厦 8 层。变了的是房子，是通信地址，不变的是人，是职责，还有和大家经常联系用的邮政编码、电话号码和电子邮箱。特此奉告各界，敬希周知。

乔木莺迁，栋宇聿新。此前，因办公用房置换所发生的种种插曲都已在谈笑中烟消云散，我们将面向未来。

面向未来，我们要有新眼界。出幽谷而迁乔木，别旧居而筑新巢，在新的起点上，就应该翱翔云天，不因腐鼠成滋味，共与鸿鹄而高翔。虽然我们是基层的文艺团体，但决不能妄自菲薄，而要志存高远，力求以广阔视野和全局意识，思接千载，视通万里，认真把握文艺界的舆情和动态，深刻体察文艺界的思潮和特征，勇立在波澜壮阔的当代文艺发展的潮头，见贤思齐，为我所用，给平凉文艺插上飞翔的翅膀。

面向未来，我们要有新风尚。家有家风，行有行规，一个单位也有其多年形成的特点。如今，乔迁新址，门楣焕然。我们要继承优良传统，摒弃陈规陋习，许身文联事业，振奋精神，不辱使命，以“俯首甘为孺子牛”般的一颗诚心，加强与各界的沟通，扩大与外界的交流，满腔热忱地为广大文艺工作者服好务，尽心竭力地为平凉文艺事业领好头，真正把文联机关建成温暖和谐的文艺工作者之家。

面向未来，我们要有新作为。平凉是一块文化底蕴十分深厚的土地，古风浩荡，历久弥新；平凉也是一块发展潜力十分巨大的土地，人民勤劳，社会和谐。对文艺工作者来说，丰厚的地域文化和火热的现实生活是我们取之不尽、用之不竭的创作源泉。面对新机遇、新挑战，我们既要眼睛向外，又要眼睛向下，发掘我们脚下的这座富矿，创作出像大型六集自然人文纪录片《西北望崆峒》、歌曲《神仙留恋的好地方》那样既有时代气息，又有平凉特色的文艺精品。

华屋非贵，天下为忧；单位虽小，定位须高。登斯楼也，东迎回山紫气，西闻崆峒晨钟；泾水玉作带，柳湖翠为屏。不有佳作，怎能抒发新时代平凉文艺家的一片情怀？

值此乔迁之喜，愿以此与各位同人及全市文艺界的朋友们共勉！

（《崆峒》2015年第2期）

# 假如没有《崆峒》

《崆峒》没有专职编辑，有时一忙，会把编杂志的事儿忘了。直到交付印刷的时间迫近，才加班加点。这时，往往就会突发奇想：假如没有《崆峒》呢？

假如没有《崆峒》，可以肯定的是，这丝毫不会影响平凉的GDP，也丝毫不会像无故停水停电一样闹得家家不得安生，我们的电话也不会像自来水公司、电力公司的一样被质询的人们打爆。

但既然办了这个杂志，它一定有其存在的理由。就拿本期杂志来说，反映太统山微波台群体几十年如一日坚守高海拔地区守护信号传输安全的报告文学，以及纪念中国人民抗日战争暨世界反法西斯战争胜利70周年征文选登就没有展示的平台，《塬顶上的磨坊》这个刊登在高端刊物、且沉寂了20多年的散文精品就不会让更多的人知道，《奔走在最深的红尘人间》这样由一个有着人性温暖和职业敏感的医生所写的对生命的感悟我们就无从体会，平凉青年诗歌写作的状况我们就不会直观地感受，第一次面世的很多平凉清代掌故和于右任静宁之行的珍贵资料我们就不能这么及时地先睹为快，外地学者和平凉籍在外作者与平凉的交流就缺少了一个畅通的渠道，甚至平凉明清进士罕见的墨宝也将无缘一见，等等。

除了这些，更重要的是，我们自以为：《崆峒》还是平凉文艺精品的推荐者、平凉文艺新人的发现者和平凉文艺阵地的守望者。自复刊以来，我们推出了一批后来发表在国家级、省级以上刊物的文学精品，回放了近年来经过沉淀足以代表平凉文艺水准的旧作名篇，尤其是集中刊登了一大批“80后”“90后”平凉青年文学作者，以及农民作家、打工作家的诗文，给这些刚刚走上文学创作之路的年轻才俊和在底层负重写作的人以鼓舞、以动力。当看到经由我们刊登的作品亮相大刊，我们发现的新人风头正健，我们伴着刊物前行、伴着新人成长、伴着平凉文艺不断发展的成就感就会油然而生。

而所有这些，假如没有《崆峒》，都将无从说起。

“我们不生产水，我们只是大自然的搬运工。”套用一下这个广告词：“我们不穿嫁衣，我们只是嫁衣的缝制者。”

这，就是我们自觉的文化担当，更是《崆峒》存在的理由！

（《崆峒》2015年第3期）

# 江瑞芝的意义

江瑞芝是谁?

江瑞芝是200多年前静宁州城里一位说着当地方言、过着寻常日子的女子，她历经雍乾嘉三朝，用79年走完了从大家闺秀到家庭主妇再到儿孙满堂的老太太的人生。这些，仅仅是她生命的长度，而她生命的高度在于，身处闺中却别具慧心诗才，给后世留下了一册吟唱山川、感念亲情的《蝉鸣小草》，也正因了这册诗集，使她成为明清两朝关陇地区唯一有诗作传世的女诗人。

在清代两次刊行的《蝉鸣小草》，曾经一纸风行，入选多种选本，不仅为作者赢得了莫大的荣光，也让地处西北一隅的关陇女儿顿生颜色。无奈一炬秦火，蝉鸣齐喑，待春风吹度，枯了的小草已不复再荣。这种名犹在而实无存的憾恨，例证多多，的确是乡邦文化乃至整个文化界普遍的悲哀和无奈。

今天，当珍藏于中科院图书馆的《蝉鸣小草》孤本，作为《清代闺秀集丛刊》中的一种由国家图书馆出版社正式出版时，正好碰到了大海捞针般寻觅“小草”的几位有心人。几经周折，也几经校勘，这本60多年在故土难觅根芽的“小草”，终于又植根于“娘家的”土地上。

本期《崆峒》头条，我们以先睹为快的心情，和大家共同分享《蝉鸣小草》及名家评介等相关文字，也借以探讨关于江瑞芝的意义。

江瑞芝出生于世代书香门第，其祖上自明成化朝就开始读书入仕，代不乏人。生活在这样的家庭，父兄的教育，诗书的熏染，世家之间的往来，无一不对子女的成长形成良好的引导。

特别是她的父亲有难能可贵的“矫女子不读书之俗情”的家族教育理念，教其自幼读书习礼、继承家学。历览古今，有多少高官巨富，“眼看他起朱楼，眼看他宴宾客，眼看他楼塌了”，而只有文化和精神如一脉潜流，看似柔弱，实则坚韧，即使沧海桑田，也能抗拒强力，像基因一样代代相传，不绝如缕。而江瑞芝的脱颖而出，正是书香育人的范例。

江瑞芝生活在典型的封建男权社会和偏鄙小邑，想必也自幼缠脚，但一双小脚却不能阻挡她徜徉诗的田园，于是在女红之余，“潜心探索，日事吟咏，匪伊朝夕”，为自己拓展了一方闺中女儿难以企及的诗意空间。这一双小脚，甚至也不能阻挡她挈儿将女赴津省亲的旅行，秦陇山水，燕赵风物，让这位足不出户的女诗人视野为之开阔，心胸为之一舒，诗情得江山之助。也正因有如此的诗书修养，才留下了她助父慎断狱的佳话，提出了“仁可过也，义不可过也”这样既合乎法律也顺乎人情的谏言。所以说，江瑞芝这个女性成才的标志，对今天的人们特别是女性而言仍然是一面良好的镜鉴。

平凉文化底蕴深厚，曾经出现过许多立德立功立言的乡贤，他们的著述和文化遗产是平凉文化弥足珍贵的重要内容，江瑞芝无疑是其中的一位。今天，我们以欣喜的心情迎接《蝉鸣小草》归来故土，不仅是表达对江瑞芝这位平凉诗歌的“老祖母”的敬意，更是呼唤平凉历代文化典籍能够得到更好的发掘、保护和利用。这段时间，我们一直觉得能读到《蝉鸣小草》，就像踏破铁鞋的人忽然遇到了自天而降的馅饼，我们在敬佩踏破铁鞋者的坚守和执着的同时，也祈祷更多已经失传或雪藏在哪个角落里的乡邦文献，都能像《蝉鸣小草》这个不期而遇的美丽馅饼一样，在给我们带来意外惊喜的同时，更给我们以文化的浸润和精神的滋养。

（《崆峒》2016 年第 1 期）

# 不负春风勤耕耘

泾水冰消，崆峒春来。

应和着春天款款而来的脚步，平凉文艺界人士期盼已久的市文学艺术界联合会第二次代表大会胜利召开。与会代表和全市文艺界人士沐浴着这和煦的春风，才情正与春苗共长，华章将伴百花齐放。

文艺是一个时代的风向标，也是一个地方的软实力。平凉之所以能在外界有一定的知名度和影响力，除了地缘优势和经济社会发展成果之外，一个更重要的原因是，这块因伏羲、西王母诞生于斯而成为华夏祖脉的厚土，这个因黄帝问道于崆峒山而肇启中华道源的地方，因皇甫谧、牛僧孺、赵时春、慕天颜、王源瀚等历代乡贤承前启后、继往开来的辛勤耕耘，因李白、杜甫、李商隐、李攀龙、左宗棠、谭嗣同等名家巨擘月下豪饮、马上赋诗的倾情歌咏，成为一块耸立于中国传统文化版图上的人文高地，为历代学人所瞩目，也为名流士子所神往。

但是，前贤的勋业并不是我辈坐吃山空的资本。目前，平凉文艺事业虽从者甚众、作品迭出，呈方兴未艾之势，但平心而论，尚缺乏影响深远的传世精品和引领示范的名家巨子。正如旅居海南的平凉籍著名学者、作家单正平先生在给本次文代会发来的贺信中所说的："近世以来，全球化进程日益迅猛，如同其他领域一样，文艺作品的评价尺度已不能囿于一地一国，而必须有世界眼光与情怀。以此观察平凉文艺事业，可知当作宜作之事甚多且至为艰巨繁难。”身处文艺事业繁荣发展的春天，面对全市人民的期望和重托，我们反躬自省，在深感情势之紧迫、任务之艰巨的同时，也平添了耕耘之豪情、播种之希望。

“根之茂者其实遂，膏之沃者其光晔。”有前贤奠基的深厚文化底蕴，有人民创造的火热生活，有文艺发展的强劲东风，广大文艺工作者岂能不如归山之云雾、朝海之众川，根植大地，沉潜生活，春耕夏耘，创造星汉灿烂、名家辈出、佳作频现的平凉文艺发展的黄金时代？

（《崆峒》2017 年第 1 期）

# 从这匹“野骆驼”说起

本期头条“特别推介”栏目，我们怀着复杂而又难言的心情，推出了高创先生的一组散文随笔《多情的野骆驼》。令人不解的是，这匹在平凉行走了25年，但不为平凉人甚至平凉学术界、文学界所熟知的“野骆驼”，竟然是北京大学经济学硕士和国内第一个从事新巨富阶层研究、著有《中国的新百万富翁》等学术著作，并在《散文选刊》等杂志发表过不少散文随笔而声名在外的民间社会经济学者和作家；尤其令人痛惜的是，这匹向来只身跋涉、高蹈不群的“野骆驼”，“一个在黑暗中大雪纷飞的人啊”（木心），已于2014年6月悄然归去了——思考者从此停止了思考，写作者从此搁下了笔墨，他生前那么关注社会、关注生命的“多情”，也从此画上了永远的休止符。

这是当今知识群体中罕见的悲情！

在高创先生去世三周年之际，经其学生推介，我们方知在同一个小城的屋檐下，还隐居着这么一位不求闻达的“世外高人”。我们亡羊补牢的办法，只能是将其人其文推荐给各位读者，让他的灵魂伴随着他的文字继续翱翔于我们的星空和大地，给我们的思考和写作以有益的启迪和鞭策；同时，这也算是我们《崆峒》给一位已故学者和作家追赠的一份迟到的褒扬，献上的一点菲薄的奠仪。

“死者长已矣，生者当勉力。”我们不禁要问：在我们的周围，还有多少这样特立独行的“野骆驼”，在坚守内心、执着一念？同时也在离群索居、自生自灭？

我们知道，自古及今都有这么一些“大隐”或“小隐”的人，远者如魏晋时期的名士“竹林七贤”，近者如当代数学家陈景润等，他们都不屑于经营世务，不长于柴米油盐，而只专注于自己的事业，即使这事业是关乎民瘼、有益世道的大业，在他们看来，却与周遭人无关。我们也知道，这些安静地生活在自己领地的“野骆驼”们，也有不为世人所知的深情和真爱，他们对陌生人保持着一种固有的矜持甚至警惕，他们也拒绝俗世的靠近以至驯服，这种天赋的秉性理应受到我们的理解和尊重，而不是无端的揣测和轻视。惟其如此，才能保持生物的多样性，才能构成多元而又丰富的社会生态，也才能春兰秋菊各擅其美、各有所长。

深山隐高士，盛世期新民。其实，在好些方面，我们这些被俗务所缠身的“家骆驼”，何尝有“野骆驼”那么的纯粹和高洁、那么的超然而专注？所以，面对他们，我们不必用优越的姿态和异样的眼光去打量，而是要用友爱的心态去欣赏他们、爱护他们，并能自觉地、力所能及地为他们维护好纯净的蓝天、丰美的草地和清新的空气。我们也真诚地呼唤这样的“野骆驼”们，能够信任我们、信任我们这个越来越好的环境，并用他们特有的“野性”和“多情”，给我们这个世界增添一些陌生的美丽和久违的温情！

（《崆峒》2017 年第 2 期）

# 归来兮，乡贤

乡贤，广义是指本土有德行、有才能、有声望的人；狭义是指古代对名臣廉吏、社会贤达去世后给予的一种荣誉。明清之际，各州县均建有乡贤祠，以供奉本籍品行高尚、有功于世的著名历史人物。本期头条“特别推介”新编秦腔历史剧《天颜使台》及相关系列文章，讲述的就是从前享祀静宁乡贤祠的慕天颜的故事。

这个组合式阵容，以清廷派出的第一位赴台使臣慕天颜招抚郑氏集团事迹为“宫廷佳肴”，以目前最为全面的关于慕天颜生平的第一手资料为“地方菜品”，再以作者娓娓道来的创作谈为“特色小吃”，共同构成了一套色香味俱佳的“满汉全席”。作为“侍膳者”，我们希望大家在品尝时，不仅能得到视觉嗅觉味觉的全方位享受，更能在回味间，感知乡贤的精神，触摸历史的温度，汲取文化的营养。

是的，之所以隆重推出这个组合，目的就是要表明这样一个认知：乡贤文化，不仅是扎根于母土文化中最具个性、也最有魅力的常青树，而且也是中华优秀传统文化的重要组成部分，具有亲善性、人本性的特征，蕴含着见贤思齐、崇德向善的力量。一个地方，没有德高业显的乡贤出现，无疑是贫乏的；而拥有这样的乡贤却视若不见，则一定是苍白的。

历览平凉乡贤，首先映入眼帘的是在中国历史上享有一定地位、具有较大影响的人物，如因畜牧和贸易大获成功而被秦始皇赏赐朝臣待遇的乌氏倮，西汉“飞将军”李广，率部归汉、奠定光武帝业的梁统及其子文学家梁竦、其曾孙大将军梁商、其玄孙女“三次临朝称制”的太后梁妠，东汉度辽将军皇甫规及其侄著名军事家皇甫嵩，东汉武都太守、汉隶名碑《西狭颂》传主李翕，东汉末年“八分书体”的代表人物梁鹄，魏晋时期的中华针灸学鼻祖皇甫谧，肇基前凉政权的张轨，隋朝名臣、被誉为“大雅君子”的牛弘，中唐著名政治家、文学家牛僧孺，南宋抗金名将、著名军事家吴玠、吴璘、刘锜，明代“嘉靖八才子”之一的赵时春，以及《天颜使台》的主人公、一代治世能臣慕天颜等。当然，还有许多虽未进入国史，但在地方上因道德、文章、事功而不朽的一方贤士，如明代弃官尽孝的梁大德，明清两代关陇地区唯一有诗作传世的女诗人江瑞芝（本刊2016年第1期曾专辑介绍其重新面世的诗集《蝉鸣小草》），清末父子进士、皆为陇上著名诗人的王源瀚、王曜南等。历代乡贤，如群星灿烂，辉映古今，一个人就是一部书籍、一段历史、一座精神富矿。在他们身上所散发出来的道德文化光辉，直可润泽桑梓、教化后人、温暖故土。

但坦率地讲，多年来，我们或重物而轻人、急功近利，或重今而轻古、判断失据，从而低估了乡贤及其文化的价值，忽视了对乡贤文化的研究和宣传，这与有些地方礼敬乡贤、弘扬乡贤文化的现象形成了很大的反差。可以说，我们与文明发达地区的差距，其表在经济，其实则在文化。

唐代刘知几说：“郡书者矜其乡贤，美其邦族。”我们谨以《天颜使台》及相关系列文章，向慕天颜及历代乡贤们致敬，也愿更多的当代“郡书者”——文史和文艺工作者们记住乡愁、关注乡情、研究乡贤，以乡贤的回归和乡贤文化的新成果，助推新时代平凉文化的繁荣和发展。

归来兮，乡贤！

（《崆峒》2018年第1期）

# 《楼外楼》外更有楼

马宇龙在《当代》杂志修了一座楼，名叫《楼外楼》。可以说，在当下许多作者自讨苦吃靠码字构筑自己的文学大厦、又不得不自掏腰包把它展示给读者时，马宇龙的这座楼，为平凉文学创作特别是长篇小说创作如何突出重围、走向成功、尊严面世提供了一个可资借鉴的样板。因为文学界的朋友们都知道，《当代》杂志是一流期刊和小说重镇，其推出的作品，一般都处于目前中国文学的前沿阵地，具有引领潮流的意义。

本期头条，我们怀着先睹为快的心情，特节选前八章 10 万字，作为原创首发，抢在《当代》“长篇小说选刊”第 3 期之前，让读者在第一时间一睹这座楼的神采。当然，这虽非全楼，但从其材料质地和建造技艺的取样看，则全豹知矣。

《楼外楼》之所以能在海量投稿中受到《当代》的垂青，我觉得最重要的一点是在选材上独辟蹊径，有剖析官员心理和官场生态的眼光而不一味地凑官场热闹、说官场是非，有悲天悯人的情怀而不是一味地展示丑恶、猎奇媚俗。作品对主人公邝天穷这个有理想有抱负且有能力的年轻官员，在商人围猎、同僚围堵、情感围困中一步步陷入绝境而不能自拔的境遇，给予了足够的理解和同情。更重要的是，能把邝天穷作为一个“病人”，通过环环相扣的故事和细节，诊断其病因，分析其病理，埋下了疗救的伏笔，这无疑让作品跳出了一般意义上“官场小说”的窠臼，彰显了直面当代官员群体心理问题的全新境界。

当然，这也得益于作者对官员群体和官场生活的熟稔。和许多靠揣测和编造来写所谓官场小说的人相比，作者长期“身在此山中”的行政部门从业经历，为其创作这个题材的作品提供了不可或缺的优势，作品中的所有故事情节都比较符合生活逻辑和情感逻辑，主要人物也显得血肉丰满，不仅可读性强，更具深刻启示性。如此扎根于丰厚生活土壤中的楼宇，岂能不根基深、楼身稳？

还有一点，就是在《楼外楼》之前，作者已有三部长篇小说正式出版，其长篇创作已达 20 年之久。期间不为人知的“一把辛酸泪，满纸荒唐言”，唯有冷暖自知。好在学剑廿年，他能不断砥砺、取长补短、自我超越，显示了从量变到质变的跃升，绝不是一朝出手，即可天下无敌。所以，对长篇小说创作者来说，应该是修楼不要急，先把料备足。

《楼外楼》作为平凉长篇小说创作的一项重大成果，其里程碑的意义自不待言。我们衷心希望作者能够以此为新的起点，更上层楼，极目千里，再创佳绩。同时，也希望有志于长篇创作的平凉作者们以此为参照，创精品，推力作，《楼外楼》外更有楼，负势竞上，互相轩邈，争高直指，千百成峰，共同撑起平凉文学的星空。

让我们满怀欣喜，在欣赏本期《楼外楼》侧影的同时，期待其全貌在《当代》的精彩面世。

（《崆峒》2018 年第 2 期）

# 新松恨不高千尺

又是岁末，天气肃杀，但我们欣喜地看到一棵棵挺拔的新松劲长在崆峒的岩崖上，傲霜凌雪，翠绿怡人，似乎提醒我们：一年好景不光是橙黄橘绿时，也在这雪白松青间。

是的，说的正是本期《崆峒》的新人和新作。头条“特别推介”，我们隆重推出了庄浪青年诗人苏卯卯的《白雪是我攥紧火焰的另一种形式》和有关评论，这既是对其迅速成长的充分肯定，也是对其更上层楼的热切期许。近两年来，卯卯以饱满的创作激情和优异的诗歌才华，两次荣获《飞天》征文一等奖，跻身于甘肃“80后”优秀诗人群。其甫一吟唱，就吸引了关注的目光，是近几年继平凉女子段若兮走向全国诗坛之后的又一“诗歌现象”。还有“诗歌”栏目里的鄢文、刘莉、贠文霞，“散文”栏目里的杨小梅、李德荣，都是第一次出现的新面孔，姚黄魏紫，各领风骚。而作为本刊重点栏目“小说”里的“80后”作者马正国、王丽娟，“70后”作者陈小乾，也都是第一次亮相本刊，春兰秋菊，各有其芳。特别是“别样组合”栏目，特意安排了“80后”小说新秀尚元与夫人李萌的散文及有关评论，读者可在品读其伉俪美文的同时，感受一个小家庭散发出来的书卷气息。还有第一次开设的“校园文学”栏目，推出了一组大、中学生作品，对于培植文学新人、形成梯次队伍，应该是一个很好的尝试。

当然，还有杨德易、王怀罡，他们虽不以文名，但也挚爱文学，偶露峥嵘；几位“老面孔”如“60后”的刘杰、“70后”的汪旭红、杨慧娟、白荷，“80后”的王新荣、马元雄，都曾在本刊发表过作品，已有一定的创作成果。虽然我们关注的重点是那些从未谋面的年轻的新朋友，但对这些老朋友们取得的成绩，我们同样心存欢欣，愿与读者共同分享。因为“结识新朋友，不忘老朋友”，这也是我们编者念念不忘的主题歌。

就像园丁每天看着自己的园圃里冒出了新苗，赏其新叶俊朗，听其拔节悦耳，就觉得这真是天下最好的赏心乐事了。作为《崆峒》编者，我们的赏心乐事就是看到一个个新面孔层出不穷，一篇篇好作品纷至沓来，因为一个地方文艺事业的发展繁荣，其力在人，其魂在文。只有新人新作不断涌现，文艺事业才能生生不息、永续发展。

“新松恨不高千尺，恶竹应须斩万竿。”本期《崆峒》就是今天平凉文学的“新儿女英雄传”之一编，我们期待更多的新松从崆峒冒出来，尽快长成道源圣地的一道独特风景，进而矗立为陇上乃至中国文坛的参天大树！是所至祷。

（《崆峒》2018年第4期）

# 重头戏与新面孔

《崆峒》编者有这样一个共识：每期必有重头戏，每期必推新面孔。重头戏，是高质量的稿件；新面孔，是刚出道的新人。当然，如果兼具新人与优稿两方面的特点，则更是编者最好的运气，也是读者莫大的收获了。

本期“特别推介”推出的长篇文史随笔《平凉，平凉》，就是作家和地方文史学者景颢先生以散文化语言，系统梳理平凉城池变迁史的一篇两栖类稿件，具有题材首创的意义。作者以行走者的姿态，陪着平凉城这个婴孩从孕育、诞生、命名、迁徙、成长，走过了一千多年的风风雨雨，直到平定王辅臣之乱的清代初年，一路歌哭，满纸沧桑，串起了这座古老城市的关键节点和历史细节，让我们对置身于其中而从未考究其履历的栖身之地油然而生“一种温情和敬意”（钱穆语）。而老一辈文史学者赵继成先生的《平凉旧城札记》，就像不谋而合的一个意外惊喜，话说地覆天翻前，指点东西南北中，挖掘记忆，娓娓道来，接续了清末、民国以至解放初期的旧城历史，为城市文化研究和新城规划建设存史资政，功莫大焉。两个有心人，一部城池史，衔接紧密，浑然天成，我们为这样“不经意碰到的组合”而窃喜，并平添了一种恍若自己成为讲述者的荣耀。

说到组合，这是编辑必备的手艺，但也往往需要造化的成全。本期“别样组合”栏目，推出了农民作家张勤德先生的两篇散文《鞋的记忆》《半世风雨思贤妻》，这些朴实细腻而又不乏峻厉深刻的文字，把经年的苦难酿成一坛醇厚的美酒，其气之浓烈，其味之回甘，需要读者合着泪水的引子才能慢慢品咂出来。对这样身处卑微而又灵魂高蹈的酿酒人，我们在享用其劳动成果时，不能不长揖以拜！我们有幸碰到这样的作者和文字，要感谢作家石凌对其族兄的推荐。对优秀的作家作品，举贤不避亲，举贤又岂敢避亲。我们索性将石凌和勤德先生令爱张淑红关于其人其作的文字一并刊布，让读者对这位早已搁笔、沉寂多年，但曾有文章被日本汉学家翻译并在日本发表的地地道道的耕耘者有一个全面的认识，也给恢复精神、重新跋涉的这位新面孔老作家捧上一碗清凉的崆峒山泉水。

本期还特邀了三篇关于学者、诗人彭金山教授作品的评论，这是对陇东新时期诗歌趟路者和举旗人的集体致敬。像彭先生这样长期以来情系陇东、讴歌乡土、扶掖后进的蔼然长者，我们一直心存感激、见贤思齐。同时，也将新近出版的《赵景山书法作品选》的《写在前面的话》和部分作品予以刊登，作者视书法为事业之余事的生活情趣，以及不参展、不参赛、不攀比、不卖字、不入会的“五不原则”，让书法回归到其本来的意义。

本期小说、散文、诗歌，也多新人新作，他们的创作热情和势头正汇聚成平凉文学不可小觑的一股后浪，在蓄势以待，即将喷涌而出。对此，我们心怀喜悦，也充满期待！

（《崆峒》2019 年第 2 期）

# 诗歌，是陇东的另一茬庄稼

在中国早期的诗歌谱系中，陇东以至泾渭河流域的作品可以称得上“嫡长子”般的存在。《诗经》“豳风”“秦风”中的《七月》《生民》《蒹葭》等名篇，曾经浸润过多少历代诗人的心灵，至今还高矗在文学史神圣殿堂的顶端，成为中国诗歌精神的象征，让我们顶礼膜拜并心存敬畏。

自周先祖的耒耜划开黄土大塬的第一道犁沟，诗歌就像离离禾黍一样，岁岁枯荣，年年收获。雄奇的陇头、呜咽的流水、广袤而又深厚的黄土地，王符、傅玄、皇甫谧、李梦阳、赵时春等乡贤生长于斯、歌哭于斯，李白、杜甫、王昌龄、王安石、李攀龙等名家心向往之、因风寄意，让陇东这块古老的土地成为中国诗歌的一种意象。明代“前七子”领袖李梦阳，倡言“文必秦汉、诗必盛唐”，引起了一场“诗歌革命”，被推为一代宗师。其晚辈诗人、“嘉靖八才子”之一的赵时春，慷慨豪迈，“秦人而为秦风”，与李梦阳共同构成了陇东文学的“双子星座”，闪耀着永不磨灭的光芒。

当然，说起陇东诗歌，那位在泾河岸边收获了爱情并写下其代表作《安定城楼》等名篇佳构的“小李”——李商隐，更是一个无法绕开的诗坛巨星。“迢递高城百尺楼，绿杨枝外尽汀洲。贾生年少虚垂泪，王粲春来更远游。永忆江湖归白发，欲回天地入扁舟。不知腐鼠成滋味，猜意鹓雏竟未休。”通过年轻诗人高瞻远瞩之万千气象，触景生情之无穷感慨，不仅表露了他不慕荣利的狷介品质，更反映了他睥睨世俗的精神状态，笔力健拔，风骨清峻，让古安定（今以泾川为中心的陇东一带）也为之诗意丰沛、馨香绵绵。

“其人虽已没，千载有余情”。可以说，诗歌，是生长在陇东大地上的另一茬庄稼，生生不息，惠泽后人。至今，我们还在咀嚼着它的味道，汲取着它的营养，让我们内心柔软、骨骼坚硬，也让诗人们才情难遏、笔涌波澜。进入当代，特别是新时期以来，经老一辈诗人们的奋力开拓，中年诗人们的勇猛精进，陇东诗歌已成为中国西部乃至全国诗歌版图上不可忽视的地标，也为陇东赢得了“诗歌重镇”的美誉。而今，年轻一代的诗人们又如雨后春笋般地成长了起来，频频亮相于全国重要报刊和重大活动，为陇东诗群注入了更加鲜活和持久的力量。

为此，平凉市文联与庆阳市文联共同商定，拟于 2020 年依托古安定城——泾川，举办首届李商隐诗歌节，在《崆峒》刊出“陇东诗群大展”专号，以礼拜前贤，致敬诗歌，并为这个时代、这片热土献上我们发自心底的歌吟。

本期专号，是平凉和庆阳籍诗人的一次诗歌联欢，也是陇东诗群强大阵容和最新成果的集中展示。我们希望通过本次活动和专号，进一步加强交流、深化合作、巩固友谊，以群体的力量共同推动陇东诗歌和文学艺术再度崛起。

愿陇东诗人们胸怀鹓雏之志向、更上迢递之高城，以不负前贤、不负时代的精品力作，再造诗歌的“陇东粮仓”。

（《崆峒》2019 年第 4 期）

# 置身网内　放眼网外

21 世纪以来的互联网，好似古代人心目中的一个神话。它不断推陈出新，让人眼花缭乱，不仅改变了人类的生活方式、思维方式，也催生了千奇百怪的新业态。就文学而言，新型的网络文学就是从深草里探出头来的一棵幼苗，起初也不知道它是何种类、能否长大，但通过近一二十年来的观察，它已用坚韧、旺盛且不乏野性、粗粝的成长，证实了作为一个文学新品种的存在。它所创造的精神价值、艺术品格和覆盖的读者群，不得不引起文学界极大的关注。人们惊呼：网络文学的春天和文学的网络时代到来了！

坦率地说，长期以来，传统写作者们与网络文学保持着一定的警惕和距离，甚至抱着一种固有的偏见和误解。好在网络文学在良好的自然环境下，一经出土，就显示了其不可遏制的生命活力，并赫然而成为一道靓丽的文学风景。平凉网络文学也像落粒自生的庄稼获得了丰收，给我们平添了许多意外的惊喜。本期“特别推介”，我们特意组合了三名在全省网络文学界知名度较高的年轻新秀奥丁般纯洁、凉城虚词、刘晨琛，带着他们最新的小说同台亮相，并约请全国知名网络作家胡说撰写了评论文章。我们可以从这四位“90 后”网络作家的文字，了解和透视平凉网络文学的动态和水准，给整个平凉文学界开启一个“品味网事”的窗口，也给活跃于线上而无闻于线下的网络作家们一个应有的舞台。

本期小说、散文随笔和诗歌的头条作者尚元、苏卷良、苏先生，也都是近几年脱颖而出的有实力的新锐作家。尤其是这位庄浪籍旅京作家苏先生，既是一位以网络小说起步的当红作家，又是一名青年诗人，体现出网络与传统、小说与诗歌跨界融合的气质。由此观之，其实网络文学与传统文学并没有明显的界限，凡是能够体现真善美的作品，无疑都是我们欢迎的优秀作品。所以，我们提倡作家们都能置身网内、放眼网外，取长补短，共同进步，为平凉文学事业再添薪火。

同时，也不能不说平凉文学的“半边天”，是由一群勤奋、执着且富于才情的女作家们撑起来的。本期“别样组合”，是武瑛和张胜荣因共同“走笔静宁”而撞了个满怀，并由吕润霞从中评介，各擅胜场。

唐代杜荀鹤曾有《小松》云：“自小刺头深草里，而今渐觉出蓬蒿。时人不识凌云木，直待凌云始道高。”愿我们的《崆峒》，能给“小松”们成长为凌云大树提供丰美的沃土。

（《崆峒》2020 年第 2 期）

# 瓜田大熟　生涯烂熳

题目因了本期诗歌《王村笔记》的作者张广荣。知道他，不只是因为瓜，也不只是因为诗，而是因为“瓜＋诗”，这个在泾川县王村乡完颜村种瓜的诗人（或写诗的瓜农），瓜因诗而香甜，诗因瓜而芬芳，大概是中国诗坛（或坛边）为数不多甚或独一无二的“瓜田诗人”。虽然缘悭一面，没见过他“青门种瓜”的情景，但在网络上经常能不期而遇，这可不是张生卖瓜，而是诗人晒诗。

当然，以作者的身份论诗，先贴一个什么标签，这有失诗道之旨归。但要说张广荣的诗，又不得不涉及他种瓜的职业，因为他的诗，所言皆来自一个农人的生计筹划、生活体验，甚至庄户人的家长里短，茎蔓纠葛而藤叶碧翠，能以不事雕饰的语言，把寻常日子赋予某种出其不意的智性与诗意，让文字沾着田间的泥土，淋着清晨的露珠，也弥漫着瓦舍的炊烟，给人一种阅读的轻快感，并进而引发一些并不轻快的追问和思考。张广荣已写诗多年，发表较少，我们欢迎他作为一名新人而第一次走进《崆峒》。

除张广荣外，本期的小说作者王小虎，散文作者左明莉、杨岁平、白小燕，诗歌作者陈冰、刘妮，以及评论作者云子、贾建成、刘贵锋、强进前等，都是新面孔，相信这些陌生的名字和作品，都能带给读者以陌生而又新鲜的感受。尤其值得一提的是，早年以系列散文诗走上文坛，后又多年转向散文、评论和古体诗创作的“健将”史征波，再次“返青”，用一组散文诗来关注那些叫作“伤痛”的女人，可谓“老手育新瓜”；还有两名格律诗作者“70后”的王永全、“80末”的陇上雁，虽然都在外地就业，但同乡后生对传统诗歌体裁的热忱和造诣让人眼前一亮，可称得上“新人种旧瓜”。

俗语说：“梢后结大瓜。”最后要说的“大瓜”，就是本期“特别推介”栏目中，荣获第六届崆峒文艺奖文学类部分作者的新作和创作谈。崆峒文艺奖是市委、市政府设立的平凉文艺界最高奖，历届能获此殊荣者，都应该属于平凉文学的第一方阵，他们的创作态度、视域、功底和技巧，都多有取法之处。这6名获奖作者中，有以散文作品多次登上大刊名刊而臻于圆熟的李新立，有以第一部也是目前唯一一部长篇而荣膺一等奖的孙兴和，有以学院派评论而头角峥嵘的马元雄，有以小说创作成果颇丰且正值爆发期的曹鹏伟、田华，也有出手不凡且势头看好的青年诗人苏卯卯，他们一同携最新诗文集体亮相，并以各自的写作心得坦诚相告。不可不读，读必有得。

种豆得豆，种瓜得瓜；一分耕耘，一分收获。愿本期《崆峒》是我们奉献给读者们三伏天的瓜，甘爽怡人，无上清凉；也愿包括张广荣在内的文艺界朋友们，瓜田大熟，生涯烂熳。

（《崆峒》2021年第1期）

# 晚晴照桑梓　心声启后人

2016年8月15日凌晨，《晚晴》顾问张新民先生遽然辞世。消息传来，艺林同悲，多士失仰。

停灵期间，张新民先生的许多外地好友发来唁电，平凉的许多亲朋好友、同事和社会各界人士趋前吊唁，络绎不绝。这些人中，既有离退休领导干部，也有各界知名人士，还有许多普普通通的平民百姓，他们都怀着对这位老人由衷的敬意，前来送他最后一程，以表达哀悼和缅怀之情。对一个退休将近20年的老人而言，这份哀荣已与他曾经的身份无关，而只关乎他始终如一的品行和人格。

自1985年到平凉工作以来，张新民先生不论是担任领导职务，还是退休之后，既参与和见证了平凉经济社会30年的发展历程，也与平凉这块土地结下了不解之缘，与各行各业的干部群众成了很好的朋友，赢得了广泛的赞誉和良好的口碑。张新民先生之所以深受人们的敬重，就广义而言，源于他的一种文化情怀，这就是有人对文化的定义：根植于内心的修养，无需提醒的自觉，以约束为前提的自由，为别人着想的善良。同时，就狭义而言，也源于他的许多文化贡献，这就是：对传统文化的弘扬和践行，对地方文化事业的关注和支持，对老年和少儿工作的热情和鼓舞，对文艺人才特别是年轻人的扶掖和鼓励。所以，我在代本刊编辑部撰写挽联时，特意将《晚晴》杂志和其著作中的《心声随录》嵌入其中，成“晚晴照桑梓，心声启后人”，与其文化成就庶几近焉。

张新民先生走了，但他生前学而不倦、勤奋笔耕，留下了惠泽世人的精神财富，也留下了值得我们思考的文化现象。一个人，不论官民，不论贫富，不论穷达，来世上走一遭，留给后世至为珍贵的，不是金钱，不是珍宝，也不是浮名，而是那些有益于世道人心的文化遗产。

正因为这样，在张新民先生逝世之后，《晚晴》同人一致提议增刊一期，以文化的方式，来纪念这位老人对本刊乃至对地方文化的贡献，旨在彰显一种文化品格、一种奉献精神、一种价值取向，以旌表先生德望，激励后之来者。

最后，谨掬一瓣心香，致祭于这位老人：晚晴犹明，文化不朽，您的精神将与《晚晴》同在！

（2016 年 10 月《晚晴》特刊）

# 编务小品一束

## 《崆峒》订阅启事

由平凉市委主管、平凉市文联主办的《崆峒》杂志，是一本立足平凉、面向省内外，致力于涵养平凉文脉、提升特色品牌、滋润读者心灵、扶掖后起之秀的以文学艺术为主、兼具人文特质的文化类杂志。

自去年复刊以来，已发表平凉本土作家的各类原创文学作品 28 万字，有的作品被国内名刊所转载，得到了王蒙等国内大家及市内外文学界的充分肯定，引起了省内文坛的广泛关注。但因为办刊经费无着，停刊之虞，令人焦虑。特别倍感汗颜的是，我们曾在 2012 年第 1 期《复刊词》中所热切期许的“崆峒，再造平凉文化新的高峰”势将成为虚语。为了让这本好不容易复刊的市内唯一的市级文学刊物在艰难中生存下去，并站稳脚跟，发挥其应有的作用，因此，本刊决定，从本期起除向外地文学艺术界友好单位、大学图书馆及名家乡谊等免费赠阅交流外，市内一律改赠阅为订阅，季刊，每册按工本费全年 80 元收取。本期印数尚有余裕，凡现在订阅者皆可满足。

我们自然知道：没有《崆峒》，我们会少一分辛劳；但没有《崆峒》，平凉乃至甘肃文艺界就会多一份沉寂。诚望广大读者和社会各界在理解海涵的同时，给予更多的关心、支持和资助！

（《崆峒》2013 年第 1 期）

## 桑子《家书》编者按

20世纪80—90年代，桑子曾以家信的形式写过《告诉亲人》等诗，在2012年出版的《桑子诗选》中，他将这类诗歌归为一组，名曰《家书》，是其代表作之一。桑子近年在学术研究之余，也写一些散文随笔，因这组文章皆与故土亲人有关，故编者亦以《家书》名之。

（《崆峒》2013年第1期）

## 柏夫《〈远村〉五人谈》编者按

自本刊复刊号首次推出我市作家柏夫先生的短篇小说《远村》后，《飞天》2012年第6期予以转载，紧接着《作品与争鸣》第8期又予以选登。一篇在地方刊物发表的小说，能被国内名刊连连相中，这一方面说明以柏夫先生为代表的我市作家不仅初步创造出了不俗的成绩，而且还有足够的潜力以待来日挥洒才情，进一步审视和解读我们脚下这片土地上来来往往的人和事，创作出更加厚重大气的文学精品；另一方面，也给我们当地作家们一个深刻的启示：这就是文学作品要超越，文学评论必须紧紧跟上进而先行引导，只有这样，我们的作者才不至于迷茫，我们的文坛才不至于寂寞。

基于此，本刊特约我市作家王韶华、张黎明、马宇龙、师榕、梁永忠对《远村》展开评论。这次评论，大家摒弃了以往溢美虚饰的文坛陋习，见仁见智，观点交锋，精彩频出。现予以刊登，以飨读者，并希望它能够成为我市今后开展文艺评论的一个良好范本。

（《崆峒》2013年第1期）

# 亦文亦史 亦庄亦谐

## ——《平凉录鬼簿》短评

“忍看朋辈成新鬼，怒向刀丛觅小诗。”这是鲁迅先生悼念左联五烈士的一句诗，可见对朋辈以“鬼”呼之，不仅仅是元人的《录鬼簿》，今人也用。

张世元先生的《平凉录鬼簿》，是平凉版的“伶人往事”。作者以含泪的微笑，白描的手法，追述了在那个“史无前例”荒唐透顶的年代，自己和平凉戏剧界同人交往的一幕幕往事，娓娓道来，如数家珍，越是幽默风趣，越是寒彻入骨，文笔老辣，下笔精准，如老吏断狱，不仅显示了作者高超娴熟的驾驭文字和材料的能力，而且也于血色微茫中透出一抹人性的亮色，的确是一组不可多得的美文。同时，文章所述，皆为作者亲历的真人真事，有些事看似荒诞不经，其实正是我们曾经经历过的真实的历史。历史就是这样由一个个普通的人和不普通的人写成的，也是由一件件普通的事和不普通的事组成的。对当下颇为健忘的中国人来说，温习一下这样真实的历史，会让我们在不至于泯灭良知的同时，有利于更好地走向未来。

读这组兼具文学性和史料性的纪实类文字，我最为感慨的还是作者的真诚，他看似在写别人，其实时时处处不忘剖析自己，如写与马富奎饮酒之后以佯醉而不落话柄的狡黠、写与被批斗后的张家驹相遇后低头躲开的懦弱等，正如作者自问：“我是完人？你是完人？谁是完人？”惟其如此，我们才更愿意相信他所录之“鬼”才是真正大写的人。

（《崆峒》2013 年第 3 期）

## 《云水阁吟草》编者按

本期“古韵新声”特选庄浪籍在兰工作、年仅 24 岁的王东东部分诗作，并配发其创作谈。我们可以从这位年轻人的诗作中，看到他淳正的艺术追求和较高的艺术才情，也能从其创作谈中，看到他对中国传统文化的挚爱以及在古体诗词创作方面的历程。在这个浮躁的年代，能静下心来认真研读经典、创作精品的人不是很多，王东东算得上一位比较突出的年轻人。

愿这组诗作和创作谈，带给大家的不仅仅是艺术方面的享受，而更应该是在治学和创作方面能有一点点有益的启迪。

（《崆峒》2013 年第 3 期）

## 孙明君《怀人三章》编者按

应本刊之约，清华大学教授孙明君先生特给家乡文艺刊物惠赐了这组怀人的佳作。这是本刊以乡谊为纽带，以平凉元素为号召，广泛联系平凉籍在外学者、文艺家，以及所有创作平凉题材作品的各地文艺界人士，共同促进平凉文艺事业繁荣发展的一项举措。我们愿以开放的胸襟、开阔的视野和开明的态度，为平凉文艺事业搭建起一座与外界沟通联系的桥梁。

热诚欢迎平凉籍在外人士和所有乐意以平凉元素为题材的作家艺术家，以文艺精品支持本刊。

## 唯有真情最感人

——《怀人三章》读后

捧读孙明君先生的大作，我们不仅为他眷恋故土、支持家乡文艺事业的情谊所感动，更为他感恩亲人、感恩师长，反哺之意难以实现而憾恨唏嘘的真情所深深地感染。

“感人心者，莫先乎情。”虽然作者一直从事中国古典文学研究，很少跨界进行文学创作，但由于真情的自然流露和学养的有机渗透，使他一旦写起自己所熟悉的题材来，就会有不同寻常的思想深度和情感厚度，达到所谓“不求工而自工”的境界。

在这组文章中，读《我的父亲》，让人不由得联想到 90 年前清华前辈朱自清先生的名篇《背影》，孙明君先生这篇同样歌颂父爱的文章可谓踵接其后、遥相呼应。作者写父亲一生多重身份的转换，写父亲在乡下工作与生活的艰辛，写父亲晚年移居京城后的落寞，以及与儿子无法避免的隔膜，写父亲突然去世后自己站在暴雨中，任凭雨水冲刷着满头汗水、满脸泪水的场景，等等。每一句都是白描的文字，娓娓道来，就像乡下的父亲一样寒素而不事虚饰，但文字所至却处处是孝养和工作的矛盾、乡下与都市的矛盾、安逸与劳作的矛盾，几多无奈，几多怜惜，几多深情，直入人心，动人心弦，人间父子之情，莫此为甚。

《仁者的心》是献给自己的导师陈贻焮先生的一曲挽歌。作者通过一系列寻常小事、家常话题，刻画出了陈先生德厚仁宽、毫无机心的长者风度，以及扶掖后学、春风化雨的师表风范，也从一个侧面反映出陈先生与自己情同父子的师生情谊。

《狂夫之言　圣人择焉》是对文字之交、前辈学者章培恒先生的深切缅怀。作者因自己对素未谋面的章先生的“冒昧批评”，而得到被批评者多次的赞许和鼓励，这种坦荡的胸怀和对学问的执着精神确实给学术界树立了良好的样本。后两篇文章，虽然也都是写人，但由于作者具有深厚的学术修养，也就在不经意间自然而然地将一些学术观点和理性思考融入文章的表达之中，丰富和拓展了文章的内涵。

北京大学中文系教授陈平原先生曾在其《学者的人间情怀·自序》中，把自己从事文学创作当成“保持‘人间情怀’的特殊途径”。近些年来，学者散文因一般作家所无法企及的学术高度，特别是前辈学者如季羡林、张中行等名家的积极参与，已形成中国文坛的一座文化高峰和奇异景观。我们也期盼孙明君先生能在学术研究和教育教学之余，兼顾文学创作，向社会表达自己的“人间情怀”，为广大读者奉献更多品类的精神食粮。

（《崆峒》2015 年第 2 期）

## 《夏三虫并序》编者按

1994 年，在广东中华民族促进会、炎黄文化研究会、中华诗词学会联合举办的“李杜杯”诗歌大赛中，静宁著名学者、诗人赵宗理先生的套曲《夏三虫并序》荣获二等奖。该诗一经刊布，即引起广泛好评，国内诗词界、评论界名家巨擘如霍松林、丁芒、邵燕祥等亦给予精彩点评。20 多年过去了，在当今以零容忍态度“打虎”“拍蝇”、惩治腐败的新形势下，我们再次捧读先生的这首佳作，其批判的锋芒、纯熟的手法和鲜活的语言，仍极具现实意义。

今将该套曲及名家点评一并在“精品回放”栏目刊登，既是对已故前辈赵宗理先生的怀念，也为全市文艺工作者如何反映生活、观照现实提供有益的借鉴。

（《崆峒》2015 年第 2 期）

## 李新立、王新荣《击壤二重唱》编者按

乡贤皇甫谧曾在其《帝王世纪》里载，帝尧之世，有八九十岁老人，击壤而歌："日出而作，日入而息。凿井而饮，耕田而食。帝力于我何有哉?"我市静宁"60后"作家李新立、泾川"80后"作家王新荣，就是这样双手沾满泥土"耕田而食"的歌唱者。他们在别人不堪其苦的生活境遇中，在耕田间隙舒一口长气的时候，还能用文字唱出精彩的歌。

"野无遗贤"是开明盛世的标志之一。现将二位爷们儿组合成一个男声"二重唱"，让在田野唱惯了的优秀歌手，也能享受舞台、音响和霓虹的美妙。

真诚希望有条件、有需要的单位、企业等，能为他们提供较好的工作条件，让他们"怀抱利器而有所施"。

（《崆峒》2015年第2期）

## 赵景山《写在前面的话》编者按

近日，《赵景山书法作品选》由敦煌文艺出版社正式出版，这是盛开在平凉书苑之外大地间的一支"陇头春信"，自有其与众不同的芬芳。赵景山先生虽然长期从事行政工作，但自幼钟情翰墨，公务之暇，心摹手追，挥毫写意，长养精神，使书法既成为一种劳作的休憩，也成为一种休憩的劳作。智水仁山，动静裕如，这种发自内心、摆脱名利的临池状态，才是书法本来的意义。现将该书《写在前面的话》和部分作品予以刊登，谨向作者表示祝贺，并给读者以先睹为快的便利。

（《崆峒》2019年第2期）

| 书法条幅

第四辑

SONG MAO BAI YUE

# 在场：雪泥鸿爪

# 武林盛会兴无前

## ——“崆峒杯”第五届全国武术馆校武术比赛开、闭幕式解说词

## 开幕式

### 一、热场解说

A：在这美丽的盛夏之夜，我们相聚在平凉；

B：在这神奇的陇东明珠，中华武术展雄风。

A：平凉，位于陕、甘、宁三省（区）交会处，自古以来，就是长安和中原地区通往西域的交通要塞、军事重镇和商贸“旱码头”，具有独特而又重要的区位优势。

B：作为中华民族重要的发祥地之一和丝绸之路东段重镇的平凉，由于它特殊的人文结构和地理位置，曾经在传递中华文化血脉、吸收外来文化营养的历史进程中，发挥过不可或缺的作用。

A：这里是华夏先民在黄河中上游繁衍生息、走向文明的摇篮。历经几千年的风风雨雨，伏羲氏诞生的古成纪，至今城垣犹存；黄帝问道的崆峒山，仍然神秘如初；西王母夜宴的回中宫，更加风姿绰约；周文王祭天的古灵台，依旧古色古香。

B：在漫长的历史长河中，平凉以其辉煌灿烂的历史文化和雄秀壮美的自然风光，吸引了许多帝王将相、墨客骚人和各界名流关注的目光。秦始皇、汉武帝先后西巡崆峒，登临揽胜；

前秦王苻坚在这里厉兵秣马，始名平凉；秦王李世民在泾州大破敌军，雄才初展；李白杜甫望崆峒逸兴遄飞，引吭高歌。

A：历史潮流浩浩荡荡，古今豪杰多会于此。千百年来，这里既有结队商驼、征战将士和学者僧侣等络绎不绝的盛况，也有像林则徐、左宗棠、谭嗣同等近现代爱国人士留下的闪光足迹。

B：古老而又神奇的平凉，不仅赢得了历史的垂青和英杰的眷顾，而且还哺育了一代代文韬武略、彪炳史册的人物。西晋时，有编著《甲乙经》的皇甫谧，被誉为“中华针灸学鼻祖”；中唐时，有几度出任宰相、成为“牛李党争”核心人物的牛僧孺，其著作《玄怪录》被鲁迅称赞为“唐传奇中最为煊赫者”；南宋时，有支撑抗金北线、担当半壁江山的著名将领吴玠、吴璘、刘锜，创造了和尚原大战、顺昌之战等以少胜多的著名战例，在中国军事史上写下了光辉的篇章；明代时，有“上马追穷寇，下马草檄文”的赵时春，被誉为“嘉靖八才子”之一；清初时，有兴利除弊、参与收复台湾的一代能吏慕天颜，受到康熙皇帝的嘉奖。

A：平凉还是一块播撒革命星火的红色土地。1927 年平凉就成立了中国共产党特别支部，组织人民为祖国和家乡的解放事业进行英勇斗争。1935 年 10 月，毛泽东亲率中国工农红军，踏过平凉大地，留下了“今日长缨在手，何时缚住苍龙”的豪迈诗篇。先驱们用血与火铸就的革命精神，永远是平凉人民最为宝贵的精神财富。

B：平凉山川形胜，甲于关塞，是西北黄土高原生态良好、山川秀美的旅游胜地。这里有被誉为“西镇奇观”的崆峒山，

她峰峦雄峙，烟笼雾锁，既有北国山势之雄，又兼南方景色之秀。近年被国务院批准为国家级重点风景名胜区，并获中国首批 5A 级旅游景区。

A：国家级文物保护单位泾川南石窟寺，代表着中国佛教石窟别具一格的艺术形式，具有很高的艺术价值。国家级森林公园庄浪云崖寺，林海浩瀚，山崖悬空，融石窟艺术与天然美景于一体。省级风景名胜区崇信龙泉寺，飞岩流泉，古柏龙蟠，堪称奇观。华亭莲花台景区林荫蔽日，怪石林立，素有“人造龙门洞，天生莲花台”之说。

B：云横关山泼墨写，笔耕黄土画图新。随着城市功能和服务网络的不断完善，平凉正以独具特色的西部黄土高原人文生态旅游，日益成为甘肃东部极具吸引力的旅游中心。

A：作为平凉名片的崆峒山，不仅是平凉的旅游王牌，而且是中华崆峒派武术的发祥地。中国第一部辞书《尔雅》就记载说：“空同之人武。”崆峒派武术是中华武术的流派之一，它与道教文化紧密相连，是平凉历史文化的重要遗产之一。

B：包括崆峒派武术在内的中华武术，是中华文化的重要组成部分，是人类文明流动的传奇。它历史悠久，内容丰富，形式多样，既具备了人类体育运动强身健体的共同特征，又具有东方文明所特有的哲理性、科学性和艺术性，集中体现了中国人民在体育领域中的杰出智慧。

A：至今已流传了数千年的中华武术不仅是一个运动项目，而且是一项民族体育，具有很高的竞技和健身价值。为了弘扬中华武术，振兴体育事业，在国家体育总局、甘肃省人民政府的正确领导下，在国家体育总局武术运动管理中心、中国武术协会的精心指导下，崆峒派武术的发源地平凉，终于迎来了“崆峒杯”第五届全国武术馆校武术比赛这一武林盛会。

B：“崆峒杯”第五届全国武术馆校武术比赛共有来自19个省、市、自治区的44个代表队参加。冠名为“崆峒杯”的这一重大武术比赛，是平凉历史上第一次承办的全国性体育赛事，这是平凉人民生活中的一件大事、好事和喜事！

A：崆峒昂首庆盛会，泾水欢歌迎嘉宾。亮点频出的精彩比赛，对于打造平凉人文生态旅游新形象，提高平凉知名度，必将产生积极的促进作用。群英荟萃的武林盛会，对于增强平凉在国内外经贸活动中的吸引力，加快平凉经济社会发展，构建和谐平凉必将产生深远的影响。

B：“崆峒杯”第五届全国武术馆校武术比赛开幕式正式开始。现在，让我们以热烈的掌声欢迎两位特邀主持人闪亮登场。

**二、正式解说**

C：今天很高兴能在美丽的崆峒山下、泾水之滨，应邀主持这场中国武术界的群英盛会。

D：今天，我从遥远的北京来到被誉为“陇东明珠”的平凉，心情十分激动。作为喝着黄河水长大的甘肃人民的儿子，当我听着这熟悉的乡音，感受着这浓烈的乡情，我突然想起了著名诗人艾青的诗句：“为什么我的眼里常含泪水，因为我对这土地爱得深沉。”

C：是啊，树高千尺也忘不了根。黄河是中华民族的摇篮，甘肃是中华民族的重要发祥地。来平凉之前，我翻看了有关资料，我知道，华夏民族最初的文明星火，譬如大地湾文化、马

家窑文化、齐家文化、半山文化，还有华夏始祖伏羲、女娲，都集中地出现在甘肃大地上。可以说，古老的甘肃深埋着我们每一个中华儿女的根。

D：甘肃的历史地理可以用一副对联来概括，那就是“山河两千里，沧桑五千年。”在甘肃，平凉确实是一块得天独厚的风水宝地。从历史来说，这里有人文始祖伏羲氏的诞生地古成纪，有黄帝问道于广成子的道源圣地崆峒山，有西王母祖庙回中宫，有中华针灸学鼻祖皇甫谧故里古灵台。真可谓胜迹胜事堪凭吊，名水名山任留恋。

C：说起平凉，对我最直观的印象是“平凉金果”。去年，在上海举行的中国国际林业博览会上，“平凉金果”带着大西北纯天然的特有禀赋，也带着平凉人民的深情问候，赢得了所有评委和上海人民的青睐，一举夺得博览会金奖。

D：说起平凉，这里的“四宝”特别有名：红色的有“平凉金果”“平凉红牛”，黑色的有华亭煤炭，绿色的有以崆峒山为龙头的旅游产业。这四宝就是平凉的“四大产业”“四大品牌”，它们已经走出西北，享誉全国，并在国外市场也产生了一定的知名度。

C：目前，平凉人民在市委、市政府的带领下，正朝着建设全省最大的煤电工业基地、全省重要的高效农业集中区、特色鲜明的中等城市、极具活力的区域性旅游中心、甘肃东部重要的交通枢纽和和谐进步的文明城市的目标阔步迈进。

D：我栽梧桐树，引得凤凰来。抢抓机遇，开拓创新的平凉，今天又张开了飞向明天的翅膀。

C：物华天宝日，人杰地灵时。跨出西北，走向世界的平凉，今天又迎来了一场备受海内外瞩目的武林盛会。

D：中华武术是在上下五千年的时间里，在纵横九百六十万平方公里的空间中，由最为勤劳智慧的中华民族孕育而成的。经过岁月的沉淀，风雨的洗礼，中华武术已经逐渐演变为一门边缘科学，成为全人类共同的财富。

C：武术之武，是中华民族的文武之道之武；武术之术，是中华民族竞技、健身、修身、处世之术；武术之德，是中华民族的传统美德；武术之魂，是中华民族自强不息之魂。

D：随着近代奥林匹克运动传入中国，中华武术得到了迅速的发展。经过多届国际大赛的实践，武术已经逐步形成一套成熟、科学的量化标准。今天，中国人不仅恪守着崇高的奥运精神，也同时以其源远流长的东方思想融入世界体育的汹涌大潮之中。

C：3 年以后，中华武术将在它的故乡，在东方这个最大的文明古国，健步走入奥林匹克这个大家庭。中华武术将以历史久远的文化才智丰富奥运会的博大内涵，武术这朵世界文明史上的艳丽奇葩，将如愿绽放在它最应盛开的地方——奥运会上。

D：纵观历史，中国从来没有像今天这样与世界走得如此之近，中华武术将代表着人类与自然的和谐统一，作为东西方文化交融的结晶，闪耀在这座生命的星球之上！

C：今天，我们为中华武术而相聚，为武林英杰而喝彩！

（介绍主办、承办单位及来宾，领导讲话、运动员入场等环节，略。运动员、裁判员退场后）

C：崆峒西峙，沐浴着中华武术的八面来风；

D：泾水东流，频传着武林盛会的一路佳音。

C：平凉的220万人民为之而欢欣鼓舞；

D：中国武术界为之而倍感振奋。

C：花如海，人如潮，喜气冲云霄。我们将有幸目睹“崆峒杯”第五届全国武术馆校武术比赛的空前盛况。

D：群英会，显身手，健儿竞风流。高手云集的“崆峒杯”第五届全国武术馆校武术比赛必将载入中华武术的光辉史册。

C：现在进行开幕式的第二部分，武术和文艺表演。

D：崆峒山不仅养育了一代帝王之师广成子，而且孕育了闻名遐迩的崆峒武术。

C：崆峒武术汲取了道家文化的丰富营养，经过千百年的继承、创新和发展，在众多的武术流派中风格独具。

D：丹山万里桐花路，雏凤清于老凤声。

C：新一代的崆峒武术传人，正以继承传统、超越古人的气魄，把崆峒武术进一步发扬光大。请欣赏由东道主平凉市组织的崆峒武术表演《崆峒武韵》。

（表演《崆峒武韵》）

D：《崆峒武韵》代表着中华民族独特的道家文化，它是天下道教第一山所孕育出来的平凉特产。

C：我们感谢东道主奉献给大家的“平凉特产”，我们也真诚地祝愿崆峒派武术枝繁叶茂、生命之树常青！下面，我们有请来自总政歌舞团的著名演员马晓晨为大家演唱歌曲《祝福歌》。

（演唱《祝福歌》）

D：感谢马晓晨带给大家和中华武术的祝福。崆峒山是西北群山中伟岸、挺拔而又帅气的伟丈夫，他和少林、武当、峨眉、昆仑一起，高扬起了经久不衰、方兴未艾的中华武术魂。

C：崆峒山是崆峒派武术的摇篮，也是武林健儿挥洒青春和梦想的地方。

D：下面，请来自河南少林塔沟武术学校的“少林弟子”们，为大家表演2005年春节文艺晚会的获奖节目——《壮志凌云》。

（表演《壮志凌云》）

C：“少林弟子”们表演的《壮志凌云》，确实有少林雄风，令人豪气倍增。如果说崆峒山是大西北的伟丈夫，那么，泾水就是享誉神州的好女儿。

D：在我们祖国大大小小的河流族谱中，被用来作成语的能有几条呢？家喻户晓的，首推泾河当之无愧。“泾渭分明”“泾清渭浊”，这是多么响亮的成语！

C：人都说女子是水做的骨肉，水做的骨肉在泾水岸边更秀美、更亮丽。

D：下面，请来自北京的十弦十美女子乐坊为大家表演。

（女子乐坊表演）

C：“台上一分钟，台下十年功”。十弦十美女子乐坊的精彩表演，又何尝不是诠释着中华武术的传人们冬练三九、暑练三伏的中华神功呢？

D：古老的神州水土，养育了神奇的中华武术魂。“东方一条龙，儿女是英雄，天高地远八面风，中华有神功。”有请著名歌手屠洪刚为大家演唱《中国功夫》。

（演唱《中国功夫》）

D：伟大的浪漫主义诗人李白曾赞美崆峒：“世传崆峒勇，气激金风壮。”今天，全国各武术馆校的武林精英云集平凉，青梅煮酒，各逞英豪，将为大家充分展示各门派武术的精华遗粹。

C：伟大的现实主义诗人杜甫曾寄情崆峒：“主将收才子，崆峒足凯歌。”今天，全国各武术馆校的武林健儿们，聚集在中华武术“爱国、正义、拼搏”的旗帜下，将共同奏响一曲新时期中华武术的壮丽凯歌。

D：弘扬崆峒武术，打造开放平凉。崆峒武术与风景秀美的崆峒山一样声名远播，她是中华武术百花苑中一朵艳丽的奇葩，也是深度开发平凉文化旅游项目的一大品牌。借平凉宝地，展武林雄风，平凉必将更加聚集人气、加快发展。

C：我们祝福平凉，祝愿平凉在全面建设小康社会的伟大进程中，再创新业绩，再造新辉煌！

D：我们祝福平凉的父老乡亲，祝愿你们生活美满，幸福安康，日子越过越红火！

C：我们祝福中华武术，祝愿中华武术在弘扬传统文化、推进体育事业的历史召唤下，永葆青春，代代相传。

合：祝福你，美丽的平凉，亲爱的父老乡亲！祝福你，博大精深的中华武术！

D："崆峒杯"第五届全国武术馆校武术比赛开幕式圆满结束！

合：让我们相约明天，再见！

## 闭幕式

A：酷热的夏天就要悄悄地走了，她走得那样的从容、那样的自信、那样的充实而又潇洒。不知不觉间，今天已经到了立秋的日子。

B：对平凉人来说，这个夏天很不寻常。平凉，因"崆峒杯"第五届全国武术馆校武术比赛而更加火热、更加精彩。

A：我们不会忘记，在申办这次大赛的过程中，国家体育总局武术运动管理中心和中国武术协会对我们平凉的高度信任和厚爱。

B：我们不会忘记，在申办和筹备这次大赛的过程中，省委、省政府和省体育局对我们平凉的大力支持和关爱。

合：让我们在这里深情地道一声：谢谢你们！

A：当然，我们也不会忘记，在筹办大赛的过程中，大家冒高温、战酷暑，同心同德，群策群力，用心血和汗水谱写而成的"五武赛"进行曲。

B：我们更不会忘记，在三天的紧张比赛中，全体运动员上擂台，显身手，勇往直前，气贯长虹，用青春和生命拼搏在赛场上的飒爽英姿。

合：让我们在这里衷心地道一声：大家辛苦了！

A：从春天的积极争取，到夏天的紧张筹备，从前几天的最后冲刺，再到这三天的激烈角逐，我们并肩走过了一条多么富于挑战的路啊！

B：春天，我们播种过希望；夏天，我们流下了汗水。今天，我们开始收获一个丰硕的秋天。

A：为期三天的“崆峒杯”第五届全国武术馆校武术比赛，经过紧张的角逐和激烈的交锋，在万众瞩目、媒体聚焦的今晚，就要画上一个圆满的句号了。

B：这个句号画得多么的艰辛——它凝聚着几多汗水、几多辛劳，它是400 多名运动员、裁判员勇于进取、顽强拼搏的结果。

A：这个句号又画得多么的精彩——它激发了青春的活力、展示着中华神功，它是所有主办单位、承办单位和协办单位紧密配合、共同奋战的结果。

B：弘扬中华武术，振兴体育事业。中国武术将永远铭记着“崆峒杯”的名字，开放的平凉将跨出西北，走向世界。

（介绍比赛情况及来宾等，略）

A：32 个单项赛的金牌究竟花落谁家？哪几个代表队能在最后的决赛中脱颖而出，捧走冠军的奖杯？

B：“黄沙百战穿金甲，不破楼兰誓不还。”摘取金牌是每一个运动员梦寐以求的夙愿，也是每一个观众都很想知道的答案。

A：精彩纷呈的总决赛就要开始了，请大家拭目以待。

（各单项赛冠亚季军总决赛，略）

B：越过重重障碍，猛跨道道难关。经过紧张而又激烈的最后角逐，28 个单项赛的金牌终于名花有主。

A：武林频传捷报，健儿倍增豪情。让我们以热烈的掌声，向获奖的各代表队和运动员表示衷心的祝贺！

（宣布比赛成绩，颁奖等，略）

B：鲜花曾经告诉我你怎样走过，同样的感受给了我们同样的渴望。

A：水千条山万座我们曾经走过，同样的欢乐给了我们同一首歌。

B：为了古老而神奇的中华武术，让我们引吭高歌。

A：为了团结而友谊的武林盛会，让我们放声歌唱。

合：让我们同声歌唱《同一首歌》。

（领导宣布大赛闭幕）

B：让我们永远记住这个美好的夜晚。

A：崆峒含笑，泾水欢歌，今夜星光灿烂。

B：群星荟萃，尽显风流，武林群情振奋。

A：中华武术的发展史上，将永远铭记着崆峒的威名。

B：平凉改革开放的进程中，将长久地受到这次武林盛会的促进和影响。

A：尊敬的各位领导、各位来宾，

B：尊敬的各位观众、各位听众，

合：再见！

**（该比赛开、闭幕式于2005年8月上旬在平凉举行）**

# 为平凉插上音乐的翅膀

## ——在歌曲《神仙留恋的好地方》首播式上的发言

今天，平凉人民盼望已久的、由名家联袂创作并演唱的歌曲《神仙留恋的好地方》，即将从这里放飞平凉大地，唱响更广大的地区。平凉文艺史必将记载下这浓墨重彩的一章，平凉人民以及所有关心平凉文化建设的人们也一定会记住这激动人心的时刻。

许多地方的成功实践已经证明，利用名家创作、群众认可、影响较大的现代歌曲进行地方形象宣传，无疑是一条传播快、效果好、影响深远的宣传捷径。

平凉作为一个历史悠久、文化底蕴十分深厚的地方，多年来一直缺少这样一首歌曲。这不能不说是平凉宣传文化工作中的一个缺憾。

基于这样的认识，去年初，市委、市政府就将这件事列入重要的议事日程，两位主要领导对歌曲创作做出了明确的指示。为此，我们一边由市委常委、宣传部部长周奉真亲自作词，精心打磨，数易其稿；一边联系最为熟悉西北音乐的作曲家和歌唱家。歌词初稿完成后，我们曾征求了北京、兰州等地多位文化名人和作家诗人的意见和建议，并多次讨论，进一步做了修改和完善，得到曲作者和演唱者的充分肯定。在歌词创作的同时，我们尽快与中国音乐家协会主席、西安音乐学院院长赵季平先生取得了联系，去年 3 月，周奉真部长带领我们赴西安拜会赵季平先生，就平凉地域文化和平凉歌曲创作进行了交流，

并给他赠送了平凉地方音乐资料；赵季平先生也深情地表达了对出生地平凉的向往之情，答应要力尽所能地为平凉留下自己的得意之作。去年 8 月，应我们的邀请，自出生不久就离开平凉的赵季平先生第一次走进自己的出生地，实地采风、体验生活，并开始酝酿谱曲，到今年 2 月完成谱曲工作。在 3 月初召开的全国“两会”期间，我们专程赴北京再次拜访了参加全国人代会的赵季平先生，并通过他的介绍，联系到我国著名歌唱家——总政歌舞团男高音独唱演员王宏伟，最终促成此事。

最近，由赵季平谱曲、王宏伟演唱的歌曲《神仙留恋的好地方》在北京完成录唱工作，并将 CD 光碟寄到平凉。随后，我们先小范围地组织平凉音乐界人士进行试听，并向市委常委和市人大、市政协主要领导进行了播放汇报，最后还征求了其他所有市级领导的意见。大家总体感到：这首歌曲，是由当代黄土地音乐的奠基人、全国最具权威性的作曲家谱曲，由生长在西北、成名于西北的国内顶尖级男高音歌唱家演唱，能够代表两位艺术家的较高水准，在全国众多的地方形象宣传歌曲中应该是不可多得的精品，不仅是迄今为止平凉题材音乐作品中成就最高的一首歌曲，而且也是以艺术的形式向外界宣传平凉、推介平凉的一张独特而又极具吸引力的文化名片。

我们认为，《神仙留恋的好地方》不仅展现出十分浓郁的地域特色，而且传递着清新刚健的奋进力量。它的成功，得益于歌词、音乐和演唱三者各自的成功，更得益于三者完美的结合。

《神仙留恋的好地方》的歌词，寥寥百十来字，以最具平凉特色的自然人文符号——崆峒、泾水起兴，凸显了平凉悠久的历史和灿烂的文化，展示了当代平凉人奋发进取的精神风貌，厚重大气，内涵丰富。在写作手法上，很好地借鉴了古典诗词凝练、雅致的特点，一韵到底，饱满宏亮，尤其是适当应用了“古风、文脉、云乡、陇头”这些不算生僻但也不常用的古典词汇，传递出独具特色的文化信息。

《神仙留恋的好地方》的乐曲，无疑是赵季平先生因期许甚高而精心创作的一首满意之作。这首乐曲，体现了他一贯的创作特点，即在关陇原生态民间音乐与现代作曲手法上寻找契合点，提纯深化，不仅使得音乐表现仍然具有浓郁的民间特色和地域气息，而且具有强烈的时代感和艺术张力。尤其单列出来的引子婉转起伏、先声夺人，一唱三叹的结尾层层推进、情感充沛，两者将近占整个曲子的一半，大胆新颖，有虎头豹尾的奇效。

在《神仙留恋的好地方》的演唱中，王宏伟充分发挥他优越的声音条件和深厚的音乐素养，能够将歌词、曲谱中所蕴含的文化历史精神，注入自己悠长而又深邃的歌唱之中，音色圆润、大方，声音细腻略带粗放，演唱得真诚、亲切而又满含深情，尤其高音区更是令人荡气回肠、叹为观止，展现了这位“西部情歌王子”豪放深情的西部风格、极富个性的声乐技术和铿锵热烈的时代激情。

《神仙留恋的好地方》的成功问世，是市委、市政府大力支持的结果，更是赵季平、周奉真、王宏伟精心创作的结果。在此，我们谨向各位领导、艺术家和所有关心、支持这首歌曲创作的人们，表示崇高的敬意和衷心的感谢！

当然，由于歌曲这种艺术体裁本身的局限性，也由于平凉历史文化的多元性，要想在一首四分多钟的歌曲中囊括平凉所有重要的文化元素，满足每一个人的理解和表达，这是不可能

的，也是不现实的。我们希望以这首歌曲的创作和传唱为新的契机，备受启发和鼓舞的平凉音乐界，能够创作出更多更好的音乐作品，来回馈我们脚下这片神奇的土地。

崆峒放歌，泾水流韵；高山流水，遍地知音。我们相信，从今天开始，回旋在平凉大地上的《神仙留恋的好地方》，一定会成为平凉人最为钟爱的歌曲之一，也一定会成为平凉走向世界的一张亮丽名片。

让我们所有的平凉人，高唱着《神仙留恋的好地方》走向新的征程！让更远更多的朋友们，高唱着《神仙留恋的好地方》走进平凉！

2013 年 5 月 22 日

# 家门口的名家书画艺术盛宴

## ——在甘肃画院书画作品邀请展开幕式上的致辞

经过一段时间的紧张筹备，甘肃画院书画作品邀请展今天就要隆重开幕了。这个展览，不仅开启了我市文艺界与省内专业文艺团体加强交流合作的良好开端，而且也在促进平凉文艺事业发展，乃至宣传平凉、推介平凉方面发挥了独特的作用。在此，我谨代表各主办单位和平凉文学艺术界的朋友们，向本次展览的开幕和同期举办的平凉市美协艺术交流中心揭牌表示热烈的祝贺，并向远道而来、为我们传经送宝的各位艺术家们表示衷心的感谢！

平凉是西北黄土高原生态良好、山川秀美的旅游胜地，黄帝问道圣地崆峒山、西王母故里回中宫、国家级森林公园云崖寺等100多处独具特色的风景名胜，既有北方山势之雄，又兼南国山色之秀，是历代画家们“搜尽奇峰打草稿”的绝好题材。同时，这里历史悠久、文化灿烂，有传承至今的成纪文化、崆峒文化、西王母文化和皇甫谧医学文化等重要文化名片。仅以书画艺术而论，如东汉末年的书法家梁鹄，上承秦汉气象，下启二王风流，卓然成为一代宗师。进入现代，白石老人的得意门生赵西岩，被美术界誉为“把齐派画风带入陇原的第一人”，在中国画坛也有一定的地位。近年来，我市不断加快文化名市建设步伐，通过丰富多彩的文化形式和艺术载体，弘扬传统文化精髓，打造地域文化品牌，有效地扩大了平凉的知名度和影响力。这其中，书画艺术作为平凉文化的一个重要方面，

发挥了不可替代的作用。

今天，我们欣喜地看到，代表着当代陇原美术高峰的甘肃画院各位艺术家，带着自己的得意之作，来到平凉，让我们有幸在家门口享受这一省级书画艺术盛宴的同时，不仅对各位艺术家卓越的艺术才情钦慕不已，而且对甘肃画院走基层、转作风、改文风的艺术实践活动油然而生敬意。我们有理由相信，这一让平凉美术界如沐春风的高层次书画展览，必将让平凉在打造甘肃“敦煌画派”的进程中有所裨益，也必将对平凉美术界乃至整个文学艺术界产生积极而又良好的影响。

愿我们以本次展览和美协艺术中心揭牌活动为契机，进一步加强交流，携手合作，把平凉书画艺术事业推向一个新的更高的境界。

2013 年 11 月 2 日

# 千秋砚峡石　磨墨供吾笔

## ——在华亭县三部地方人文书籍首发式上的发言

今天，我们从不同的地方、不同的行业和不同的岗位，相聚在关山脚下，举行《关山寻踪》《华亭曲子戏》和《聚焦华亭》三部地方人文书籍出版发行座谈会，可以说，是文化这个坚韧而又神奇的纽带把我们聚集在了一起。在此，我代表市文联及所属各文艺家协会向三本书籍的出版发行表示热烈的祝贺！向参加座谈会的各位尤其是从兰州远道而来的一直关心和支持平凉文艺事业的各位领导和专家学者表示热烈的欢迎！向为这三部书籍的编纂和创作付出辛勤劳动的各位作者、编者表示崇高的敬意！

刚才，华亭县的领导和有关作者、编者向大家介绍了三部作品集的创作和编纂过程，各位专家学者就三部书的价值、品位和出版发行的意义，以及今后更好地做好这方面的工作，发表了许多有价值、有见地的观点，让我们备受鼓舞，也深受启发。这些真知灼见，不仅是我们平凉文艺界在实施华夏文明传承创新区战略、建设平凉文化名市的进程中，需要认真学习和借鉴的经验之谈，而且也是我们更好地发掘地域文化资源、打造特色文化品牌的精神动力。我想，我们今天举办这个座谈会，不仅仅是为了给这三本书庆功、向各位作者和编者喝彩，而更重要的是借助座谈会这个良好的平台，着眼于地域文化的未来、着眼于文艺事业的发展，集思广益、贡献智慧。我想，我们这个座谈会的意义，也正在于此。

借此机会，我讲两个方面的意见。

第一，对三部书籍的评价。

这三部横跨地方史地、民间戏曲、现代摄影三个艺术领域，又同时具有史料价值、学术价值和艺术价值的作品，它的出版面世，不仅是华亭人民文化生活中的一件大事，也是全市文学艺术界的一件好事。之所以说这是一件大事好事，主要是因为这三部作品集有其独特的学术价值、史料价值、艺术价值，对我们今后做好地方文化遗存的发掘、整理工作，具有导向作用。

一是就史料价值而言：我们知道，华亭是陇山也就是关山山脉的重要地段，从自然地理来说，它既是泾河的发源地，也是泾河和渭河流域的分水岭；从民族文化来说，它既是周秦汉唐时期长安的天然屏障，也是农耕文化和游牧文化的分界线。特殊的地理位置和人文结构，造就了华亭独具魅力的历史文化，如资源富集的始祖文化、先秦文化、陶瓷文化、道教文化和农耕民俗文化等等。而一个地方的历史文化，就是一个地方的名片，也是一个地方的灵魂，更是一个地方发展的不竭动力。纵览这三部书籍，我们欣喜地看到，《关山寻踪》一书以关山这一极具历史文化信息的符号为切口，从关山而延伸到华亭，从自然而深入到历史，从民俗而透视到人文，以大量历史文献、考古成果和现场行走勘察的观感等令人信服的资料，较为系统、也较为明晰地勾勒出华亭这一地域的人文史地脉络，不仅填补了华亭县在人文史地研究方面的空白，而且也成为近年来我市人文史地类专著中的优秀代表之一。《华亭曲子戏》一书，把传承了四五百年的首批国家级“非遗”项目华亭曲子戏作为一项重要的大型文化工程来做，将存留在华亭这块土地上的中华戏曲文化瑰宝之一的曲子戏戏文曲目论文等，广为搜求，一网打尽，而且图文并茂，成为一部具有集大成性质的“小剧种、大专著”。而《聚焦华亭》摄影作品集，虽然所展现的都是华亭这个绿色能源之都经济社会发展的成果，但今天的影像，就是明天弥足珍贵的历史。所以说，它们都是具有史料价值的。

二是就学术价值而言：这三部书籍，虽然分属三个不同的门类，但它们有一个共同点，那就是：它们都既不是纯粹的个人行为，也不是纯粹的文艺创作，它们是为地域文化立言的、建立在严肃的学术基础之上的、具有较高学术品位的人文类专著。所以它们的学术性决定了它们的生命力，换句话说，也就是它们的生命力昭示着它们的学术性。《关山寻踪》一书以开阔的学术视野、大量的各类资料、严谨的治学态度和科学的研究方法，把关山作为串起华亭历史文化的一条项链，使这部书成为了解华亭历史文化的重要窗口。《华亭曲子戏》一书收录了近年来研究和解读华亭曲子戏的理论文章，展示了华亭县在非物质文化遗产保护工作中的最新成果，也无形中提升了华亭曲子戏在民众心目中的地位；同时，在曲目和戏文的收集编排方面，本着保护第一的原则，力求保持原生态，突出多样性，表现了编者对历史文化、民间文化的敬畏之心。《聚焦华亭》这部摄影作品集，虽然基本上都是画面的展示，但透过作品的表象，我们不难看出华亭这支在全市乃至全省屈指可数的优秀的摄影家队伍，所具备的可贵的理论武装和学术支撑。

三是就艺术价值而言：不论是文艺作品，还是学术著作，其中所蕴含的艺术性，不仅直接体现着作者和编者的学养和才情，而且决定着费了好多心血创造出来的作品究竟能不能传播开来、能不能流传下去。尤其是作为人文史地类的《关山寻踪》，最大的特点是以丰厚的历史地理积累为骨架，以鲜活的

文学艺术手法为血肉，点面结合，虚实搭配，使全书呈现出具有很强可读性的历史文化类大散文的特质。如果作者没有扎实的史学功底和深厚的文学修养，很难达到这种状态。当然，《华亭曲子戏》即使不用表演，其本身也就是十分有趣、诙谐的文人案头读物，有些外国人说中国人不懂幽默，但是看一看《华亭曲子戏》，我们就会发现，这就是农业社会的幽默，也是最为本真的中国人的幽默。另外，《聚焦华亭》摄影集，在展现华亭自然山水和经济社会发展的主题下，汇集了本县众多摄影家的精品力作，是摄影大县、摄影强县的具体体现。

第二，三部书籍对我们的启示。

这三部书，为我们今后做好地方历史文化的发掘、整理和研究工作，树立了一个向高、向善、向美的标杆，对我们的启示是多方面的。我想，最主要的有三点：

启示之一：领导重视、舍得投入是前提。这三部书的成功出版，是华亭县委、县政府发展和繁荣地域文化的具体行动，也是华亭这一经济强县开始向文化大县发展的一个明显标志。在这三部书从资料搜集到编纂的整个过程中，除作者和编者们在实地走访、采风、搜集第一手资料时，所花费的大量的人力、物力外，即使到了编纂阶段，也都是数易其稿，需要一定的财力作为支持。可以说，没有县委、县政府的积极倡导和大力支持，仅靠几个作者和编者，要做成这几部具有地方文化志书式的专著，的确是很难想象的。所以，我们由衷地钦佩华亭县委、县政府重视文化事业的高远眼光和实际行动。

启示之二：做好策划、责任到人是保证。应该说，县委、县政府的倡导和支持，激发了县委宣传部、县文广局、县文联等宣化文化单位的创造力，他们以高度的文化自觉和文化自信，毅然承担起发展和繁荣华亭文化的使命，从大处着眼抓策划，从小处着手抓编纂，提出了明确的目标和措施，靠实责任，紧盯不放。特别是对承担有关编纂任务的同志提供便利，保证时间，确保他们能够全身心地投入到编纂和创作中去。这种求真务实、干一事成一事的工作作风，不仅是值得继续保持和发扬的，而且是全市文学艺术界应该学习和借鉴的。

启示之三：名家领衔、内外结合是特色。在这三部书中，《关山寻踪》是外请名家，而其他两书都是由本县学有专长、造诣高深的专业人员完成的。这不仅体现了华亭县在文化事业发展中高点定位、取法乎上的追求，而且也体现了华亭县文艺事业实事求是、一切从实际出发的工作作风。文艺事业的发展，有其自身的规律，一味地闭门造车，或者一味地依靠外援都有失偏颇。我们应该像华亭县一样，既注重引进外地专家正本清源式的文化解读和智力支持，也要注重充分发挥本地人才熟悉当地文化资源的独特优势及其积极性和创造性。

总之，华亭县能够编纂和出版这样较高层次和水平的人文书籍，并能够为这三部书籍专门召开这么一个高规格的座谈会，足见他们发展和繁荣地域文化的决心和信心。我们完全有理由相信，这仅仅只是一个开端，华亭县文艺事业大发展大繁荣的明天必将更加绚丽多彩！

在去年 6 月召开的华亭县文学艺术界联合会第二次代表大会上，我曾经有过这样的发言，今天我仍然愿意重复一遍，以表达自己的心情。这段发言是这样的：曾经久居华亭的明代乡贤赵时春在《砚石作砚》一诗中写道："千秋砚峡石，磨墨供吾笔。龙虎踞毫端，烟云散窟室。"大致意思是说，用华亭砚峡石做砚磨墨，应该能写出具有龙腾虎跃之势、烟笼云飘之状

的诗文，也就是说既雄浑又柔美、既豪放又婉约，是一个相当高的境界。今天，当我们再次重温这首诗，似乎会感到这位杰出的文学家早在400多年前，就为今天的华亭文艺界寄予了厚望、做出了预言。我们有理由相信，有华亭县委、县政府的大力支持，有各位专家学者和社会各界的鼎力相助，华亭文艺界的朋友们一定能够凿砚石为砚，以汭河水为墨，挥舞时代的巨笔，把物质的安口制造、华亭制造转化为文化的华亭创造、精神的华亭创造，谱写出更多无愧于历史、无愧于时代、无愧于华亭人民的华彩乐章！

2013年11月28日

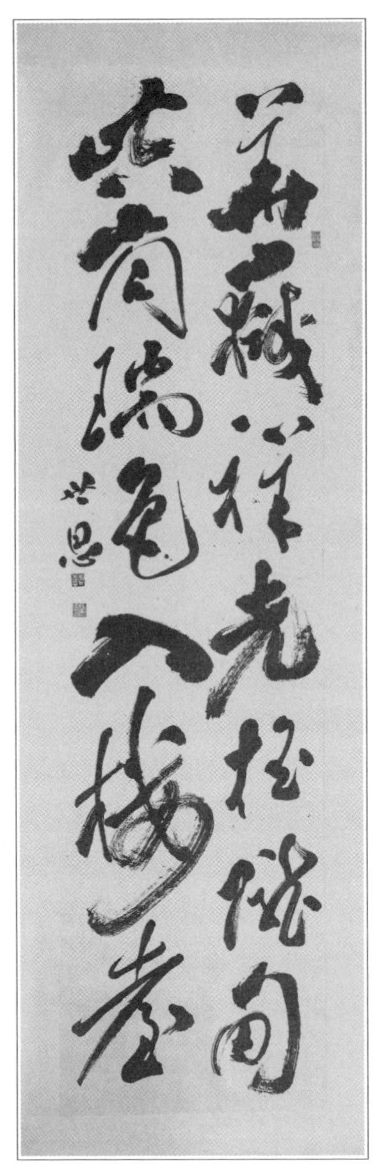

| 草书对联

# 关陇大地的社祭风情录

## ——在孙廷永《社祭者》首发式暨学术研讨会上的发言

最近，平凉老一辈摄影家孙廷永先生的大型民俗摄影集《社祭者》由甘肃人民美术出版社编辑出版。今天，我们又在这里隆重举行该书首发式暨学术研讨会。这个首发式暨学术研讨会，群贤毕至、名家云集，是一次高规格、高层次的摄影艺术盛会，这不仅是对孙廷永先生及其艺术成就的充分肯定，而且也必将对平凉摄影事业乃至文艺界都产生积极的促进作用。

孙廷永先生是平凉摄影界享有很高声望的老一辈摄影家，现为平凉市摄影家协会顾问。多年来，他以“行万里路”的精神和毅力，一直行走在秦陇大地上，用一双坚实的脚板和一双善于发现美的眼睛，搜尽奇峰，阅尽世相，创作了许多精彩的摄影佳作，在省内外摄影界都产生了一定的影响。同时，他作为平凉新时期摄影事业的带头人之一，还以高度的责任感和事业心，在培养造就摄影新人、推动平凉摄影事业发展方面做出了一定的贡献。

刚才，各位专家学者对孙廷永先生及其大作《社祭者》的艺术成就和学术价值发表了许多很有见地的观点，让我们深受启发。我想，今天的这个研讨会，其实是《社祭者》搭台，摄影家唱戏，不仅仅是为了给这本书庆功、向作者喝彩，而更重要的是借助研讨会这个良好的平台，给平凉的摄影家们提供一个开阔视野、学习交流、共同提高的机会。我想，这才是我们这个研讨会最重要的意义。

借此机会，我也谈一些自己拜读《社祭者》时的粗浅认识。

一、《社祭者》记录着作者的心路历程。

在一定程度上，任何文学作品都是作者或隐或现的个人史，那么一部厚重的摄影作品集无疑也是作者的个人史。在《社祭者》中，我们可以看到孙廷永先生在十多年的岁月里，如何将一串串清晰足迹刻画在以平凉为中心的版图上，如何与淳朴的农民一起享受过年的快乐和祭祀的神秘，他在记录和抢救濒临消失的社祭这一独特的民俗事象的同时，也把自己的心路历程融入一幅幅精美的画面中，使自己的人生因民俗而丰富，因艺术而精彩。

二、《社祭者》展现着民俗的独特魅力。

秦陇大地是周人旧邦，华夏农业文明的曙光就是从这里开启。几千年来，在农耕文化沃土上衍生出来的民俗文化丰富多彩，而社祭正因为具有集娱乐功能、教化功能和巫术功能为一体的独特作用，在这块土地上得以传承下来，而且在二三十年前还基本上体现出原生态的面目。从这个意义上来说，选取“社祭者”这个专题，而且能持之以恒地坚持下来，孙廷永先生是幸运的。在《社祭者》中，我们可以看到那些不事雕饰、妙手天成的社祭画面，表面上展现的是一种原生态的民俗之美，实质上却是反映人生的苦乐和历史的厚重。

三、《社祭者》体现出较高的学术水准。

毫无疑问，在平凉近年出版的为数不少的摄影作品集中，《社祭者》应该是不可多得的精品力作。之所以这样说，是因为立体地看这本书，它的方方面面都是建立在学术的基础之上。一是装帧设计厚重大气，古朴典雅，低调奢华。二是所有文字特别讲究，叶舟先生的序言既深刻又唯美，还有与摄影名家访谈就社祭这一民俗事象的拍摄说起，汪洋恣肆，具有较高的学术性和丰富的信息量。尤其是所附的“西北地区社祭形态”，十分珍贵，可以称得上一部西北大地的社祭风情画廊，具有较高的文献价值。

以上三点，仅仅是个人的一孔之见。不妥之处，还请各位方家不吝赐教。

2014 年 1 月 18 日

# 敬意和期待

## ——在杨显惠、叶舟《从文学出发》讲座上的致辞

在平凉最为火热的季节，我们迎来了大家都很爱戴也很熟悉的著名作家杨显惠、叶舟两位老师，给我们举行《从文学出发》的讲座。在得知两位老师要来平凉的消息后，大家都很期待能一睹两位老师的风采，聆听两位老师的高见。在这个美好的夜晚，大家的心愿实现了。这个讲座，是平凉继前几天举办的文学名刊改稿会暨崆峒笔会之后，又一个高层次、高品质的文学活动。

参加今天讲座的除杨显惠、叶舟两位老师外，还有平凉籍著名学者、作家，海南师范大学教授、海南省文联副主席单正平先生，有平凉市文联、平凉市作协、平凉日报社、平凉广播电视台有关同志，以及社会各界的文学爱好者170多人。在此，我代表平凉市文联，向两位老师表示崇高的敬意和衷心的感谢，并向各位朋友前来听讲表示热烈的欢迎！

说起杨显惠和叶舟两位老师，我和平凉的读者一样，都并不陌生。早在20世纪80年代末，我在庆阳师专上学的时候，就接待过当时在大学生文学领域名满天下的叶舟先生，不过那是一个冒牌的叶舟，不是今天的真身。但由此可见，当时才刚刚大学毕业的叶舟先生已经具备了相当的被假冒、被利用的价值。叶舟先生是全国“60后”作家中为数不多的早慧型才子，他在诗歌、小说、散文、剧本等多个方面都有许多众口传颂的佳作。叶舟先生也是全国“60后”作家中为数不多的始终保持

旺盛创作势头和雄厚创作实力的作家，他连续三届入选“甘肃小说八骏”，并以《我的帐篷里有平安》荣获2014年第六届鲁迅文学奖短篇小说奖，这是文学的荣光，也是甘肃的骄傲。我可以坦率地告诉大家，虽然我和叶舟老师是同龄人，但我也是他众多粉丝中的一个。

对我们尊敬的杨显惠先生，我不知道用怎样的语言来介绍。思来想去，最终还得借用叶舟老师的一句话，他说，他就是给杨显惠先生拎包的。这句话，当然是叶舟先生虚怀若谷的一种表现，但也是发自内心地表达了叶舟心中杨显惠先生的位置。杨显惠先生早年从事纯文学创作，取得了众所瞩目的成绩。后来，他的创作志趣发生了很大的变化，他不再在书斋里吟风弄月，而是像一个苦行僧一样，常年跋涉在夹边沟、定西和甘南等被人们遗忘的角落，以一个战士的勇敢、一个学者的执着、一个思考者的坚守，克服我们无法想象的困难，采访了数以千计的人物，为我们、也为后世留下珍贵的《夹边沟记事》《定西孤儿院纪事》和《甘南纪事》等，让这个民族记住了曾经的伤痛。我们可以肯定的是，这三部“记事”，时间越久，意义会越深远。在我们所处的这样一个浮躁的年代，像杨显惠先生这样的人，注定会是少数。我们要向这样的“少数”献上我们由衷的敬意！

今晚的讲座，主题是《从文学出发》。我想两位老师一定会有很多文学方面的心得和智慧和大家分享。现在，有请两位老师上台开讲，让我们一起“从文学出发”。

2016年8月17日

# 感动·敬佩·震撼

## ——在王西麟先生与平凉音乐界人士见面会上的致辞

有道是：人逢喜事精神爽，月到中秋分外明。在刚刚度过中秋佳节之后，我们平凉文艺界特别是音乐界的朋友们，又迎来了自己的节日——这就是令我们平凉人骄傲的国际著名音乐家王西麟先生回家了。今晚，我们在这里举行王西麟先生与平凉音乐界人士见面会暨平凉地方音乐展演活动，把平凉原生态的地方音乐呈现给王西麟先生和各位专家，也请王西麟先生和各位专家给平凉音乐界传道授业解惑，这无疑是平凉文艺界的一件喜事，更是平凉音乐界的一件盛事。在此，我代表平凉市文联、平凉市音乐家协会，向尊敬的王西麟先生以及随行的著名作家、乐评人施雪钧先生，著名钢琴演奏家、学者张奕明博士表示热烈的欢迎和衷心的感谢！

67 年前的今天，也就是 1949 年的 9 月 18 日，年仅 12 岁的王西麟先生从平凉中学一年级参军，此后他再也没有回到平凉。67 年后，又是“9·18”这个具有特殊意义的日子，这位当年稚气未脱的小儿郎，作为有世界影响的音乐家，又回到了他人生的起点。少小离家老大回，这期间，他经历了许许多多的坎坷磨难，也成就了众所瞩目的鸿篇巨制。今晚，我们以乡亲的名义，欢迎这位阔别故乡、远道归来的游子；也以音乐的名义，向这位中国最重要的作曲家之一的大师致敬！

我最为感动的，是王西麟先生对故土的一片深情。平凉这座古城，是先生儿时的家乡，也是他音乐艺术的起点。承蒙我们平凉籍学者、作家单正平先生的牵线搭桥，我们有幸与先生

取得了联系。当时，他给我发来的信息说："我太想念平凉了。从1949年离开，我对平凉魂牵梦绕！"从这朴素的语言里，我们读懂了什么叫岁月的沧桑，更读懂了什么叫割不断的乡情，什么叫忘不了的感恩。

我最为敬佩的，是王西麟先生对艺术的执着追求。先生离开平凉后，凭着在教会小学打下的一点基础，勤学苦练，自学成才，成为作曲、演奏、指挥等样样在行的青年才俊。在考入上海音乐学院后，通过大量阅读世界名曲，找到了研究的方法和创作的门径。即使在受到政治迫害的14年间，他也从来没有放弃心爱的艺术，尤其是把西洋音乐与地方音乐完美地结合起来，创造了具有自己独特风格的音乐语言，成为享誉世界的作曲家。

我最为震撼的，是王西麟先生对音乐的深刻思考。前不久，著名作家杨显惠先生应邀来平凉采风，在讲座中，他称许平凉这块土地人杰地灵，因为从这里走出了他最为佩服的音乐家王西麟先生。被誉为"文学良心"的杨显惠先生，之所以如此推崇王西麟先生，这除了艺术家之间心灵相通、惺惺相惜之外，更重要的是王西麟先生代表着"音乐的良心"。特别是近年来，他以开阔的视野、深刻的思考和精湛的艺术，把对历史的拷问和对社会的关注，融入音乐创作中去，让自己的音乐成为有厚重历史、有铮铮铁骨、有时代使命、更有道义担当的国际化语言。

这里，我想借用俄罗斯著名指挥家雷洛夫的话结束我的致辞，他说："如果一百年前，有外星人来到地球，要用一个小时了解人类历史，请他听贝多芬的《第九交响曲》；如果现在，又有外星人来到地球，要用一个小时了解人类历史，请他听王西麟的《第三交响曲》。"

最后，祝愿王西麟先生一行的平凉之行顺心愉快！祝愿王西麟先生健康长寿、再谱华章！祝愿今晚的活动圆满成功！

2016年9月18日

# 陇头月下甘州曲

## ——在“问道西域·王怀罡书法作品展”开幕式上的致辞

在各主办、承办单位特别是东道主张掖有关单位的大力支持下，“问道西域·王怀罡书法作品展”正式开幕了。这个展览，虽然是一次个人作品展，但因为主办者的层次和书法家的水准，必将成为平凉和张掖两市间文艺交流的一次破冰之旅，必将成为平凉文艺界向张掖同行学习交流的一次问道之旅，也必将成为两市文艺界缔结友谊、携手同行的美好见证。在此，我谨代表平凉市文联及所属10个文艺家协会，向参加开幕式的各位领导和各主办承办单位，表示衷心的感谢！向展览的举办表示热烈的祝贺！同时，也向现场的观众朋友们表示热烈的欢迎！

平凉和张掖，是古丝绸之路甘肃段东西两端遥相呼应的两大重要驿站，曾经在传承民族文化血脉、促进多元文化交流的历史进程中，发挥过不可或缺的作用。平凉陇山的“陇”字，张掖甘州的“甘”字，都为我们的千里陇原赢得了最美的名字。当年张骞出使西域的凿空之旅，卫青、霍去病抗击匈奴的万里远征，玄奘法师远赴西天的取经之路等重大历史事件，这两座城市都是亲历者和见证者。今天，我们在这里举办“问道西域·王怀罡书法作品展”就有回顾历史渊源、开启美好篇章的意义。

王怀罡先生从事书法艺术数十年，与古为徒，博采众长，众体兼擅，具有很高的造诣，不仅是平凉书法界的领军人才，

而且作为市书协主席，为近年平凉书法整体提升、跻身陇上书法重镇，做出了有目共睹的贡献。所以，我在其书法集的序言中写到“再精彩的书法也承载不了人生的厚重”，说的正是他对当代平凉书法的意义。我诚恳希望，怀罡先生的这次展览，能够得到张掖朋友们的认可和喜欢，并进而通过他的书法作品，了解和喜欢他这个人。

我钦佩怀罡先生的人品、艺品，也感谢他对平凉书法的贡献。这贡献，也包括这次倾注了很多心血的展览在张掖举办，就是以一己之力为我们两市文艺交流搭起了桥梁。

古典文学的词牌名中，至少有两个流传甚广的词牌对应着平凉和张掖，这就是“陇头月”和“甘州曲”。我觉得，这不仅从一个小小的侧面，反映出两市历史文化的厚重，而且也像一个隐喻，预示着我们两市的文学艺术事业明亮如陇头之月、雄壮如甘州之曲！

2018 年 10 月 22 日

# 文风盛则琴乐兴

## ——“崆峒问道”古琴音乐会《崆峒引》首发式致辞

在这个美好的夜晚，我们聚集一堂，以崆峒和音乐的名义，以虔诚和期待的心情，共同欣赏“崆峒问道”古琴音乐会，并见证古典名曲《崆峒引》从盛唐时代穿越而来，第一次回响在崆峒大地。这是我们大家的一份幸运和福分，更是平凉音乐界乃至整个文艺界发掘、整理和传承优秀传统文化的一个创举。在此，我谨代表平凉市文联，向本次音乐会表示热烈的祝贺，向为搜集、打谱和演奏《崆峒引》的清意琴舍以及所有的表演者们表示诚挚的敬意!

琴棋书画，琴为第一。置身于这个琴韵悠扬的环境，我这个音乐的门外汉，也被“带了节奏”，有了表达的欲望。当然，我的表达不是弹琴，而是说话。受李宇先生的委托，我愿把自己对本次活动的一些肤浅的理解，分享给大家。分享的内容，可以总结为两组关键词。

第一组关键词：古琴与古琴曲。大家知道，平凉是陇东南始祖文化的核心区，人文始祖伏羲、西王母和黄帝，都曾在这块土地上留下了华夏民族早期的文化印记。早在系统的汉字出现以前，我们这块土地就因人类的生产生活而产生了最古老的音乐，也随之出现了古籍所记载的伏羲作琴的传说。古琴的出现，不仅让中国古老的音乐有了一个表现的载体，而且让它更加具有艺术性和系统性。这是我们的祖先和这块土地对中国文化的贡献之一，也是我们需要倍加珍惜和弘扬的文化瑰宝。

第二组关键词：崆峒和崆峒引。崆峒，是平凉山水的代表，也是平凉文化的标志。自《庄子》记载了黄帝问道于崆峒的故事后，崆峒就成为中国传统文化中一个经久不衰的话题，并由此而产生了许多以此为题材的文艺作品。出现于唐代的古琴曲《崆峒引》就是其中之一。但是，由于我们长期以来对中华优秀传统文化的漠视，古老的古琴技艺和古琴名曲已成为特别小众的艺术，甚至面临失传的危险。但令我们欣喜的是，平凉清意琴舍以弘扬古琴艺术和地域文化为己任，在浩如烟海的古代文献中勤奋采掘，多方寻找和整理出了唐代琴曲《崆峒引》，并把它奉献给社会。这好像是一个小小的琴舍，邀请唐代名家为平凉当代文化旅游量身定制了一首形象宣传的名曲。我们除了欢迎，更多的是幸运和敬佩！

文风盛则琴乐兴。《崆峒引》的“引”，是中国古代乐曲的体裁之一，但我更愿意把它理解为引导、引领的意思。希望通过本次音乐会和《崆峒引》的首发，引导和引领全市文艺界进一步学习和传承中华优秀的传统文化，创作出更多具有平凉元素、平凉符号的文艺精品。

各位朋友，古琴是“圣人之器”，弹琴是“君子雅好”。在这代表着平凉伏羲文化、崆峒文化的古典名曲即将响起的时刻，我衷心地祝愿在座的各位君子们度过一个难忘的良宵！谢谢大家！

2020 年 7 月 2 日

# 致静宁作家著作出版座谈会贺信

欣闻2011年静宁作家著作出版座谈会在静宁举行，我因公务在身，不能躬逢其盛，遗憾之余，谨致书一封，以表真诚的祝贺和由衷的敬佩！

近年来，在静宁县委、县政府的高度重视和社会各界的大力支持下，家乡的文学艺术事业取得了长足的进步，结出了丰硕的成果，形成了老中青三代文学艺术家和爱好者梯次跟进的整体阵容，对进一步充实静宁的文化内涵、提升静宁的人文品质、塑造静宁的对外形象都产生了深远的、积极的影响。这是静宁以至平凉文学艺术事业繁荣进步的动力之所在，希望之所系。

文学艺术的功力，非一日所能成就。这一部部作品的后面，饱含着多少矢志不渝的追求和锲而不舍的坚韧！这正是千百年来故乡大地上最可贵的东西！在当今这个普遍骚动不安、急功近利的时代，家乡的作家们却能沉下心来，把握住自己的人生，把心灵安顿在文学艺术的殿堂里，成就自己的艺术人生，光大家乡的文化传统，诚可叹可敬！

2011年，静宁文学界又迎来了一个不可多得的好年景。前辈知三先生积四十年之修炼，为我们捧出了陇上民间文学黄钟大吕般的6卷本《王知三文集》，这是漫长时间的积累，也是辛勤劳作的回报，实至名归，可喜可贺！安甲丑在《布谷鸟的回声》荣获甘肃文学最高奖黄河文学奖之后，又出版了具有浓

郁地域风情的和乡村史诗般的《双堡山》，其创作之勤奋、功力之深厚，令我辈敬佩、同侪刮目。杨桂晔的诗集《零度窗花》以其独特的女性视角和充满性灵的笔触，目之所视与耳之所听，皆成诗意，成为平凉女性诗歌的佼佼者。其他如张亚平的诗集《大地清唱》、王响流的诗集《露水点灯》、靳彦春的诗集《阳光与爱》、王彩明的诗集《雨季·山花》等，我虽未能先睹为快，但不论有无交游，皆心向往之，心存感佩，一并表示我迟到的祝贺。

平凉市文联是全市文学艺术工作者共同的家园。市文联将在培养文艺新人、推介文艺作品方面全力以赴、竭诚服务，鼓励大家成名成家，支持大家走出平凉、走向更加广阔的天地。市文联也需要得到包括静宁作者在内的所有文学艺术工作者的支持、帮助，欢迎大家对市文联工作提出具有建设性、指导性和前瞻性的意见建议。

最后，祝家乡各位文学艺术工作者更加幸福快乐、艺术人生更加丰富多彩！祝静宁文学艺术事业更加繁荣、硕果累累！

2011 年 5 月 18 日

# 致柏夫文学作品座谈会贺信

静宁七月，杏熟麦黄；文华重镇，名家雅集。值此柏夫文学作品座谈会隆重举行之际，我谨向莅临座谈会的各位学者、作家表示崇高的敬意，并向柏夫先生表示热烈的祝贺！

由静宁县教育局发起组织的柏夫文学作品座谈会，表现了静宁教育界在推动素质教育特别是人文教育方面的独到见解和高远眼光，这不仅是对柏夫先生多年来文学创作成果的一种重视和推崇，更是对静宁当代文学创作和教育文化的一种推动与昭示。

柏夫先生作为平凉市作家协会副主席，是一位在平凉乃至陇上都颇具实力和影响力的作家。多年来，他在认真做好本职工作的同时，把文学作为精神的皈依和追求，以良好的文化素养、扎实的生活基础和深厚的艺术功力，在小说、散文创作方面取得了众所瞩目的成绩。特别是他的创作态度十分严谨、自我要求几近苛刻，每有创作必为精品，每有文集必夺桂冠，入选省“农家书屋”的小说集《乡韵》获甘肃省第二届黄河文学奖，入选中国“农家书屋”的散文集《山庄记忆》获第四届黄河文学奖，这是一些专业部门的文学工作者终其一生都无法企及的荣誉。这是作者本人和静宁文化教育界的光荣，也是平凉文学艺术界的骄傲。平凉市文联对柏夫先生的辛勤劳动和取得的丰硕成果表示由衷的钦佩！

我们欣喜地看到，最近在《崆峒》复刊号推出的短篇小说

《远村》，是柏夫先生在漫长的文学旅途中的又一个驿站，反映了柏夫先生在文学创作方面新的思考、新的追求。希望柏夫先生继续保持良好的创作势头，以平凉文学领军人才的姿态继续前行，写出更多更好的、能够深刻反映这方水土这方人生活状态和精神追求的传世之作，为充实平凉地域文化内涵、引领平凉文学创作进步做出应有的贡献！

2012 年 7 月 6 日

# 致静宁苹果文化“六个一”工程作品发布会贺信

时逢金秋，硕果飘香；静宁文坛，再传佳音。欣闻静宁苹果文化“六个一”工程作品发布会举办在即，我因公务不能参加，特致书一封，谨代表平凉市文学艺术界联合会及所属各文艺家协会，向这一工程的成功告竣表示热烈的祝贺！并向莅临发布会的各位领导和朋友们表示诚挚的问候！

静宁苹果产业，经过二三十年的迅猛发展，不仅成为一项无可替代的绿色富民产业，而且名传海内外，为静宁赢得了莫大的荣光。为了让物质意义上的静宁苹果，突破时空限制，以文化的姿态进入消费者的视野，持续扩大和延伸品牌效应，由静宁县委书记王晓军先生担纲策划了静宁苹果文化“六个一”工程。经过县文联等各有关单位的共同努力，各有关作者、编者的辛勤劳动，终于在第二届平凉金果博览会暨静宁苹果节盛大发布，把苹果种在了文字里，种在了诗行里，也种在了影像中，诚平凉文艺界可喜可贺之盛事。

这一工程中，既有描写静宁人民发展苹果产业的长篇小说，也有荟萃国内知名作家赞美静宁苹果的诗文集，还有形象展示静宁苹果生产销售场景的画册、地方标准汇编以及与静宁苹果相关的高清微影视、纪录片等。一册在手，再现峥嵘岁月；图文并茂，铺陈满目精彩。

这种用文化包装苹果，让苹果更具文化，把消费者培养为

读者，把读者发展为消费者的创新之举，不仅打通了苹果产业与文学艺术的连接通道，而且使“世界上的第四颗苹果”更具文化内涵。我们完全可以肯定，这一创举，既是平凉产业化开发推介的文化探索和创造，更是平凉文学艺术界积极融入现实生活、为人民创作的标杆和榜样。作为平凉文艺界的一员，我们除由衷的感佩之外，更多的是由衷的敬意和深刻的启迪。

文学艺术可以承载着人类的灵魂飞翔。静宁苹果，自不待言。真诚祝愿静宁苹果能够乘着这“六个一”工程的文化翅膀，飞向全国、飞向世界！也真诚祝愿家乡父老种果成金，仓廪丰实，过上幸福安康的好日子！

2015 年 10 月 1 日

# 致固原市第六次文代会贺信

正是萧关春回、清水流韵的初春时节，欣闻固原市文学艺术界联合会第六次代表大会召开在即，作为毗邻地区的兄弟文联，我们谨向大会的召开表示热烈的祝贺，向进取创新、成果丰硕的贵会表示崇高的敬意，并通过贵会向固原市文艺界的朋友们表示诚挚的问候！

近年来，贵会坚持文艺“二为”方向和“双百”方针，围绕中心，服务大局，以突出人才队伍建设，促进文艺精品创作；以举办丰富多彩的文艺活动，服务当地经济社会发展，取得了众所瞩目的成绩。尤其是以西海固作家群为代表的文艺人才不断涌现，以《六盘山》文学期刊为代表的文艺阵地发展壮大，在西北乃至全国都产生了较大影响，为宣传固原文化、展示固原形象起到了不可替代的作用，也让关陇周边地区的文艺团体和朋友们称羡不已，深感自豪。

平凉和固原，山水相连，人文相亲，历史同脉，文艺界人士自古就有良好的交游和切磋，曾共同谱写了关陇文化的辉煌篇章。我们愿以这次盛会的召开为新的契机，紧紧抓住国家关于六盘山片区扶贫攻坚的政策机遇，重视并加强两市文联的交流合作，积极组织和推动各个团体会员开展文艺交流，更广泛地团结广大文艺工作者为繁荣和发展两市文艺事业做出新的更大的贡献。

平凉民国诗人受云亭先生曾在固原萧关诗社成立时赋诗祝

贺，其中有云："萧关诗社破天荒，空谷足音喜欲狂""性灵学说根言志，文化新裁变旧章。"我们以无比喜悦的心情，祝愿长缨在手的固原文艺界旧章新裁谱新曲，再造文艺事业的六盘高峰！

2016 年 3 月 16 日

# 致王知三先生《关陇民俗文化文论》座谈会贺信

戊戌之秋，知三先生大著《关陇民俗文化文论》正式出版，这是我“苹果之乡”静宁收获的一颗意义非凡的“文化金果”，凝结着作者大半生以来对关陇地区民俗文化的探寻、思考和智慧，也是作者献给关陇这块古老土地和人民的一份沉甸甸的厚礼。岁末之际，县文联又邀约文化、学术界人士，专门召开座谈会，这不仅是礼敬前辈、尊重劳动的实际行动，更是激励后学、培植文脉的有效举措。

《关陇民俗文化文论》是知三先生的民俗理论成果，拜读之后，感慨颇深，获益良多。其最值得称道者有三：

一是来源的民间性。几十年来，知三先生始终以“行者”的姿态，不知疲倦地奔走在广袤的山川大地，以乡野为家，与村民为友，抢救、挖掘和整理了大量濒临失传的、第一手的民间文化瑰宝，原汁原味，生动鲜活，散发着泥土的气息和草木的芬芳，充实了关陇地区的民间文化宝库。开疆拓土，功不可没。

二是门类的广泛性。知三先生兴趣广泛，多才多艺，举凡民间文化，如民间故事、神话传说、歌谣谚语、地方史志、传统节令，以及花儿、剪纸、皮影等，生怕失之交臂，无不尽入囊中，以一人之力而呈现出一方民俗学的万千气象。放眼国内，堪称名家。

三是学术的新鲜性。知三先生之勤奋、之钻研，几十年间一以贯之，老而弥坚，罕有其匹。他能从占有的丰富资料中，站在中外民俗学的理论高度，剥丝抽茧，去粗取精，去伪存真，发现新论据，提炼新观点，推出新思路，特别是为关陇旅游文化助一臂之力，体现了民俗学服务经济社会发展之功用。引领创新，实为典范。

我曾说过：所有饱含心血的作品，都是作者的自供状。这对知三先生而言，同样适用。因为知三先生是静宁乃至平凉系统研究民俗的杰出专家，他代表了一个时代、一个学术门类。所以，在研讨《关陇民俗文化文论》时，我们不仅要拜读其书，掌握和了解关陇民俗方面的学问，更要效法其人，学习其立足民间的立场、严谨治学的态度、进取不息的精神，培养一批像知三先生一样的青年才俊，真正把家乡文化事业提升到一个新的高度。

2018 年 12 月 19 日

# 评奖：是标杆，更是导向

## ——就第四届崆峒文艺奖评奖工作答记者问

在众所瞩目的第四届崆峒文艺奖揭晓之际，《平凉日报》记者柳娜（以下称记者）就社会各界所普遍关注的评奖工作是否公平公正、获奖作品是否名副其实，以及通过本次评奖对我市今后文艺创作有何启示等问题，对担任本届评委会办公室负责人的笔者进行了采访。现照录如下。

记者：每一届崆峒文艺奖的公布，都要在全市文艺界产生不小的影响。这次也一样，虽然还没有正式公布，但已经有一些人在打听和议论。请您先简单介绍一下本届崆峒文艺奖的评奖情况。

李世恩：每三年一届的崆峒文艺奖，是平凉市委、市政府设立的全市文学艺术最高奖，肇始于2003年5月。这个奖项，体现了几届市委、市政府对全市文艺工作的重视和支持。本届评奖从去年10月开始，市委宣传部就下发了通知，并在《平凉日报》、平凉门户网站、平凉新闻网发布了公告，受到了各县（区）、各有关部门和广大文艺工作者的积极响应，共征集到参评作品300多件（经审查有275件符合复评条件）。除了市内作家，一些远在外地的平凉籍作家、艺术家也踊跃参加，角逐此奖。同时，我们认真总结前三届评奖工作经验、广泛听取各方面意见，制定了第四届崆峒文艺奖评奖方案、细则、工作守则和评分标准，成立了以市委、市政府分管领导为主任的评审委

员会，聘请了21名公道正派、专业造诣较高的文艺工作者组成7个专家评审小组，分别负责9个文艺门类的评奖工作。最终确定获奖作品60件（见名单），未获奖作品240件，获奖率20%。

记者：本届崆峒文艺奖，是中央作出推动社会主义文化大发展大繁荣这一重大决定之后的第一次评奖，与往届相比有什么明显的不同？

李世恩：我认为，要求的不同是最大的不同。近几年，中央、省市委都提出要创新文艺产品评价机制，而文艺作品评奖正是其中重要的内容之一。评奖之初，评审委员会领导就提出不能就评奖而评奖，而是要通过评奖，树立今后全市文艺创作的标杆和导向，使评奖效益最大化。有这样的要求，作为具体的组织者和评委，就必须摒弃一切私心杂念，超越个人亲疏好恶，以对全市文艺工作高度负责的精神投入工作。

记者：作为评奖工作的组织者，你们觉得本届评奖是否做到了公平公正？

李世恩：一方面，文艺作品不是称斤两、量尺寸的物品，再高明的评委也不可能把它们很精确地按轻重或长短排出个甲乙丙丁，评委个人的眼界、才情、好恶等都可能会对评奖结果造成一定的影响，这是不可避免的。但另一方面，文艺创作和品鉴总是有自身规律的，而只要熟悉这一文艺门类的人，都能较好地在规律的引导下达成共识。特别是对十分优秀的作品和十分平庸的作品，意见会比较一致。所以说，绝对的公正是没有的，但相对的公正我们问心无愧！

记者：只要是评奖，大家最关心也最担心的就是公平公正。你们的公平公正是靠什么保证的？

李世恩：作为评奖工作的组织者，我们虽不能自我标榜，但却有足够的自信。程序规范是公平公正的重要保证。本次评奖工作实行县（区）（负责本县区）和市文联（负责市直和外地）初评、专家评委小组复评、评审委员会终评的三级评审制度，最关键的是第二个环节。就专家评委的组成来说，我们要求市级各有关文艺家协会负责人或业务权威，特别是一把手主席担纲主评，但同时不允许他们报送参评作品，以便腾出名额向新人和基层作者倾斜。如市作协主席马宇龙去年由团结出版社出版的长篇小说《山河碎》，在省文联、省作协举办的研讨会上得到了与会作家、评论家的一致好评；市美协主席王顶和创作的国画《南梁初冬》，去年入选中国美协主办的“西部大地情——第七届全国中国画油画作品展”，这是我市近三年来唯一入选全国美展的作品，等等。像这些作品，只要申报，获一等奖几如探囊取物。但是，他们都能体谅和服从评委会办公室的安排，放弃奖证和奖金，避开掌声和鲜花。因为作为市级文艺家协会的一把手，谁担任这个职务，谁就应该是这个领域的领军人物，无须用市内的奖项来证明。他们要证明自己的实力，可以把目标放得更高远一些，去冲刺省上和全国的大奖。你想想，这些人把完全可以属于自己的名利都不要了，还能庸俗地为人情所左右吗？同时，鉴于各组之间有可能存在宽严不一的问题，我们还坚持一把尺子量到底，在 7 个评委小组的工作中，评委会办公室的同志既是评选工作的组织者，又是统筹各种意见的仲裁者，全程参与，既充分尊重专家评委的意见，又严格把握评选标准，监督评选过程，较好地掌握了各小组之间的宽严均衡。特别令我们感动的是，评审委员会对评奖工作十分信任和放手，只要求评奖质量和水平，从不打招呼、说人

情，为我们组织者和评委们做出了表率。这种报评分离的做法，既营造了风清气正、令人信服的评奖环境，又杜绝了往届评奖中评委作品屡得大奖、新人新作不易脱颖而出的现象。

记者：据说本届评奖有两个门类各奖次全部空缺，四个门类一等奖空缺，这是表明评奖太严了呢？还是我市一些文艺门类的创作尚有一定的差距？

李世恩：与前三届相比，这次评奖中出现了大面积的奖次空缺，甚至两个艺术门类“全军覆没”的现象。这与往届相比当然是更加严格了。为什么要严格？主要是为了有效维护全市最高文艺奖的权威性和严肃性，所有获奖作品尤其是一等奖作品必须能经得起专家的检验、受众的检验和时间的检验，不搞地域平衡，不搞门类照顾，宁可空缺，绝不凑数。比如在评奖之前，根据各个文艺门类的实际，提出了统一的参评资格，严格实行一票否决制，如对文学作品中的非正式出版物和市级以下报刊发表的作品；对各个门类中的非原创作品；对除书法、美术外其他未面世（未发表、未演出、未播出）的作品，全部不予参评。这样做虽然时有割爱之疼，但显示了公平原则。这样评选的结果是，在市直和各县（区）中，获奖最多的静宁县有 14 件，占四分之一，最少的崇信县只有 1 件。在文学、戏剧、舞蹈、曲艺、广播影视、音乐、美术、书法、摄影 9 个门类中，舞蹈、曲艺两个门类因无原创作品，各奖次全部空缺；戏剧、广播影视、摄影三个门类的一等奖空缺；音乐类一等奖和二等奖全部空缺。这一结果，既反映出各县（区）文艺事业发展不够平衡，也反映出各文艺门类的发展有强有弱，特别是个别门类问题十分严重，这完全符合平凉的实际。

记者：您刚才说过，本届评委会领导提出，要通过评奖树立今后全市文艺创作的标杆和导向，使评奖效益最大化。怎样才能做到这一点？

李世恩：如果一个市级文艺最高奖仅仅是给几个作家艺术家简单地评个奖次、发个奖证，而没有上升到树立文艺标杆和创作导向的高度，这样的评奖显然意义不大，也就远离了市委、市政府设立该奖的根本目的。为提升评奖效益、扩大评奖影响，我们要求各小组评委通过评奖工作，认真分析和研究本门类创作现状、特点、不足，提出今后创作的意见建议，以书面形式刊登，供大家分享和借鉴。市委宣传部还特意制定了本届崆峒文艺奖评奖工作宣传方案，从现在开始，将持续在市级媒体设立专栏，刊播获奖作品公告，刊播各小组评委文章，以及有代表性的获奖优秀作品，让广大文艺工作者看清楚什么是标杆，什么是导向，从而更好地根植于平凉这块深厚的文化沃土，进一步明确创作方向，感知创作得失，调整创作态势，以获奖作品为参照物，宁静致远，厚积薄发，创作、生产出更多富有平凉特色的精品力作。这就是评奖工作标杆和导向的最大功效。同时，通过声势较大的宣传推介，还可以提高获奖作者的社会知名度和获奖作品的社会影响力，营造全社会尊重文艺人才、发展文艺事业的良好氛围。

原载于《平凉日报》2014 年 7 月 17 日

# 一部用文学笔法探究陇上文史书法的跨界读物

## ——就《尺墨寸丹：古札中的世道与人心》答记者问

2021年8月，拙著《尺墨寸丹：古札中的世道与人心》由商务印书馆出版，引起读者和社会各界的关注。《平凉日报》在发布出版消息后，记者柳娜特意对作者进行了采访，并于9月26日在该报用一个整版予以发表。现照录如下：

8月初，由我市学者、作家、市文联主席李世恩所著的《尺墨寸丹：古札中的世道与人心》（以下简称《尺墨寸丹》），由商务印书馆正式出版，并在京城及全国30多家大型书店在线销售。商务印书馆是我国历史最悠久的出版机构，被誉为中国出版界的“第一大户”，一直以出版高水平学术著作和思想性、文化性、知识性强的大众普及读物而著称于世。《尺墨寸丹》能在该馆出版，从一个侧面反映了该书是一部有新意、高水准的大众普及读物。

商务印书馆的出版物紧盯国内学术顶峰和前沿，但对地方普通作者的这本著述也给予了足够的重视。该书刚一面世，商务印书馆就在其官方网站发布书讯，并在微信公众平台先后两次推介（其中一次专号推介），随后在该馆8月读者喜爱的“15种好书”评选活动中，荣膺第10名。

除了出版方的宣传推介，该书在全国各地也引起了较大反响。除本报及新媒体在第一时间发布了该书的出版消息及有关评论外，8月31日的浙江《嘉兴日报》在“曝书亭”栏目以书影+概述+《弁言》摘录的形式予以重点推介；9月6日的《青少年书法报》发布了书讯和作者的《弁言》全文，并就书中篇目分期刊登，现已登载前三篇；9月8日的《书法报》以报纸封面（头版整版）及两个版面，刊登了书讯和部分精彩书札图片及释文；9月28日的《联谊报》（浙江省政协机关报）第4版，也以较大篇幅发表了浙江前著名媒体人、家传平台创始者朱子一教授的评论相关图版。同时，该书及作者还分别被收录百度百科词条，并成为搜狐、新浪、网易、腾讯、豆瓣等著名网站的热词。宗教语言文学文献、潇湘晨报等外地及省内十多家公众号也先后对该书进行了广泛推介，形成了一股“尺墨寸丹热”。

朱子一教授的评介文章，从国人家传、乡贤传统、士人观道三个方面，对该书进行了分析，他指出：作者“尤其是从手札这一容易忽略的小角度入手，一方面给我们提供了那个时代的人情（家传），同时描绘了自古及今的世道（乡贤），可谓我们做家传和乡贤的范本。”

综合多处资讯，可以说，《尺墨寸丹》是一部用散文化笔法解读陇上民间所藏自清末至民国初三四十年间地方名人书札的文化类读物，既有较强的文学性、史料性，也有较高的书法艺术价值。在我市近年来正式出版的大量读物中，是能够引起外界较大反响的一本。

仲秋时节，记者采访了该书作者李世恩先生。现将采访内容以问答形式整理如下，以飨读者。

记者：根据我个人的阅读经验，所读书籍都很好分类，比如文学、历史、哲学、艺术等，哪怕再分得细一些，都泾渭分明、一目了然。但《尺墨寸丹》就很难归入哪个具体的类别，

我感兴趣的是，您是怎样想到写这样一本书的呢？

作者：其实，我以前也没有想到要写这样一本“四不像”的书。因为学生时代我就是一名文学爱好者，曾经很痴迷过一段时间的诗歌创作。参加工作后，虽然写得少了，但自幼根植的文学情结始终如影随形。自从先后见到静宁和镇原两沓百年前的古札后，就一直想着用一种很好的方式把它们公之于众。因为这些古札，看似微不足道，但因写作年代正好处在清朝覆亡、民国肇造的“三千年未有之大变局”的关键节点，就史学价值而言，大多书札都不可避免地涉及国家和地方的多种历史文化信息，是研究那个时期不可多得的第一手资料；就艺术价值而言，清末和民国时期的书法也是中国书法史上不可忽视的一个高峰期，尽管年代不远，但当代人对其缺乏应有的关注和研究，而这批书札中许多进士、举人和普通读书人的墨迹，正好为那个时期的书法艺术提供了最为可靠的标本；就解读和写作而言，要把这些古札的文史价值和书法价值展示出来，获得当代人的认同，我觉得写作风格就应该尽量文学化，即用散文的笔法来写文史作品，力求其既有学术的严肃性，也有文学的可读性。正是基于这样的考虑，我就采取了“解读文章 + 书札图片 + 书札释文”三位一体的编排方式。对解读文章，我尽量写得轻松些、活泼些，能引发读者的阅读兴趣；对书札图片，大多是请专业人士进行高清扫描，原色并尽量接近原作的尺幅规格；对释文录入，基本都能做到句读准确，很少有读不通的语句和不认识的字。这本书，读者当然最好是能够整体阅读和体会，但也可以各取所需，喜欢文学和地方历史的可以阅读解读文章，喜欢书法艺术的可以欣赏书札图片，喜欢研究尺牍之学的可以琢磨书札释文。如果要对这本书作个具体的归类，我也觉得很难，因为它既不是文学类的，也不是历史类的，更不是书法类的，但我个人的初衷比较明晰，就是打算用文学笔法写一部探究陇上文史书法的跨界读物。当然，这仅仅是个人的愿景和尝试，限于学养和笔力，还有很多不尽如人意的地方，愿求教于各位方家。

记者：我在读您的《尺墨寸丹·弁言》时，看到您在搜集这些书札时，好像都是机缘巧合，这其中有哪些难忘的记忆？

作者：20多年前，我在陪六叔祖拜访他的一位小学同学时，主人出示了一沓已珍藏了百年的旧信札，其中多为六叔祖的父亲、我的伯曾祖父玉山公写给其学友吴锦江的，当然也有一些地方同代名人的书札和少量公函。在那个特殊的年代，这沓古札先是被查抄出来准备焚毁，幸遇好心人以私人家书为由保护下来，并误以为是另外一支吴氏先人所藏而交其后人，而此人又恰好是六叔祖的这位幼年同学。要知道，对一个从未见过先人墨迹的后人而言，那种见字如面的惊喜感和亲切感是很难形容的。还有一沓镇原书札，其写作时代恰好与静宁书札大致相当，它们的命运也相当曲折，是一位乡前辈在别人卖废品的故纸堆中抢救并保存下来的，最后见我做这个课题，有意助我，就慷慨提供。仔细梳理这些古札的历险记，真可谓步步惊心，它们都曾面临化为灰烬和纸浆的危险，但都因为特别偶然的因素历经多人之手而幸存了下来，并为我所见，我只能将其归结为一种机缘巧合。正如我的一位朋友所评论的："就像《指环王》中的指环会主动寻找主人一样，雪藏在民间的古札也自有其力量和命运，终会被有人心挽救、保留，几经辗转找到它的宿命和主人。"当然，这其中还有包括静宁西汉木牍、抗金名将刘锜书信拓片、民国奇才张其锽家书等许多书札，都

是另外从多个渠道搜集到的图片，但在我将它们一一录入并做了解读之后，我就觉得我已经成了它们真正的主人了。

记者：收藏古札的人可能很多，但为什么您可以把它做成一本有价值的书？这除了必要的文史知识，是不是与您长期练习书法的积累有关？

作者：我一直认为，收藏如果没有共享精神，就失去其真正的价值和意义。我之于这些书札，不是收藏，而是把各人的收藏变为社会的共享。当我第一次见到那沓静宁古札时，我只是想通过玉山公的书札读懂他当年的心路历程，了解自己的先人和家世，但越读越觉得其内容已超越了一个普通读书人的个人遭际，反倒更像是为那个并不遥远的时代提供着一个真实的切面和生动的注脚。这些珍贵的历史文化信息，从目前的地方志书和文史资料中是很难看到的。从那时起，我就发愿要把这些古札作一认真研究，并以图文并茂的方式介绍给读者。但“阮籍生涯懒，嵇康意气疏”，一晃就是一二十年过去了，当年的愿望并没有实现。不过，这期间曾就玉山公1909年就读湖北陆军第三中学堂时的两封书札及该学堂医官的两帧处方笺进行了解读，在微信公众号刊布后，不料引起《中国文化报》编辑的关注，并很快在该报发表，这更加印证了我对这些古札价值的判断是准确的。于是，在前些年断断续续写过12篇的基础上，自前年底开始，利用公务之暇，集中三四个月，夜以继日地一口气写了24篇，辑为36篇。这才慢慢打磨，最后联系出版。说到自己的书法爱好，对写作这本书真的大有裨益，首先是在认读草书字、异体字和民间俗字方面，基本上畅通无阻，只有极个别的字才会请教行家；再就是在书法赏析方面，自己大致能看到各书写者的笔墨出处和运笔特点，并能和同代书风进行比较。

记者：这本书，题材是文史类的，笔法是文学类的，读起来不仅不显得呆板枯燥，反而很生动、很有趣，让人在启智、修身、治学、交谊等多个方面都颇受教益。我想问的是，在写作过程中，有哪些故事让您有更深的触动？

作者：近年来，我越来越喜欢地方历史文化方面的话题。正如我在《弁言》里写的："打开这些曾往来于旅途驿递间的古札，其间顶戴花翎、长袍马褂、军装西服、布衣粗褐，济济楚楚，面目各异，好似打开了彼时彼地的'名人堂'。"而仔细阅读这些古札，就如同穿越百年时光，与那些我从未谋面的隔代前辈在攀谈，听他们娓娓道来那一段早已渺不可寻的前尘往事。这种亲切而又私密的观赏经验，是阅读他们同代人的文史实录和诗词歌赋所未曾体会过的。所以，因对书札的反复阅读和体会，在每篇解读文章写作之前，已基本能做到眼前有物、心中有人、笔下有情，这是与学院派撰写学术类文章迥异其趣的，当然我也根本无法达到他们的专业水准和理论高度。写作的过程，其实也是获取知识和接受教育的过程，比如，解读镇原举人、平凉师范创始人张宸枢在兰州求古书院读书时所写的两封家书，使我对古代书院制度和教育教学状况有了更深入的了解，其每月定期的课考，除书院山长的院课外，还有总督、学政、布政使、按察使亲自出题并评级的官课，且奖银不菲，这类细节都是好些历史记载中无法涉及的。再如，解读玉山公写自湖北陆军第三中学堂的几封书札，对陇上青年参加武昌起义的人数、学堂课程开设、思想开放程度等，多有不经意的提及，是研究甘肃辛亥革命的珍贵史料。还有桂林进士、北洋时期的广西省长张其锽写给在庆阳当县长的异母兄的书札，是书中所录文字最长的一封，多达2000多字，他为了让兄长当一名

造福地方的好官、垂范子弟的好家长，往往忘情于长幼礼数，对其现身说法，谆谆告诫，时不时会冒出一些名言警句来，如“州县造孽至易，而造福亦易，事事须谨慎治之”“花钱之事多，则不能做好官矣”“人不可不知足，天待我家已不薄，惟恐无以对天耳”等，这作为兄弟私信而非官场套话，至今读来，如当头棒喝，不能不让人昼警夕惕。尤其是他提出的“人生斯世，不能有功于今人，则当有功于后人；再不能，则当有功于古人”，真的可以和古人的“三立”相提并论。如果说我的这本解读古札的书还有点价值的话，也就是对张其锽“有功于古人”论点的些许尝试。

记者：在写解读文章的过程中，您最大的感受是什么？遇到过哪些困难？是什么激励您笔耕不辍，孜孜不倦地完成整个写作的呢？

作者：清末及民国时期，虽然距我们现在并不遥远，但要真正了解当时的社会形态、科举制度、官场规则、交游礼仪、家庭生活等世道与人心，也不是一件容易的事。况且古人写信仅仅是向特定的对方说话，他们压根儿不会考虑到百年之后还有我这样一位解读者能否理解。所以，看似寻常的一句话，甚至附言，在当时和对方可能很好理解，但要现在的人能够读懂，有些非得借助文献资料不可。写这些解读文章时，最大的困扰是缺乏足够的资料，我曾在网上邮购过十分普通但对我来说十分珍贵的二手书，也曾向有关朋友求助过资料。其中好多人好多事件只能存疑，不敢臆断，但在获得有价值的资料时真如拨云见日，豁然开朗。比如在解读镇原李清鉴的书札时，因书札内容是托人代买咸子的，十分简单，从中看不出写信者功名仕途的任何蛛丝马迹，他究竟是进士李清鉴，还是另一位同姓名者？人物身份不确定，解读就无从下手。好在镇原朋友为我提供了《李清鉴会试硃卷》影印件，上面刚好有其胞兄李清瑞（也是进士）、嫡堂弟李清泰的记载，而这位李清泰正是落款时与其同时具名者，这就足可断定此札系进士李清鉴所写。这样，所有问题都会迎刃而解。这期间，查找有用的资料，要比写作更加费时费力，但我一直没有气馁。如果没有直接资料，就找间接资料；如若没有间接资料，就做同类型的类比，总之得让所有书札都能落实放稳，易于理解。尤其是这些书札的作者都是我的高祖、曾祖辈的人，既然自己能如此幸运地遇到他们的手泽，就要担负起让其珠玉重辉、走进当代的使命。否则，如果因私享而导致其湮没无闻，这与将其焚毁或化为纸浆几乎没有什么不同，不仅愧对于前人，而且有负于后人。

记者：出版之后的意料之中与意料之外是什么？

作者：写作时，我就将这本书定位为一本小众读物，但我也清楚它在国内同类型的出版物中应该是比较新颖的一本。我曾购买和网上浏览过古书札类读物，基本上都是从书法艺术角度做的，仅有图版和释文。偶尔碰到过一本解读历代著名书札（名帖）的书，其重点也是赏析其书法艺术，非关地方，也非关世道与人心。这个前期调查，也为我坚持写作和交付出版增添了一些信心。出版之后，意料之中的是一定会有一些读者喜欢的。而意料之外的是，没想到出版方会这么重视，也没想到外地媒体和读者会这么不遗余力地进行推介，如《书法报》《青少年书法报》连篇累牍地慷慨惠赐版面，还有《嘉兴日报》和宗教语言文学文献、潇湘晨报等公众号，都是在我不知情时予以推介的，这些都令我十分感动。

记者：能不能给热衷出书的平凉写作者提点建议和指导？

作者：近年来，平凉文艺界出版了不少质量上乘的书，很多书的水准都远在拙著之上。《尺墨寸丹》如果还不至于令人太过失望的话，这都是拜前贤之所赐，仗师友之所助，我也不敢给朋友们提什么建议和指导。不过，我倒是想给大家送上商务印书馆创始人张元济先生的两句话，因其关乎乡邦文化的发掘和整理，愿与诸位共勉，这就是："睹乔木而思故家，考文献而爱旧邦。"

原载于《平凉日报》2021 年 9 月 26 日

伯曾祖父玉山公手澤贊

猗歟玉公巍然如山生於寒微行方志堅入塾古鎮負笈蘭垣
武昌首義青簡斑斑供職省府慨然出關初掌錢穀終登杏壇
開昧葉城桃李爛熳歸去來兮樂在田園孝悌忠信立則垂範
旋邦榮耀桑梓楨榦再赴湟中鐸音綿延其志未伸魂歸家山
余生也晚未睹公面先輩口碑懿行嘉言振我祖業遺我書翰
君子務本永銘心間手澤如新人已百年見字如晤慈顏藹然
願我子弟永寶永念燕翼貽謀行各勉旃

愚侄曾孫世恩沐手拜書

书《伯曾祖父玉山公手泽赞》

# 从一首歌词谈起

## ——歌曲《百万亩梯田百万亩绿》获甘肃省第十届敦煌文艺奖答《平凉日报》记者柳娜问（节录）

敦煌文艺奖是甘肃省委、省政府设立的全省文学艺术创作生产优秀成果的最高奖，每3年一届。近日，第十届敦煌文艺奖揭晓，我市两部作品入选。其中，李满强的散文集《陇上食事》荣获文学类奖项；李世恩作词、牛海荣作曲的歌曲《百万亩梯田百万亩绿》荣获音乐类奖项。

此次获奖的平凉作者从身处的时代中发现创作主题、捕捉创新灵感，辨识属于这个时代的故事和情感，通过作品深刻反映民俗风情、历史巨变，抒写平凉人民奋斗之志、创造之力、发展之果。本报对获奖作者进行了专访，以此表达对他们的真诚祝贺。

记者：《百万亩梯田百万亩绿》的歌词既有细腻的情感，又有昂扬的气势，在短短的200来字中，讲述了一个史诗般的故事，很考验词作者的功力，能讲讲什么缘由促使你创作这样一首歌？

李世恩：2019年初，庄浪县委宣传部要拍摄一部反映该县生态文明建设的宣传片，委托我撰写解说词。在创业时期，以几十万人坚持几十年修造百万亩梯田，创造了人间奇迹的“庄浪精神”早已闻名遐迩。如今，要依托梯田这一“第二自然”和精神品牌，推动生态文明建设、推动县域经济发展，庄浪人再次为“庄浪精神”赋予了新的时代内涵。

在翻阅资料、采访交流的时候，“百万亩梯田百万亩绿”这个民歌句式的标题不经意间跳了出来。对，就用它。于是，我就以“绿”为文眼，构架了绿色接力、绿色惠民和绿色崛起三个小章节，基本梳理出了庄浪人在生态文明建设方面的创业历程和奋进风貌。写完后，大家都觉得这么好的一个标题，更应该做成一首歌曲，于是尝试着写了这首同名的、歌曲版的《百万亩梯田百万亩绿》。

这个歌名，看似夸张，实则写实。歌词虽然寥寥二百来字，但我力求在很短的篇幅内，充分展现庄浪人吃苦耐劳的优秀品格和建设家乡的伟大实践。所以，就从庄浪山大沟深的自然条件起笔，把庄浪人总结的“戴帽、缠腰、锁边、穿靴”的水土治理口诀，改写为押韵的歌词，并有意嵌进了庄浪人的绿色成果——苹果、红牛、脱毒种薯和旅游四大产业。为了突显歌曲的精神特质，我还提炼出“地不修平难吃饱饭，人不吃苦哪来的甜”“活人就凭这一口气，树下乘凉哪算条汉”，作为前后两段的点睛之笔。这两句话，自认为能体现出庄浪人肯吃苦、有志气的个性特征，而且还有一点人生哲理和教化作用。

当然，歌词仅仅是个“半成品”。所幸作曲的静宁牛海荣和首唱的陕北高世宏都是富有才情，且对西北农村生活有深刻体验的音乐人，是他们为这首歌词赋予了触动人心、利于传唱的音乐价值。

记者：这次获奖有什么感想？

李世恩：《百万亩梯田百万亩绿》是献给庄浪人的赞歌，也是唱给所有在黄土地上辛勤耕耘的庄稼人的心声。歌声中，有词曲作者对农民的理解、对农村的感情和对乡村振兴的美好期待。作为农家子弟，能为父老乡亲献上一首还算成功的歌曲，

这是我们的幸运。

同时，这首歌曲能荣获敦煌文艺奖，填补平凉歌曲创作在这一大奖中空白，也是对近年来日益繁荣的平凉音乐事业一种肯定和鼓励，平凉音乐人将会有更大的信心创作出更多更好的作品。作为一名文字写作者，我乐见其成。

记者：去年，您的《尺墨寸丹——古札中的世道与人心》一书在中国出版界掀起了热潮，通过这本书，我们可以从中窥见您在写作之路上有着丰富的经验和积累。能讲讲您在创作方面的经历和成果吗？今后努力的方向是什么？

李世恩：我从1984年读高中时发表第一篇习作算起，已有将近40年的写作经历。但说起来很惭愧，这些年个人创作断断续续，未能坚持，尤其是近年来写的东西大多是“命题作文”，而自己想写的题材倒是一推再推，所以没有多少成果可以示人。如果要盘点成果，正像明人张岱所谓：“学书不成，学剑不成，学节义不成，学文章不成，学仙学佛、学农学圃，俱不成。”只不过这话于张岱是自嘲，于我则是写实。

这几年唯一能拿出手来的，就是去年由商务印书馆出版的《尺墨寸丹：古札中的世道与人心》一书。这是一次跨文学、历史和书法门类的写作尝试。出版后，承蒙《平凉日报》《青少年书法》《书法报》等多家报刊的宣传，也产生了一些影响，受到了读者们的肯定。最近，我将近年所写的序跋、评论等辑为《松茂柏悦》一书，有望年内出版。我给这本书拟了两句推介语：“虽为他人嫁衣，却是自家针黹。”届时希望能得到读者们的喜欢。

关于今后的努力方向，我十分认同山西作家韩石山为自己制定的人生路线图：“青春作赋，中年治学，晚年研究乡邦文献。”虽然自己蹉跎了岁月，作赋无成，治学无成，但对乡邦文献心仪已久，打算在这方面做一点小功课。

我在写《尺墨寸丹》时，曾经被清末民初的名人张其锽所深深感动，我愿以他的名言自勉，这就是：“人生斯世，不能有功于今人，则当有功于后人；再不能，则当有功于古人。”我愿把有功于乡邦古人，当作人生的修行和功德来做。

记者：能不能给平凉作者们提一些好的建议？

李世恩：在平凉，我算不上一个好作家，也谈不上一个好学者，但一直心存一个好愿望。这次以一首小小的歌词忝列获奖名单，纯属碰巧。所以，我没有成熟的心得体会与大家交流，也无法给平凉的作者们一些好的建议。倒是希望大家能从我的写作经历中汲取一些教训，并特别希望文艺和学术界的前辈、老师及朋友们能有以教我。

原载于《平凉日报》2022 年 3 月 27 日